Martin Amis

Dead Babies

[英]
马丁·艾米斯
著

李尧
译

灵与魂的夭亡

上海译文出版社

马丁·艾米斯和他的小说

瞿世镜

马丁·艾米斯1949年生于英国南威尔士，父亲金斯利·艾米斯是著名小说家，母亲希拉莉·巴德威尔是农业部一名公务员的女儿。马丁十二岁时，父母离异。继母伊丽莎白·简·霍华德也是一位小说家。马丁原来和其他同龄孩童一样，喜欢阅读连环漫画。继母引导他读简·奥斯丁的小说，这是他最早受到的文学启蒙熏陶。马丁曾经在英国、西班牙、美国十三所学校上学，然后在伦敦和布莱顿补习，为大学入学考试作准备。他考进牛津大学埃克塞特学院英语系，毕业时获一等荣誉奖。他写的第一部小说《雷切尔文件》1973年获毛姆奖。1975年，他担任伦敦《泰晤士报文学副刊》的助理编辑，出版了第二部小说《灵与魂的夭亡》。他还发表了许多书评和散文。于是他被《新政治家》编辑部录用，这时他才二十七岁。后面两部小说《成功》（1978）和《其他人：一个神秘的故事》（1981）出版之后，他成了专业作家，并且给《观察家》《泰晤士报文学副刊》《纽约时报》等报刊杂志写文学评论。他是一位多产作家，陆续发表了下列作品：《太空侵略者的入侵》（1982）、《金钱——绝命书》（以下简称《金钱》）（1984）、《白痴地狱》（1987）、《爱因斯坦的怪物》（1987）、《时间箭——罪行的本质》（1991年获曼·布克奖提名）、《访问纳博科夫夫人及其他游览杂记》（1993）、

《经历》（回忆录，2000 年获詹姆斯·泰特·布莱克纪念奖）、《会面屋》（2006）、《第二平面》（2008，关于“9·11 事件”及反恐战争的文集）、《黄狗》（2003 年获布克奖提名）、《莱昂内尔·阿斯博：英格兰现状》（2012）。2007 年至 2011 年，马丁在曼彻斯特大学新写作中心担任创意写作课程教授。2008 年，《泰晤士报》将他评为 1945 年以来五十位最伟大的英国作家之一。马丁·艾米斯结过两次婚。他的第二位夫人伊莎贝尔·丰塞卡也是一位作家。马丁·艾米斯曾经住在伦敦肯辛顿区王后大道，他的小说时常以这个地区作背景。书中人物抱怨这里外国游客过多，商业气氛过浓，反映了伦敦市民丧失文化根底的异化感。他像狄更斯一样，喜欢从伦敦街头俚语、行业切口中吸收新鲜词汇，来丰富他的英语。这种植根于日常生活的通俗语言，被其他青年作家、记者、读者们纷纷仿效而流行一时。

在接受记者采访时，马丁·艾米斯阐明了他的文学观念：

“如果严肃地加以审视，我的作品当然是苍白的。然而要点在于：它们是讽刺作品。我并不把自己看作先知；我不是在写社会评论。我的书是游戏文章。我追求欢笑。

“我不相信文学曾经改变人们或改变社会发展的道路。难道你知道有什么书曾经起过这种作用吗？它的功能是推出观点，给人以兴奋和娱乐。

“小说家惩恶扬善的观念，再也支撑不住了。肮脏下流的事情，当然成为我的素材之一。我写那种题材，因为它更有趣。人人都对坏消息更感兴趣。只有一位作家，曾经令人信服地写过幸福，他就是托尔斯泰。似乎除他之外，再无别人能把幸福写得跃然纸上。

目 录

作者声明

本书不仅人物和场景都是虚构的，大部分技术、医学、心理学的数据亦然。我创作的准则是：我对科学也许知之甚少，但是我知道我喜欢什么。

马丁·艾米斯

伦敦

1974 年 10 月

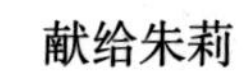
献给朱莉

我对此有了更深入的思考。她严肃地指出："西方现代文明的发展，造就了整整一代文明的野蛮人。他们受过充分教育，掌握了现代科学知识，却用它来满足永无止境的物质欲望。西方现代文明的发展造成了野蛮的后果。虽然科学昌明、物质丰富、经济繁荣，但是精神空虚、传统断裂、道德沦丧、贫富悬殊、两极分化、民族冲突、性别歧视、国家对立、战争灾难、资源消耗、环境污染……中国现代化千万别蹈西方覆辙，必须另辟蹊径，走自己的路。"读到马丁·艾米斯小说中的色情暴力场景，莱辛关于"文明的野蛮人"这个振聋发聩的警句，就在我心中回响。也许这就是阅读马丁·艾米斯的价值所在吧。

的新小说、爱尔兰乔伊斯的意识流小说和美国小说家冯内古特、索尔·贝娄、纳博科夫那里借鉴了不少新颖技巧。他的标新立异来源混杂而丰富多彩。在当今英国文坛，不少青年作家深受他的影响，威尔·塞尔夫和扎迪·史密斯便是其中的佼佼者。

虽然作者自嘲他的小说不过是游戏文章，我们千万不要被他那种令人眼花缭乱的叙事技巧所迷惑。他创作的那些“讽刺漫画”中所蕴含的社会批判和价值判断，表明他是具有社会责任感的严肃作家。1989年春，我在伦敦英国国家图书馆中初次阅读马丁·艾米斯的《金钱》时感到十分震惊。狄更斯《双城记》的场景在伦敦和巴黎两个城市展开，《金钱》的叙事线索也在伦敦和纽约两个城市之间交织。在西方的传统观念中，爱情是纯洁的、神圣的。《双城记》主人公席德尼·卡尔登是典型的英国绅士。他为自己心爱的女人献出了宝贵的生命。《金钱》的主人公塞尔夫简直是个卑鄙畜生，情妇是他用金钱购买的泄欲工具。摒弃了圣洁的光环，爱情异化为买卖，英雄堕落为反英雄。我原来以为英国是一个具有绅士之风的国度。彬彬有礼的英国绅士，怎么会变成塞尔夫那样猥琐卑鄙的恶棍？我简直无法接受这样的人物形象！

起初我觉得马丁·艾米斯的小说令人反感，难以卒读。后来我注意到，约翰·塞尔夫在小说中自称“六十年代的孩子”。我知道二十世纪六十年代欧美社会经历过一场激进自由主义社会风暴。正是这股强烈的右倾社会思潮，冲垮了西方传统道德的底线，英雄才会异化为反英雄，神圣的爱情才会异化为可用金钱交换的生物本能。

与英国著名小说家多丽丝·莱辛研讨当代英国小说发展，使三丈。德斯学识增长，逐渐成熟，想要开始过一种更加健康的生活。这时阿斯博买的奖券突然中了一亿四千万英镑大奖。一位工于心计的诗人模特儿委身于阿斯博，成了他的情妇。阿斯博腰缠万贯而始终不改其流氓本色，然而舅甥俩的人生轨迹却从此发生了剧烈变化。有人认为作者是以轻蔑的目光审视大英帝国的沉沦。马丁·艾米斯辩称此书并非“皱着眉头对英国评头论足”，而是以“神话故事”为基础的一幕喜剧，并且坚持认为他“作为英国人，深感自豪”。

英国小说家、评论家A. S. 拜厄特认为，现代英国小说有两种传统。第一种传统是前现代的现实主义。菲尔丁是这种传统的鼻祖。这种传统侧重于小说模仿现实、记叙历史的功能，并且通过“情节”与“人物”之间的交织来表述，注重思维的逻辑性、时间的顺序性和文字的清晰性。第二种传统是现代的实验主义。其远祖可以追溯到斯特恩。这种传统侧重于小说的虚构功能，强调探索小说本身的形式结构，挖掘其象征内涵，并且认为叙述技巧与形式结构的标新立异比思维的逻辑性、时间的顺序性、文字的清晰性更为重要。

二十世纪八九十年代，英国小说出现了两种传统交汇合流的趋势。马丁·艾米斯正是这股潮流的代表人物。他在接受记者采访时曾经说过：“我可以想象这样一部小说：它和罗伯-格里耶的那些小说一样复杂微妙、疏远异化、精心撰写，同时又能提供节奏、情节和幽默方面沉着而认真的满足感，这些品质使我联想起简·奥斯丁的作品。在某种程度上，我想这是我自己正在试图去做的事情。”马丁·艾米斯兼收并蓄的创作方式，不仅继承了英国小说的现实主义和实验主义传统，而且从法国罗伯-格里耶

主要人物

阿普尔希德人：

尊敬的昆汀·维利尔斯：高个儿，金发碧眼，温文尔雅，彬彬有礼。

安迪·阿多诺：高个儿，皮肤黝黑，喜欢吵闹，咄咄逼人。

贾尔斯·科德斯特里姆：矮个儿，皮肤白皙，有钱，焦虑不安。

基思·怀特海德：很矮，很胖，阿普尔希德教区长府邸的“宫廷弄臣”。

尊敬的西莉亚·维利尔斯：健壮，胆小，爽快，昆汀的妻子。

黛安娜·帕里：皮肤黝黑，瘦骨嶙峋，脾气暴躁，安迪的女朋友。

美国人：

马维尔·布扎德：个子不高，汗毛很重，独断专行，犹太人。

斯基普·马歇尔：高个儿，气色不好，说话很慢，南方人。

洛葛仙妮·史密斯：肥胖，红发，美国人。

其他人：

露西·利特尔约翰：银发，活泼，心地善良的妓女。

约翰尼：喜欢恶作剧。

第一部

星　期　五

1 走 吧

总共有五个卧室。

主卧室里，贾尔斯·科德斯特里姆胳膊肘子和膝盖并用，在地板上爬来爬去，找电话，两只手紧紧捂在嘴上。曲曲弯弯的绿色电话线最终把他引到桌子下面一堆空杜松子酒瓶跟前。贾尔斯的左手掌依然按在嘴唇上，右手拽着那条电话线，身子扑腾两下蹲起来，拨了两个数字。

“我要找沃尔曼医生。快点儿。杰拉尔德·沃尔曼医……”

就在他说话的时候，一颗形状和颜色都像土豆片一样的牙齿，滑过舌头，咔哒一声跌落到胶木听筒上。

“求求你，快点！”

“你要多少号？”一个女人的声音问。

“求求你。我是……它们都……”

这时就像断了线的珍珠项链，或者涟漪般起伏的钢琴琴键，牙齿的“瀑布”从他嘴里倾泻下来。

“你要多少号？”那个声音又问道。

贾尔斯放下电话。发了疯似的把两只手伸到嘴里，想保住还没有掉下来的牙齿，想把掉下来的再按上去。他泪流满面，血泡泡从两片嘴唇间流出来。

“我的牙，”他说，“快来人帮帮我。我的牙都掉了。”

走廊对过的卧室也许不像贾尔斯的房间那么豪华，但是很宽敞，设备完善。从窗口望去，村街和远处连绵逶迤的山岭尽收眼底。尊敬的昆汀·维利尔斯坐在一张桌子旁。桌子与凸窗凹进去的窗台紧紧相连。昆汀·维利尔斯金发，瘦削，穿一条蛇皮紧身裤。墙角壁灯的灯光像圆屋顶一样笼罩着他，灯光下尘埃浮游，把黑色的影子投射在他身后的屋子里，半遮半掩着正在床上睡觉的一个一丝不挂的女人。狄德罗[1]的《拉摩的侄儿》放在昆汀被灯光照成金色的大腿上。他合上书，熄灭香烟，从桌子上那个盒子里拿出一粒白色药丸，把药丸扔到空中，然后仰起脖子张开嘴，接住那个亮闪闪的圆柱形玩意儿，用唾沫顺了下去。

尊敬的昆汀·维利尔斯站起身，从拉开一半窗帘的窗口望去，看见村里的路在黎明的曙光中变成灰色。他的影像开始从窗玻璃上消失：呈波浪状的淡黄色头发，薄薄的嘴唇和异常明亮的绿眼睛。他关了灯，屋子似乎变得明亮起来。

“宝贝儿，宝贝儿，醒醒，”昆汀说，揉搓着妻子，让她清醒，“是我……是我。”

西莉亚·维利尔斯动了动，眨了眨惺忪的睡眼，因为认出丈夫，放松了脸上的表情。昆汀十分认真地叠好床单，怀着敬畏之情，凝视着西莉亚的乳房，用手指尖非常轻柔地抚摸着她

1 狄德罗（1713—1784），生于朗格勒。平民出身，法国启蒙思想家、唯物主义哲学家，作家，百科全书派的代表人物。

的喉咙。

“我爱你。”他轻声说。

“谢谢，我也爱你。”

几分钟之后，昆汀翻了个身，仰面朝天躺下，西莉亚的脑袋慢慢地滑到他的胸口，消失在浓密的棕黄色头发下面，眼泪打湿昆汀的肚子。昆汀以一种过分夸张的平静，转过脸凝望着天花板。

一楼第三个也是最小的一个卧室和我们刚刚离开的那个房间中间只隔着薄薄一层石膏板和硬纸板。所以，维利尔斯夫妻俩做爱的声音清晰地传过来，惊醒了那一对男女中睡觉比较浅的黛安娜·帕里。

完全清醒之后——她很少迷迷糊糊——黛安娜用胳膊肘子支撑着爬起来，一种莫可名状的痛油然而生。她凝视安迪·阿多诺的后脑勺和他宽阔的肩膀。他的头发又黑又亮，和她满头秀发也差不了多少，肩膀上有一块吉卜赛人才会有的胎记。隔壁房间，西莉亚真假声互换的快乐呻吟“频率”和“音量”越来越高。黛安娜尽量不去听那“快乐之声”，开始数安迪肩胛骨之间黑头粉刺的数目。她是怀着一种敌意干这事儿的。因为安迪头天晚上没和她做爱。从隔壁传来的声音越来越刺激，越来越含混不清。黛安娜想，那总是一种怕人的、野蛮的叫声。

安迪还在睡觉。他翻了个身，一股湿毛巾味儿——安迪的味儿，从床上升腾而起。黛安娜一瞬间满意地注意到，他的脸是香草色，呼吸中夹带着轻微的鼾声。她撩起盖在身上的被单，看见安迪的啤酒肚很有规律地一起一伏。

黛安娜把被单盖好。安迪在酒精浸泡的睡梦中阴茎小马驹似的勃起，黛安娜嘲笑起来。

她蹑手蹑脚从床上爬起来，拿起她的樱桃红丝绸长袍和长方形小化妆包。她跨过一把破吉他，在架子鼓和麦克风底座间择路而行。隔壁就是浴室，她把化妆包放在抽水马桶盖上，放了一盆水，伸出像僵硬的鳍一样的手，开始洗脸。

二楼卧室没人住，所以没必要耽搁太多的时间。这是一间很常见的、屋顶很低的阁楼。尽管因为准备最近让人来住收拾了一番，但是依然感觉得到那种被遗弃的悲凉之气。两张单人床并到一起，放在小窗户下面，上面铺着新洗烫过的双人床单。床头柜上放着一瓶莫尔文矿泉水和三个杯子。作为象征，床上靠枕头放着一个很大的绿松石色绒毛玩具娃娃。它的四肢歪歪扭扭摊在床上，咧开大嘴傻笑着。

第五个，也是最后一个“卧室”，实际上是夹在车库和锅炉房中间一个散发着臭味儿的九乘九的小屋。基思·怀特海德躺在砂纸似的毯子上，像个巫师，肆无忌惮地放屁。

走吧。

怀特海德是个一点儿都不吸引人的、几乎可以说是荒谬可笑的年轻人。实际上就是个小矮人儿。人们倘若想夸夸他的相貌，通常会说，“你的颜色不错”——指他黑色的眉毛和稀疏的黄发。除此而外，这个让人看了就倒胃口的人，实在找不出可以夸赞的地方。稀疏的黄头发像一团茅草，覆盖在仿佛压碎了的、长满粉刺的、难看的面具上面。鼓鼓囊囊的躯干，让人反感的短粗的四肢，整个儿一具没有知觉的行尸走肉。

他脱掉的衣服越多，越不堪入目。有一次他正在洗澡，被妹妹（同样肥胖只是比例稍微适中而已）撞上，结果差点儿把那个小妞吓个半死。还有一次，他到温布尔顿[1]市游泳馆游泳，两个十六七岁的姑娘看见，立刻跑到浅水区吐了起来。(有人问她们为什么会这样，她们说：基思D杯大乳房上的毛看得她们直恶心。打那以后，怀特海德就被禁止到游泳馆和浴场）。学校体检的时候，医生习惯性地不肯伸出手指碰他。体育老师威胁说，假如他再敢踏进体育馆一步，他就向学校提出辞职。好像为了和这些身体缺陷相呼应，基思天性愚钝，缺乏慷慨精神，更谈不上魅力。除此而外，怀特海德对自己眼下的处境不无感激。他心里十分清楚，按照几乎所有人的标准，他都不该活在世上。

现在，这幢房子住满了身材高大、衣食无忧的人。基思第一百次醒来，从毯子下面钻出来，穿上散发着刺鼻气味的睡衣，坐在床上摇晃着，回想这些事情。基思饿了，肚子咕噜咕噜直响。那声音那么大，他不停地叫骂，让肚子“住嘴”。已经八点，也许别人还没有起床，厨房里就只有他一个人。他站起身，想了想，穿上晨衣。那是一件棕色粗花呢便袍，是父母确信他不会再长个儿的时候给他买的。怀特海德先生和怀特海

---

1 温布尔顿，位于伦敦附近，是著名的国际网球比赛地。

德太太确实也寄希望于儿子能再长几英寸，不过事实证明，纯属奢望。此刻，便袍厚重的料子窸窸窣窣拖在儿子的身后。但是，现在基思饿得要命。他不想穿那身行头——那些脏兮兮的破玩意儿，因为自己太胖穿起来太费时间。所以他情愿不穿厚底鞋，光屁股披着便袍到那幢房子找东西吃。万一被人看见，他也认了。就这样，基思·怀特海德穿着拖鞋，打开“卧室”门，手足并用，爬过车库，钻进那幢房子。

2 老一套

贾尔斯·科德斯特里姆走进厨房的时候，怀特海德已经在那儿了。那一霎，他们都十分惊讶地看着对方。基思满脸通红、气喘吁吁坐在餐桌旁边。他刚打跑西莉亚那只患支气管炎的波斯猫“橘子”。

“哈啰，”贾尔斯说，第一次没有被怀特海德相对而言还算不错的牙齿搞昏了头。

“嗨，”基思喘着粗气说。

贾尔斯在基思旁边小心翼翼地坐下，看了几秒钟他那张脸，然后目光投向别的地方。“昨天夜里，我又做了那个梦，”贾尔斯说。说这话的时候，他吃了一惊，因为以前他从来没有跟别人提起过自己做的梦，现在干吗和这个不起眼儿的小个子基思说呢？今天早晨和平常没什么两样，还是老一套呀！贾尔斯醒来之后，舌头像鱼一样在嘴里“游走”了一圈儿，拿起床头柜上放着的刮脸镜子照了照完好无损的牙齿，快步走到微微颤动的电冰箱跟前。早晨要喝的血玛丽[1]正在那儿等着他。贾尔斯拿定主意，下楼之前，要多喝点儿。头脑清醒总是会让他谨慎从事。

1 血玛丽，一种通常用伏特加、番茄汁和调味料制成的鸡尾酒。

“发生什么事儿了？”基思问。“……我是说你那个做了一次又一次的梦。”

“哦，我的牙齿又掉光了。”

怀特海德皱了皱眉头，脸上露出喜色。“我想这个梦和害怕性交失败有关。是个性梦[1]——如果满嘴牙都掉了的话。”

“不，不是，”贾尔斯嘟囔着说，“反正我不是。”

“那你是怎么回事儿？”

“我就是满嘴牙都掉了。”

“哦，你怎么知道的？”

“因为总是这样。”

“什么样？”

“牙掉了呗！”

贾尔斯站起身，走到厨房那边洗涤池跟前，两手抓住放在上面的滴水板，一双眼睛目光呆滞。

“哦，我明白了。”基思说。

贾尔斯打了个寒战。“再也不要提起这个话题，”他说，“再也不要。如果你能做到的话。”

基思耸了耸肩。“没问题，”他说，“我没问题。”

电水壶咕噜咕噜响着，里面的水开了。水蒸气在贾尔斯的胳膊上凝成细密的水珠，他慢慢后退了几步。

“啊，我的咖啡好了。”基思·怀特海德说。

---

1 性梦，性梦是指在睡梦中发生性行为。这也是青春期性成熟后出现的正常的心理、生理现象，在青年中普遍存在。

基思一直在洗咖啡杯，“橘子”悄悄地走了过来。听见它很友好地“喵”了一声，怀特海德叹了一口气。他知道“橘子”脑子里想的只有胶冻肉。基思用擦碗布使劲擦着杯子。他要是敢喂西莉亚的宠物，非得遭一顿恶骂不可。

也就是这个时候。“橘子”犯了个大错误。它呜呜呜地叫着，在基思粗花呢便袍下摆下面嗅，然后呈8字形绕着他的脚跑来跑去，柔软的毛痒酥酥地蹭着他的两条腿。

怀特海德的腋窝也觉得痒痒起来。“好呀。”他说。

基思用很粗的白皙的小腿肚子夹住“橘子”，把那块擦碗布打了个结，套在正流水的水龙头上，然后解开便袍。“橘子”用一双湿润润的、含情脉脉的眼睛看着他。基思却猛地抓住它的鼻子，开始一场人猫混战。“橘子”吓得拼命挣扎，从基思的粗花呢便袍中逃脱。基思回转身，一脚把它踢到墙角，手里还不停地挥舞着那块浸透了水的擦碗布。“橘子”被基思追得在厨房里乱跑。两分钟后，基思脱下脚上的拖鞋，把“橘子”打出门外。他气喘吁吁，已经跑不动了。

“你想吃点儿什么吗？贾尔斯。”基思问。

贾尔斯心里想，是不是吃一个煮得嫩一点儿的鸡蛋。可是这个想法没有什么吸引力。此刻他不想正儿八经吃什么东西。“不，我只是想找个酸橙。”实际上，他就是想把酸橙汁挤到杜松子酒里，调制一种新饮料。这是他最近从一本书上看到的。

基思要吃东西。他觉得要不赶快吃点什么非得饿死不可。

他已经三天没吃饭，肚子里那个“鼓手”，折腾得越来越厉害。

“有好多熏猪肉，”基思哄他，“在盒子里，放到明天肯定得坏。所以我们得赶快吃。你想来点儿吗？”

贾尔斯向后退了两步，好像有人挥舞拳头冲他打过来似的。熏猪肉是他最不爱吃的东西。不仅仅因为那玩意儿咬不动，还因为它的“组织结构”。脆骨、皮，很容易让人错当成假牙脱落了的齿桥，牙冠，或者（天知道？）就是牙齿。不。贾尔斯想知道，他嘴里到底怎么了，谢谢你。很遗憾。贾尔斯曾经吞下过一两个牙冠。不能再让这种事情发生。（有一次，三月份一个阴雨连绵的下午，他被困在黑衣修士桥，他饿得要命，却没带信用卡。贾尔斯偷偷溜进一家健康食品自助餐厅，花了一小时四十五分钟，吃了一个杏仁炸肉饼。他细细咀嚼，用舌头把每一样东西都弄清楚之后，才敢咽下去。）

“不，我不想吃，”他说，“不，我真的什么都不想吃。”

“好吧，那我自个儿弄点东西吃了，”基思得意扬扬地说。

“从哪儿能找到……一个酸橙？”

“我也说不上。”怀特海德从盒子里拿出五条熏猪肉放在烤架上。“贾尔斯，你知道这个星期谁来过周末吗？”

“不知道，我不知道谁来。今天星期几呀？”

“星期五。是的，”基思继续说，“我想昆汀的几个朋友，美国人，要来。还有……露西·利特尔约翰。”

贾尔斯蹲在碗柜下面，在木头盒子里找酸橙。“哦，是吗？”

“应该是，”基思说。“我对那几个美国人一无所知。你知道，你知道露西·利特尔约翰吗？”

“哦，听说过，”贾尔斯喃喃着说。

基思用叉子戳着一块熏猪肉。“听说她……是昆汀和安迪告诉我的。”

“瞧，‘橘子’怎么跑到这儿了！”贾尔斯说，转过身，伸出一只手摸着那只波斯猫拱起来的银色的背。“你好呀，‘橘子’。你喂过它了吗？基思。”

“喂过了。”

“哦，别闹了。你被喂过了，‘橘子’。是的，基思已经喂过你了。”

怀特海德身体的重量轮流落在两只脚上。“因为昆汀和安迪说露西真是个人物。她是个……典型的花痴……”

“你到底是什么意思？”

基思咳嗽了两声。“她和谁都干。”

“哦，我不明白‘谁’是什么意思。”贾尔斯满腹狐疑地问。他自个儿就“干”过露西。

“安迪操过她，昆汀操过她——”

“——我也操过她。”贾尔斯加了一个“砝码”。

“布雷恩·霍尔和他们那帮家伙都操过她。”

“鲍勃·亨德森和他们那帮家伙也都操过她，”贾尔斯说，“是的，她确实和许多人干过。塞·哈林他们那帮家伙都操过她。”

怀特海德几乎没和女人干过那事儿，更没有操过露西，梦想这个周末能得偿此愿。他突然计上心头，说：“听说她得了性病。”他寻思这样一来，贾尔斯就不会和她睡觉了。

“是吗？”贾尔斯淡淡地问。他还蹲在橱柜下面找酸橙，看不见脑袋。平常这种“情报”一定会引起他的警惕。可是他发现，这几天他对做爱没兴趣。

“大伙儿都那么说。”基思说。

“哦，”贾尔斯说，直起腰，“现如今，谁没那病？”

贾尔斯终于找到酸橙，基思烤好了他的熏猪肉。他们俩拖着脚擦肩而过的时候，贾尔斯在门口停下脚步，上下打量着小怀特海德。

“喂，”贾尔斯点了点头，很直爽地说，“你不穿靴子个子确实很矮。”贾尔斯又上下打量了他一番，似乎对自己的观察能力很满意。“你知道，也显得更胖。我以前还真没意识到，”他说，好像告诉基思的是一件让他着迷、感激的事情。“你实际上有多矮，多胖！”

贾尔斯走了之后，基思把盘子摔在桌子上，朝神情专注的“橘子”踢了一脚，闭上眼睛，吧嗒了一下嘴唇，长长地舒出一口臭气。

3 听起来好玩儿

西莉亚突然从床上坐起来，双膝抱在胸前，脑袋歪向一边，问道：“他们来了之后，我们该做点什么？”

昆汀·维利尔斯重新弄了弄床单，盖住下半身。他的动作很夸张，但是说话的声音依然悦耳动听。“等他们来了以后看情况再说吧。这几个家伙开了一夜的车，毫无疑问会吵吵闹闹服用安非他明[1]。”

“我想，得给他们做一顿煮熟的早餐。”西莉亚说。

“煮熟的早餐？做一顿‘煮熟的’早餐？宝贝儿，有时候你真能突发奇想。吃一顿煮熟的早餐，就好像穿着睡衣上床，或者读一本英文小说。”

“亲爱的，不要取笑我了。”

“哦，最亲爱的，真的。不，我倒宁愿野餐。他们也会喜欢的……”昆汀伸出一只手朝卧室窗帘外面越来越亮的曙色指了指。“今天肯定是个好天儿。除此而外，我自个儿也想出去呼吸点儿新鲜空气。”

西莉亚又扑到丈夫怀里，用肥厚的、有点青紫的嘴唇蹭着昆汀的脖子。“你一晚上也没睡，是吗？”

---

1 安非他明，解除忧郁、疲劳的药，毒品的一种。

昆汀吐出一口烟，慢慢地点了点头。

“干什么呢？”

“修身养性。”

“你现在几乎就不怎么睡觉，是吗？”

昆汀深深地吸了一口烟，慢慢地摇了摇头。“我很想避免那种事。很让我心烦。”

“昆汀？”

“西莉亚。”

“是不是他们三个人真的在一起干那事儿？”

“没错儿。怎么了？你没玩儿过那种三个人一组的‘游戏’？或者他们称之为‘三合一’的把戏？”

“从来没有，”西莉亚说，“就连我最风流放荡的时候也没有。你有过？”

“没有，我也没有，只是很好奇罢了。估计他们肯定想让我们也参加。”

“可我们不会参加，对吧。”西莉亚说，越发紧紧地偎依在丈夫怀里。

不管是因为后悔还是因为不耐烦，昆汀吐出一口烟，掩饰了他的一声叹息。“当然不会。”他说。

“别人会吗？”

“好问题。”他又弄了弄脑袋下面的枕头，好让自己躺得更舒服点。“安迪很可能干。这种机会，那个家伙不会错过的。黛安娜说不准。我觉得贾尔斯也懒得去干这事儿。小基思嘛，如果想趁机把洛葛仙妮据为己有，或许就已经做好被马维尔和斯基普撕成两半儿的准备。不过我还是觉得不大可能。洛葛仙妮的口味儿倒是不高，和谁都能干，可是这位基思实在太倒人胃口……”昆汀拍了一下西莉亚软绵绵的手腕。

“那位露西·利特尔约翰是个什么人物呢？”

“人物？我的宝贝儿，听你的话音儿，好像她已经是个四十五岁的半老徐娘了。她活泼俏丽，可她还真算不上个人物。”

“她是你一团火似的旧情人，是吗？”

“一颗小火星，只是一块烧完的煤渣而已。”昆汀说。

西莉亚似乎松了一口气，那个让她不安的时刻过去了。“听起来很好玩，是吧，亲爱的，”她说，“两个男人一个女人？两个女人一个男人听起来还更靠谱……他们那三个家伙怎么做？”

“我想，他们大部分是在椅子上做。马维尔——个子矮一点的那个家伙——坐在斯基普——个子高的——大腿上，洛葛仙妮面对他们俩，坐在马维尔腿上。这样一来，她就可以轮流吻他俩。你可以想象，马维尔担子不轻。”

“唔。”

“这也是‘巴洛克艺术风格的变种’。他们管它叫 69 加 6 式。是他们的‘主旋律’。”昆汀一边说，一边打了一个他很少打的哈欠。“说起这事儿，他们一点儿也不觉得难为情。你要是想知道细节，等他们来了，尽可以问个水落石出。”

“唔。听起来很好玩，难道不是吗？”

“是，”昆汀说，“我想是很好玩。”

隔壁，安迪·阿多诺睁开饧涩的眼皮，不大情愿地凝视着黛安娜。她在他对面，脸朝下躺着，樱桃红土耳其长袍盖在身上，半遮半掩着她那永远是橄榄色的皮肤。她翻了一页手里的杂志，瞥了他一眼。安迪又闭上眼睛。仿佛在他鼻翼间缭绕、尘封已久的石头台阶的气味被浓烈的古龙香水的气味冲淡。

“该死的基督耶稣。”他喃喃着。

黛安娜又翻了一页手中的杂志。“我把咖啡和烤面包片都给你端过来了。”她说。

安迪很正确地猜测到，这些“营养品”是为了润润他的嘴巴，清新一下口气。他眯着红红的眼睛，从眼角又瞅了黛安娜一眼，注意到她已经精心化妆，黑发也梳得整整齐齐，此刻她正用一只手拢着乌亮的秀发，又翻了一页。

“怎么打扮得那么迷人呀？”他问道。

“只是洗了洗。”

安迪把身子坐高了一点，黝黑的脸因为懊悔显得皱皱巴巴。他说：“耶稣……咖啡。”他叹了一口气。“你是不是现在想让我操你呀？”

她把杯子递给他，摇了摇头。

“好呀，因为我，”安迪把杯子放在床头柜上，坐了起来，“很难受。”他用两只指头僵硬的手，揉搓着脸。然后朝她回转身，用更加柔和的声音说：“不管怎么说，我不会违心地做自己不想做的事情，好吗？”

“好。”

“啊，我这该死的脑袋！”安迪大声说。他从床上一跃而起，跌跌撞撞跑出卧室。黛安娜听见他拼命敲打浴室门。“天哪！谁在里面呢？”

基思哭丧着脸，在马桶上坐着，他便秘，已经蹲了十五分钟了。“基思。”

“基思！你怎么又跑到这儿拉屎了？”安迪不耐烦地扭动着身子。“快把你的屁股挪开！”

好像是为了呼应门外安迪的叫喊，基思两个屁股蛋中间猛然爆发出一阵巨响，好像一品脱臭气冲了出来。安迪和他都惊讶得目瞪口呆。

怀特海德放的这个响屁惊动了这幢房子里的每一个人。惊动了正往一杯冰水里挤酸橙汁的贾尔斯，惊动了正摆弄着化妆品准备化妆的西莉亚，惊动了正在拉褪了色的劳动布衬衫上的拉链的昆汀·维利尔斯，惊动了躺在床上，眼睛眨也不眨，冷冷地盯着墙壁的黛安娜。

4　三个对话

那么，让我们说明一下我们的困难。

半个小时内，三个对话都在进行中。

谈话一

贾尔斯·科德斯特里姆又到厨房找酸橙的时候，看见小基思坐在两个起居室中比较小的那个里面，懒洋洋地翻早晨刚送来的《电视周报》。贾尔斯把脑袋伸到门缝里。

“喂，基思，今天有什么好看的吗？我记不得了。”

“有呀，多着呢。”基思说。

快到中午和下午的时候，贾尔斯和基思常常一起坐在电视机前面，默然无语，就像两个老人。贾尔斯因为一次又一次发现，这样的静默可以让自己不去想牙齿的事儿。怀特海德呢，从更广义的原则上讲，这种静默会对他的精神健全做出有益的贡献。

“十一点播《纠葛》，”基思说，“你昨天好像没看，对吗？”

“我看了。不，没看，”贾尔斯说，“我错过那集了。都演什么了？”

“哦，那个家伙和摄影师的妻子没操，去找他儿子的女老师去了。”

“啊，我知道。可是……”贾尔斯渐渐皱起眉头，“吉米怎么了？”

“哪个吉米？”

“吉米。那位女教师女儿的男朋友。”

“我知道他是谁。他星期三又从家里跑了。”

贾尔斯似乎松了一口气。“这就好了。他当然是跑了。这样一来就风平浪静了。”

“你为什么昨天没下来？”

“哦，我想是睡觉了，或者干什么去了。昨天……是《房子周围》、《布拉姆伯》、《阿方斯》和《塔米》吗？”

“不，那是星期二的节目。”

贾尔斯歪着脑袋，说：“你确定？”

“确定。”

“昨天都演了些什么？当然除了《纠葛》。”

“《青年科学家》、《黄蜂新城》、《没有眼泪的烹调》和《大象男孩》。”

“哦，当然。今天几点开始？”

“十点半开始演《小马驹的故事》。”基思说。

贾尔斯嘴角露出一丝微笑。“好的，你到时候下来一块儿看吗？”

“你说对了。”

谈话二

“比方说，他那家伙有多大？”黛安娜问。她在窗边上坐下，把茶托放在西莉亚堆满化妆品的梳妆台上。

西莉亚正在使劲拧开一瓶面霜，扭歪了脸。“很大，比一般人的都大。啊，谢谢，黛安娜。安迪的有多大？”

黛安娜叹了一口气。“大得很。而且，当然不用任何东西刺激就巨大无比。”她呷了一口茶，从茶杯上面看着西莉亚，问：“昆汀多长时间操你一次？”

西莉亚正用蘸了面霜的手指尖儿抹脸上的雀斑。黛安娜看到西莉亚的面色显然比自己差远了，心里似乎得到某种满足。西莉亚说：

“至少每天夜里一次。通常是在早晨。”

“吃了药也这样？”

“吃了药就更厉害了。昆汀好像不受那玩意儿的影响。有时候兴致上来，他可以连续干好几个小时。”

“真的？”

“可不是嘛！好几个小时。”西莉亚不再按摩她的脸，而是颇为警觉地瞥了黛安娜一眼。然后接着往下说。“有一次，毫不夸张地说，干了整整一夜。安迪多长时间操你一次？”

“哦，每天夜里，或者早晨。有时候，白天也干。昆汀的功夫怎么样？”

西莉亚一时无语，过了一会儿说：“棒极了。安迪呢？”

黛安娜不能让自己也显得无言以对，所以做出一副什么都知道的样子，过了一会儿，也说：“棒极了！”

一阵停顿。

“昆汀干得最漂亮的事情之一是，”他的妻子说，

“说话。”

“……哦，真了不起。”

“不，我是指我们做爱的时候。”

“哦，”黛安娜连忙说，“安迪也爱说话。‘我要把你那个小屁股操得……’”

“哦，他说的可不是这种话，”西莉亚摇了摇头，“昆汀……昆汀念诗。”

“哦，不会吧，”黛安娜摇了摇头，“安迪不念什么诗。”

谈话三

昆汀和安迪正在车库玩飞镖。间歇的时候就从很大的杯子里喝爱尔兰咖啡，来回传递着很细的用纸卷的大麻。两个人高大的身躯跟着安迪那台手提收音机播放的音乐懒洋洋地晃动着。他们俩单独在一起的时候，总是置于一种令人愉快的氛围之中。没有那种所谓“性张力”，只有相互承认的自我陶醉。

“天哪，什么味儿呀？”安迪说。

“煮木耳的味儿，”昆汀说，“不过毫无疑问，那股辛辣味儿是小基思‘房间’里飘出来的。”

“好像坏了的鸡，”安迪接过昆汀递给他的飞镖，退到离靶子十英尺远的粉笔记分板后面。“或者尿骚味儿……到多少分区了？”

“怎么？小基思手淫的时候有什么对象吗？”

“没有呀，”安迪说，“什么也没有。不过他有许多‘视觉教具’。”

“是吗？他都有些什么玩意儿？”

安迪扔了三个飞镖后，回答道：“他有许多色情杂志。”

“什么类型的？”

“他操图片上的模特儿。看图片上玩香蕉球的女人，身穿奇装异服、弯腰曲背、被女人‘狼吞虎咽’的男人，掰开的腿。摄影师对准女孩儿屁股拍下的照片。”

“哦，这么说，都是些异性恋的玩意儿。”

“打败我，打败我。”安迪热情地说，收音机开始播放他最喜欢的那首歌。他走到墙跟前，拔下靶盘上的镖。“好镖。是的，大多数都是异性恋的玩意儿。有一天夜里，黛安娜无意中去他那儿看了一眼。她说，看见他有一张或者两张狗操老太太的图片。”

“听起来太刺激了，”昆汀说，“哦，天哪！可怜的小基思。”

“是呀，他可真是个丑八怪。”

“矮矮的身子上长了张娃娃脸。”

“就像一个破烂的玩偶。”

“呼吸就像激光束。”昆汀沉思着说。

“或者氧乙炔喷燃器。”

“胖得像个猪。”

“臭得像堆粪肥。”

“或者老头、老太太用过的床垫。”

“到二十五岁，脑袋就会秃得像个光溜溜的鸡蛋。”

“或者二十四岁。”

“或者二十三岁。”

“或者二十二岁。”

“他现在就有二十二了。”

“对，至少的。”

“没错儿，”安迪说，“真是不可思议！想想看，他这模样儿，也总能乐乐呵呵。”

“尤其我们这样英俊潇洒的家伙和他住在同一个屋檐下。”

“查一下分，”安迪点点头，闭着一双眼睛，“查查谁输谁赢。”

5　阿普尔希德教区

我们展示在这里的人物和场景是不是会让人觉得荒谬诡诞、具有某种倾向性，都是非本质的东西？根本不是。恰恰相反。反过来才言之有理。如果按照那样的标准，贾尔斯和基思就应该因为他们性格内向、哀婉凄凉，昆汀和安迪就应该因为他们刚愎自用、挑剔苛刻，西莉亚和黛安娜就应该因为她们拘谨羞怯、古雅别致而离开此地。这个“王室”确实把自己看作是保卫旧日虔诚的要塞，固守不合潮流事物的阵地，守护我们特别缺乏的价值观的堡垒。

我们在时间上，先行了一步。我们的“臣民”眼下还是处于青春期的少年，全然不知他们的生活已经开始成形。他们尚处短暂的天真无邪的时期。让我们在这样一个时刻，去瞥上一眼。

这年夏天——如我们所写——贾尔斯·科德斯特里姆刚刚通过入学考试[1]。完成这件人生大事之后，在家族祖传的府邸——芒肯威尔，喜气洋洋地度假。贾尔斯、他的母亲和十三个员工住在四十间房子里。那时候，贾尔斯还是个天真无邪、不会装腔作势的小男孩儿。个子不高，棕色头发，总是面带微

1　此处指英国公立学校的统一入学考试，通常在 13 岁时进行。

笑。他是员工们的宠儿，村里人的宝贝儿，和园丁的大儿子关系很亲密。小伙子几乎每天下午都带他去钓鱼，星期六或者星期三两个人一起去看电影。厨师说贾尔斯是个“非常阳光的小东西”。这个评价倒很准确。不过有时候，他也会愁眉苦脸，这种时候虽然不多，但也挺揪心。只有母亲夜里悄悄到他的房间“查岗”，或者去看牙医的时候他才会这样。

对于安迪·阿多诺，那也是个极好的夏天。正是放假期间，他在诺丁山邮局当助理分拣员。按照法律，安迪还不到打工的年龄，但是他看起来比实际年龄大，邮局的人和大多数人一样，都很喜欢他，就决定雇他，谈好每周给他二十二镑，现金。结果，每到星期五晚上，他就会买许多可卡因。尽管他以前也吸过这玩意儿和别的可以弄到手的毒品，一下子能买这么多，他还是非常高兴，蹦蹦跳跳、吵吵闹闹，浑身是劲儿。除此而外，在他居住的、被他称为“伯爵宫[1]公社”的地方，安迪看到许多好吃好喝的东西，许多很友好的小伙子，玩着各式各样、让人惊讶的乐器。还有川流不息的女孩儿，不停地和他搭讪，想和他上床。

像平常一样，西莉亚·艾文斯顿正跟着继母阿拉曼莎·利奇周游欧洲。这位继母是离婚后嫁给西莉亚父亲的。至于这段婚姻能持续多久不得而知。此刻，她们正在蒙特卡洛[2]“茶花女”酒店结账，同时等着奔驰牌轿车来送她们到“戛纳希尔

---

1 伯爵宫，位于英国首都伦敦人潮最汹涌的西岸，那里有数不尽的餐厅、世界级的娱乐场所、名胜古迹和度假设施。

2 蒙特卡洛，摩纳哥城市。

顿”。利奇女士个子不高，金发碧眼，身体健壮。这会儿，酒店经理、两个服务员、游泳池守门人和酒店餐厅总管正和她纠缠不休。第一位要利奇女士结清账目，另外四个想知道她什么时候再来，好再和她上床睡觉。这位贵妇人给他们每个人都留了她在赫布里底群岛的地址。西莉亚坐在大厅一个角落一堆行李和帽盒中间。一个面目丑陋的门童蹲在她身边，用法语跟她说话。看得出他们在互相指责，否认什么。后来姑娘站了起来，她个子不高，胖乎乎的，头发乱蓬蓬的，却是一副狂妄自信的样子。她瞥了继母一眼，说道：“十分钟。”那个面目丑陋的门童摊开双手，好像他就是他要求的全部，任何人所能要求的全部。然后，那两人手挽手消失了。

西莉亚未来的丈夫昆汀·维利尔斯此刻在三十英里之外，意大利公路旁边。这是他第一次真正意义上的度假，没有这样那样的年长的监护人陪同，一个人搭便车在欧洲长途旅行。尽管他没有多少钱，也没有什么联系人，但是一双绿眼睛总是清澈明亮，充满一个乐观主义者的希望。他背着行囊，站在应急车道旁边，穿一条褪了色儿的牛仔短裤，昆汀已经六英尺高，黝黑的皮肤，鹰钩鼻子，他伸出拇指想搭顺风车的时候，汽车总是飞驰而过。

黛安娜，黛安娜·帕里只是她未来的一个影子。在她那个年纪，她的个子算高的，满脸严肃，身材比例不太协调，橘红色的嘴巴扁扁的，一袭黑发披散下来，就像戴了一顶薄如蝉翼的伞形风帽。此刻，她在从伦敦妈妈的公寓到爸爸阿姆斯特丹的公寓的路上。她在伦敦希思罗机场的表现很有特点：笨手笨脚地翻着文件，手提包掉在地上，行李箱上的把手弄劈了指甲。她不无痛苦地意识到，男人们都用充满敌意的目光看着她。黛安娜今天特别紧张。她收到最好的朋友艾米丽的一封信，信里有几句热情洋溢的附言，说她刚来月经。这个消息让黛安娜心里很不爽。这下子在她们那个朋友圈儿里，只剩下她不但乳房小，而且连阴毛也没有长出来。黛安娜并不留恋刚刚离开的母亲，也不急于见到父亲。飞机沿着跑道加速的时候，她打开一本杂志。

怀特海德呢？他十三岁，正在圣潘克拉斯热带疾病医院研究所，作为实验对象（会是有毒的）做腺体矫正手术。从五岁起，为了避免过度肥胖，一直忍饥挨饿。到了青春期，脂肪组织暴涨，荷尔蒙大量涌入，连最有经验的营养学家看了也束手无策。他的三位家人每周看他两次，都在傍晚。他们个个都是大胖子、总重量达七十英石[1]，走起路来非常吃力。他们在病房待半个小时，从头到尾数落基思（“你得明白，这手术就他妈的一场灾难，”老怀特海德先生不无嫉妒地预言）。数落完，连“再见”也不说，就步履蹒跚离开医院。小基思在公共病房引起人们强烈的反感，会诊医生不得不把他安排到单人病房。他五个星期后才能出院。那时候，医生将宣布，他比以前还胖，但是“头脑像预期的那样清楚”。眼下，怀特海德白天躺在床上，脸红心跳，默然无语，夜晚，流着眼泪轻声抽泣。

1 英石，英制重量单位，1 英石相当于 14 磅。

这就是我们要介绍的六个人。在时间跨度上，推移到阿普尔希德教区长府邸之前的岁月。这是一幢三层楼的建筑，位于赫特福德郡郊区格兰德摩尔。格兰德摩尔还是一个村庄。它之所以在伦敦郊区向北迅速推进的大潮中得以“幸存”，一方面因为比较偏僻，离城际高速公路较远，不太方便；另外一方面，这里的高速公路收费站的收费标准接近于卢顿机场的进场费，很不合算。格兰德摩尔保留了许多历史陈迹，具有一种让人叹为观止的魅力。沿着青砖小路走去，你会看到路两边爱德华时代的路灯摇摇晃晃，马车房酒店上方油漆斑驳、裂缝纵横的招牌轻轻摇曳，古老的橡树向远处的山峦弯腰曲背。游客很难抹掉那种不真实的、仿佛悬空的感觉。即使嗡嗡响的飞机从头顶掠过，也无法驱散笼罩心头的恬静。温馨安谧几乎像巍然耸立的岩石可以触摸。

从格兰德摩尔村往阿普尔希德教区长府邸走会产生一种错位的感觉。比方说，昆汀告诉他的美国朋友如何去阿普尔希德的时候，是这样写的：“过了那座拱形小桥，立刻停下，下车后使劲儿往左面看，我们这幢房子离公路二十码远。就在那儿！”理由很充分。因为那幢房子再普通不过了，一般人很容易开着车飞驰而过，把它甩在身后。掉头回来，还会错过。不得不找当地人唠唠叨叨、啰啰嗦嗦再告诉你一遍。阿普尔希德教区长府邸似乎总是背后天空的颜色，灰白色的砖墙使得它看起来就像单色照片上的建筑物，或者从网眼窗帘看到的一幅画。这幢房子异乎寻常地狭窄，两边没有窗户。从大路上望过去，有时候它仿佛融入无形的微光之中。天气炎热的时候，太阳照耀路边的小河，产生热梯度[1]，蒸腾的热浪中，整幢房子就像一个在一面飘拂的旗帜上起伏的映象。细雨连绵的下午，它便隐退到水雾中，形成灰色天幕上一道迷蒙的风景。

房子里面的景象也让人觉得很不可靠。不管是谁，来到阿普尔希德教区长府邸，都会暂时失忆，只能记起几天以内的事情。在阿普尔希德教区长府邸，谁都想喝酒，要么喝得烂醉如泥，要么喝得宿醉不醒，要么喝得恶心呕吐。在这里，他们学会了一切凭经验去做，凭感觉去做。在阿普尔希德教区长府邸，一切都乱了套。在房间里没有方位感，也没有确定性。住在这里的人饱受很古怪的精神疾病之苦。这是由于长期吸食毒品造成的。而要想减缓病情，只有再服用其他类型的毒品。所以，阿普尔希德教区长府邸是一个外部轮廓飘移不定、内部设施岌岌可危的地方。一个滞后时间、伪造记忆的地方。一个聚集了街头悲哀、夜晚疲惫和废除了性的地方。

这一点更重要。

1 热梯度，又叫“温度梯度”，简单的讲就是温度变化的速度与方向。一定距离内温度变化大就是温度梯度大，“温度梯度”的方向即温度变化的方向。物体传热速度是由两个因素决定的，一个是温度差，另一个是热阻，而热阻往往是由材料决定的，是一个常数。

6 希望渺茫

基思还在府邸小客厅的沙发上懒洋洋地坐着，昆汀和安迪出现在门口。星期五，早晨十点。

“该用药了。”安迪宣布道。

“哦，天哪！”基思说。

怀特海德家给他寄来的许多邮件之一是麻醉剂检测器。安迪和昆汀每周两次或者三次给他送来一粒药丸，或者一块吸墨纸，或者一小袋药粉，或者一小瓶药水，或者一小袋结晶体，或者一块湿乎乎的糖。然后，他们让基思或者吞下，或者放在嘴里吮，或者放在鼻子下面闻，（有时候还）注射。昆汀和安迪还告诉基思，几天之内用完这些“药”，然后扬长而去。他们再来的时候，基思要么吃吃吃地笑着手舞足蹈，要么摇着头，说：“时候还没到呢！”要么吓得浑身发抖，躲到餐具柜下面，或者享受令人愉快的幻觉，或者睡觉，或者哭喊，或者打扫厨房，或者把自己反锁在扫帚间，或者拼命呕吐，或者面色苍白失去知觉。有时候，如果毒品的诱惑无法抗拒，昆汀和安迪也加入基思的“试验”。如果情况相反，他们就在椅子上坐下，摆出一副超然物外的架势，一边观察，一边提问。他们记下小基思眼球突出的程度，脉搏跳动的次数。讨论他怎样抽搐、喘息。在最后一个阶段，观察他的皮肤怎样变白，舌头变绿，嘴唇变成金红色。

“今天没有特别的玩意儿，”安迪继续说，“就是小卖部那个黑家伙卖的东西，一英镑三小包。那家伙很可靠——对于一个巴基斯坦人而言——所以药性温和，也不会持续太长的时间。”

“上面还是下面？”基思很警惕地问。

安迪瞥了昆汀一眼，说：“下面。不过不太远。”他又变得轻松愉快。“估计半个小时左右会有针扎一样的感觉，然后你就觉得困，有点头晕，想吐。但是总体上感觉很好。两个小时就过去了。”

怀特海德眯细一双眼睛。“没有副作用？”

“当然没有。”

“不会像上个星期那样，尿出来的都是黑水吧？”

“不会！”

“耳朵里不会再流出那种绿颜色的玩意儿吧？”

“保证不会。”

“不会一晚上拉屎不能睡觉吧？”

“不会。”

“哦，听我说，不会像上次吃了你给的那种粉末，那家伙缩回去出不来吧？”

“实际上，”安迪故意岔开这个话题，“有一次我给一个家伙注射二氧甲基苯丙胺[1]，他急切地睁大一双眼睛，整个舌

1 二氧甲基苯丙胺，一种致幻剂。

头都……”

“你能保证不会把那家伙弄得一团糟吗？因为我……”基思在椅子上动了动，好像屁股就是坐垫。“露西什么时候来？”

“露西？谁知道呢？”昆汀说，转过脸问安迪。

“今天晚上吧，具体时间说不准。”安迪直盯盯地看着他。“你有什么事儿吗？”

怀特海德挺了挺身子，坐起来。“我让你猜三次！”

昆汀和安迪不安地对视了一眼。因为这话是基思操他那“滑稽可笑”的、美国化了的高音说出来的，就像《木偶奇遇记》中小蟋蟀占美尼教训匹诺曹时那种嘲讽轻蔑的语气。

“什么？”安迪问道。

“因为我想要从前那种疯疯癫癫，疯疯癫癫，疯疯癫癫的感觉。”

基思脸上露出一丝微笑，屋子里一片寂静，他的声音在空中缭绕，在玻璃茶几上方盘桓。他们三个人同时意识到，起居室窗外树枝上有一只小鸟不停地、叽叽喳喳地叫。

“疯疯癫癫？”安迪问。

基思继续用瑜伽熊[1]那种嗲声嗲气的声音说：“疯疯癫癫……进去出来，出来进去……短剑插入……还有别的什么……”怀特海德的声音越来越低。

安迪又看了昆汀一眼。

---

1 瑜伽熊，美国通俗漫画角色的名字。

“他是说操，还是什么意思？”

“没错儿。”基思用平常说话的声音说，好像被打败了一样。

“操露西？”昆汀问。

“嗯。没错儿。我只是想……”

就在这时，电话铃响了，昆汀摇摇晃晃走过去接电话。

安迪在基思身边的沙发上坐下。“哦，操就操吧，干吗这么说话？基思。”安迪很真诚地说。“基思，听我说。”

“说什么？”

“以后不要这样说话好吗？”

“好。”

“天哪，基思。有一会儿我真的害怕了，以为你又要发疯了。”

“可我以前就是这样说话的。”

“我知道，”安迪说，“不过以后不要这样说了。或者说，不要用你任何一种滑稽可笑的声音说话，好吗？”他从口袋里掏出一把药丸，放到茶几上。“我们希望你吃两粒。不过这是巴比妥类药物，你这体格不能滥用，一粒就可以了。尽管我倒情愿你能吃两粒。我可以给你一些当礼物，不过，你……”

“喂！”昆汀大声喊着，一只手捂住电话听筒。一条穿蓝牛仔裤的腿从丝绸便服前襟下面露出来，搁在旁边一把椅子的扶手上。“是露西！你好，露西！你想上谁的床呢？”他问道。听到她的回答咯咯咯地笑了起来。

基思发了疯似的东张西望。

“好的，露西，如果你想来点新花样……没问题，就来一次，看看胆子有多大。等一下，安迪有话要说。你什么时候来……”他好像受了委屈，愤愤不平地补充道。“很好，一会儿见。不，我现在可是个一心一意的男孩儿。你也一样。”

昆汀把电话轻轻地递给安迪的时候，基思若有所思地从茶几上拿起一粒药，攥在手心里。

“露西？我是安迪！难以置信。多少？啊？简直是神话，哦——”他转过脸，朝基思眨了眨眼。“……我们也会给你带来惊喜。有个人急于认识你。你等一会儿就知道了。基思·怀特海德。哦，个子很高，黑不溜秋……六英尺一英寸，还是二英寸？轮廓鲜明，五官俊朗……”

怀特海德哼哼了一声，表示反对。

“浓密的黑发，床上功夫极好。听说，像克里萨斯王[1]一样富有。”

“安迪，求求你！”

“瘦得像相片儿，体重嘛……你知道，身段真的很棒……”

“安迪！”

“今天夜里你就要他。好的，宝贝儿，再见！”

电话机发出轻微的吱吱的响声，安迪放好听筒，朝昆汀咧嘴笑着。“这就是他们说的软推销。”昆汀说。

“你很得意，”基思用沙哑的声音说，“你为你刚才说的

1 克里萨斯王，吕底亚国最后一位国王。

这些话很得意，是吧？”基思嘴巴的形状怪怪的，一说话上牙就往外龇。现在，那向上翻着的红橡胶似的嘴唇实际上遮住了他的鼻窟窿。

安迪快步走到基思跟前，蹲下来，眨巴着一双眼睛问：“怎么了？”

“你刚才，你刚才……”

“怎么了？现在，吃你的药丸去吧，乖孩子。我没说什么呀？”

基思有气无力地摆摆手。

“好了，老兄，不要多想了。”

基思把头放在沙发靠背上，把什么东西咽到肚子里。他的语速很快，声音显得飘飘渺渺。“如果你不和露西说那些，我或许还有一线希望……”

“一线希望？一线希望？是没有希望，小伙子，没有希望！”

“我也许会有……哦，天哪！我也许会有希望做……啊，你怎么能……”

“想造成个好印象？”昆汀插嘴道。他一直看着蹲在那儿的安迪和坐在沙发上的基思，虽然目光闪闪，但不感兴趣。“基思想说的是，安迪，他怀疑自己能不能比得上你对利特尔约翰小姐描绘的那位白马王子。咱们那位小姐现在还以为迎接她的是一位身材高大、英俊潇洒、皮肤黝黑的陌生人……”

“等待她的是肥胖、白皙、粗俗的小基思。当然，我只是胡说八道罢了。她知道。天哪，你的幽默感哪儿去了？”

“好了，基思。满意了吧？”

怀特海德不满意。“我希望你能和她谈一谈，安迪，影响一下她。”他指了指桌子上放着的药丸。我帮了你那么多忙，你就不能求她帮我一次？”

安迪听了似乎真的迷惑不解。“你为什么不像别人那样，试着和她干一次呢？”

“瞧瞧我这副模样。”基思摊开一双手，好像要哭。“我和别人不一样。”

“我可不能……”安迪咂了一下舌头站起身来。“哦，我……你知道……我……讨厌这种唆使人性欲倒错的谈话。你他妈的把这些药丸拿走，基思。别再跟我说这些屁话。”

安迪出去之后，昆汀走到沙发跟前，在扶手上坐下。“别把安迪说的那些话放在心上，”他喃喃着说，“我有点宠爱他，这你知道。不过恐怕……如果他有什么错误的话……也就是太缺乏想象力。”

“……对不起，你的意思是……”

“我的意思是，他没有想象力，以为谁都和他一样。基思，你没事儿吧？”

怀特海德抽了抽鼻子，伸出手指擦了擦鼻窟窿和上嘴唇之间那条缝隙，不知道该把满手的鼻涕往哪儿擦。昆汀把自己带花边儿的丝绸手帕递给他。基思接过来，捂着鼻子酣畅淋漓地擤了起来。他心里想，人们的“不敏感性”也该有个限度，或许安迪已经看出，基思丑陋的长相和他吸引露西的能力之间没有太大的关系。对她来说，反正都一样。正像人们常说的那样，她对男人不加选择，和谁都干。昆汀这几句不无同情的话更是点燃了他心底希望的火花。基思又抽了抽鼻子。“不管怎么说，现在我什么也不在乎了。”他说。

“基思，永远不要说这样的话。”昆汀说。

一朵云彩从房子和太阳之间飘过。屋子暗了一会儿，又明亮起来。昆汀弯下腰，轻轻地抚摸基思很巧妙地梳理过的头发，结果弄乱了他的发型，手掌下面露出很大一片没长头发的头皮，昆汀连忙收回了手指。

“别着急，”他轻声说，“这个周末，我一定让一件异乎寻常的事情发生在你的身上。这样的事儿，或者那样的事儿。即使不是和露西。”

7　阁楼上的云图

露西·利特尔约翰和另外三个姑娘住在骑士桥梅森奈特公寓顶层。那无论如何也不能说是一个正常的家。我们可以近距离地观察一番。平常的日子里，她们下午一两点起床，或者到豪华的浴室洗很长时间的热水澡，或者到楼下卫生间痛痛快快洗个淋浴。然后，在彩色电视机播放的画面和音乐组成的背景下，穿着睡衣、便袍在起居室四仰八叉、横躺竖卧，像天使一样，在阁楼云图下怡然自得。她们从法式大酒杯里一边慢慢呷着咖啡，一边聊各自夜里外出的经历。下午四点，她们到斯隆大街和波尚购物广场逛街、购物，六点钟回来喝杯长寿雪莉酒，再聊一会儿，就上楼换衣服。来电话期间，她们步履轻捷地在各自的小屋之间来往穿梭，互相借用香水，交换紧身衣，迫不及待地想听听对方的建议。她们的声音从灯光明亮的卧室飘到昏暗的楼梯平台汇合。谈话的内容会让人以为她们是美食家、夜生活评论员、社会新闻专栏作家、隐姓埋名的管家，但她们都不是。九点，出租车和豪华汽车鱼贯而来。

别的女孩儿都有她们称之为“白日情人”的人。只有露西习惯性地把她的“财政收入”奉献给她爱慕的情人。她的这种“秉性”因为结识英俊潇洒、却没有“偿还能力”的阿多诺变得更加美好。更具讽刺意味的是，就定格在了他的身上。他们去年夏天认识。安迪在庞特街碰到她，撩开挡在眼前的头发，一本正经地说："你为什么现在不带我回家呢？""好吧。"露西很爽快地答应了他。他们默默地向她住的公寓走去，都有点纳闷，有点惊讶。"我本来没想着问你，"安迪走进露西的房间时，有点不好意思地说，"可是你看起来那么漂亮。"

她确实很漂亮。棕色的短发中有一缕缕挑染的金发，一双大大的紫色眼睛清澈明亮，数不清的莎丽、面纱、珠串、宝石、腰带、吊袜带、围巾遮掩不了她的绰约风姿。她微笑时露出珍珠般闪亮的牙齿，大笑时宛如摇响串串银铃，清脆悦耳。尽管匆忙但依然精心涂抹过的脂粉下面露出娇嫩的肌肤。磨得很薄、打过补丁的牛仔裤。透过脏兮兮的、带窟窿的罩衫看得见她凝脂软玉般的皮肤和雪白的内衣内裤。那时候，安迪利用假期，在威斯敏斯特储木场打工，常常弄得污渍斑斑，浑身冒汗。他连续五十五个晚上出现在露西面前。带着一瓶酒，一包小吃，一把牙刷。整整八个星期，安迪和露西谈政治，聊美国小说，弹吉他。那把吉他是别人扔掉的，他重新按上琴弦，调好音，弹着玩儿（露西起初不太习惯，觉得别扭。可是很快就习以为常了）。他还给她讲自己的经历。他精力充沛，一个晚上都跟她做两三次爱。结果，两个月，露西都没钱付房租。

第五十六个夜晚，安迪来的时候，米琪和塞丽娜正站在对讲机旁边等人。"你今天晚上要见谁——路易斯·奎兹？"他说，和她们擦肩而过，径直走进起居室。露西压低嗓门儿告诉他，和她合租公寓的那两个女孩儿今天晚上的计划要泡汤，心情不好，最好别惹她们。特别是她还欠着房租没交。可是安迪·阿多诺不听。他用牙齿咬着瓶盖儿，打开那个装两升酒的瓶子，关了电视机，拿起吉他。他只见过一两次“塑料娃娃”(安迪给露西两位朋友取的绰号)，对她们一点儿兴趣也没有。十分钟之后，对讲机响了起来。走廊里又活跃起来。安迪回过头瞥了一眼，看见一个穿灰色军装的缅甸人。“哦，她们和当兵的勾搭上了，是吗？”他说。那个小个子缅甸军人似乎正在向米琪和塞丽娜转达什么人的问候和歉意，还送上一个很大的花环。两个姑娘很冷淡地接过来，放到一边。

两个姑娘骂骂咧咧、嘟嘟囔囔从走廊返回来。米琪向电话机走过去，塞丽娜四仰八叉一屁股坐在一张扶手椅上。“那个小个子干什么来了？”安迪问。“来吧，喝酒。”塞丽娜摇了摇头。米琪说：“为你干杯！”安迪低着头正要弹吉他，米琪的话让他莫名其妙，不由得看了露西一眼。

“听我说，”米琪对着电话说，“如果你不想操，就直说。我这儿是第一流的服务。非常棒！”电话那头正在回答。米琪从塞丽娜手里接过一支香烟和打火机，一边点燃，一边生气地嘟囔着表示反对。“不，不，不收现金！两个人都是第一流的服务。是的，塞丽娜也在。所以，你……海米托，哦，他叫什么来着？哦……不，哦，不……你叫一辆出租车过来……”就在米琪忍不住要发火的时候，电话那头说了几句什么话，让她平静下来。“好的，好的！宝贝儿。来接我们。再见！”她挂了电话，朝塞丽娜摊开一双手。塞丽娜耸了耸肩。

“谈妥了？”露西问。

米琪一定听出露西言语间的嘲讽，“没错儿，”她说，“你最好赶快把你自个儿弄妥吧。这地方可不是靠按电钮办事儿。”

一阵嗡嗡声由远及近，突然变得震耳欲聋。原来是一架直升飞机低空飞行，从窗前掠过，然后又向远方飞去。

“谁呀？”米琪生气地说，“鲍勃？”

塞丽娜打开窗帘，看了看表。“哦，太早了。一定是卡里。”

“对。他说这个周末晚一点走。天哪，那个日本人。”

“不是日本人。是缅甸人，不是吗？”

“对。不过日本人缅甸人有他妈的什么区别吗？”米琪问。

“没他妈的多大区别。”

这时候，两个女孩儿同时意识到安迪不再漫不经心地弹他的吉他。他正凝视着露西。露西蜷缩在椅子上，两手抱在胸前，来回摇晃着。米琪和塞丽娜动了动，安迪正用充满敌意的目光轻蔑地凝望着她们。两个人被他盯得不寒而栗，闭上了嘴巴。

安迪颤抖了一下，然后放松下来，几乎是漫不经心地举起吉他摔到面前的不锈钢茶几上。“露西，”他说，屋子里一片寂静，“你就这样生活？你喜欢这样的生活？”他叹了一口气。“露西，上楼，收拾东西，跟我回家。如果你欠这两条狗钱，我来还。如果你有什么麻烦，我帮你摆平。收拾行李，离开这个鬼地方。”

露西在椅子里往后缩了缩，好像变小了一样，看得出心里很难过。她心烦意乱，下意识地摇了摇头。她知道，自己哪儿也去不了。她摇了摇头。

他的慷慨激昂和露西拒绝他的好意都让他吓了一跳。他站了起来，有一会儿，他真想踢米琪或强奸塞丽娜。环顾四周，他想再找点儿可以砸碎的东西，但是屋子里空空如也。为了解气，他推翻茶几，往地毯上吐了一口唾沫，砸烂前门的锁，扬长而去。

所有这一切——或者几乎这一切——黛安娜都知道。她在卧室里走来走去，把安迪的鼓槌整理好。弯腰从地板上拣起琴拨子，口琴，把几把吉他拿到墙角放好。把长笛和六孔小笛放回到盒子里，把唱片放回到封套里。把仿佛男孩儿弄脏了的内裤和几件散发着薰衣草香味儿的T恤衫放到一起。看到他把运动鞋并排放在衣柜里，心爱的黄铜萨克斯管上的带子扔在书桌上，她惊讶地眨巴着眼睛。黛安娜试图像整理他的房间一样，梳理他的历史。尽管她怀着一种对他强大的性能力和性厌恶的敬畏，以开玩笑的方式从安迪嘴里探知了上面那些信息之后，每每想起他和露西的风花雪月，心还是隐隐作痛。同样，当她怀着对他那种残酷报复行为的痛恨，以一种谴责的方式，从安迪嘴里探知了下面的信息之后，每每想起他们之间发生的那些“趣事”，她还是感觉到一种让人心跳加速的快乐和喜悦。黛安娜摇摇晃晃走过去，回转身，凝望着大衣柜镜子里自己一双眼睛。

一个星期后，星期五，安迪去那座公寓，向塞丽娜和米琪道歉（还有皮肤黝黑的伊莎贝拉，她刚从摩洛哥飞过来），把泪水迷离、满腹狐疑的露西领到楼上，做“充满讽刺意味”的爱（“我想，我实际上……操她的屁股”）。他在她屁股上拍打了几巴掌，把还没有开封的工资袋扔到茶几上，扬长而去。第二天晚上，他和昆汀一起来，两个人都喝得酩酊大醉。他把露西领到她的房间，逼她脱光衣服，让昆汀和她做爱，他自己坐在墙角，一边喝酒一边看，一边恶毒地咯咯咯地笑。昆汀说了许多话，类似：“安迪，真的！”“这是不是太……”“说实话，我真的认为……”但是淫欲、醉酒和生怕煞风景的焦灼不安结合在一起，激励他一直干下去。而且干得技艺高超，相当有派。昆汀穿衣服的时候，安迪让露西给他“吹箫”。他时不时让她停下来，不管她是不是把那家伙都吞了下去。

“不，伙计，这是创造。”安迪对昆汀说。两个人跌跌撞撞走下楼梯。“……顶呱呱的奸淫。为他妈的她好。反正我昨天就给她钱了。”

离开公寓之前，两个人顺便到起居室。安迪在那几个女孩面前轮流展示了一番自己的裸体。他还问一个电视制片人，想不想把他的脸打成果酱？他涕泪迸流，劝大伙吃屎，还给人家关了灯。

就在安迪的恶作剧嘻嘻哈哈地继续着的时候，九月份伦敦的新学期开始了。这时，他去那儿的次数少了，也不太“恶毒”了。两个星期左右，他和他的朋友们凑二十英镑（安迪坚持付费，并非露西要钱）去一次庞特街寻欢作乐。通常，露西会给他们表演脱衣舞，给某几个人手淫，也许和一两个人上床，和安迪干几分钟。这时候，露西似乎已经进入到这个角色的精神层面。只有和安迪做爱的时候，她才时不时叫喊几声。总体上，她按照自己的身份去做，而安迪坚持认为那就是她的本来面目。她不知道自己为什么要拒绝安迪，也不为自己的拒绝而后悔。对她毫不留情地“性侵”几次之后，安迪的敌意渐渐消散。两个人做爱的时候，她没有表现出凄惨痛苦；被他摆布时，也没有表现出怯懦献媚，只是一个必然的、不可避免的过程。

接下去该贾尔斯了。安迪的计划第一次受到重创。

十一月一个月明星稀的夜晚，弱不禁风的贾尔斯被安迪推进那幢公寓。他得意洋洋地把露西介绍给贾尔斯：“就是这位，花五十英镑，跟她干什么都行。”他们俩坐在厨房里聊了起来。贾尔斯：“你在这儿住多长时间了？”露西：“哦，差不多一年了。”贾尔斯：“是吗？这个地方真的……实际上，真的很不错。”露西：“哪里！不过就算个家罢了。”贾尔斯：“你刚才说你在这儿……实际上住多长时间了？”安迪说：“得了，好人儿。用不着说这些废话。这儿住的都是妓女。”

贾尔斯和露西乐呵呵地上楼去了。进到房间之后，露西便信心十足地上了床，面带微笑开始脱衬衫。“实际上……”贾尔斯从后屁股兜掏出一个大酒瓶，“如果我们什么都不做，你介意吗？我照样给你钱。我有钱。可是我有点……紧张。我的意思是，别把我想成色狼，或者别的什么坏蛋。”“你多大年纪了，贾尔斯？”“二十岁零六个月。”“有女朋友吗？”“有呀。我只是觉得这样……尽管我觉得你非常有吸引力。你的……太漂亮了……”（贾尔斯本来想说“你的牙齿”，但是这只能提醒他不喜欢这一切的原因。）“好了，亲爱的。你可以在这儿先躺一会儿。不要担心。我不会对你做什么。然后走人。”“好的，谢谢。”他躺了一会儿，临走前给她开了一张支票。

安迪有所不知的是，贾尔斯在许多方面正是露西理想中的男人：和善，虽然看起来傻乎乎的不太精明，但是和蔼可亲，温文尔雅，充满深情，而且相当有钱。贾尔斯让他的律师还清她所有的债，还把钱包给了她，她可以随便花。他们一起开心地去饭店，看电影，或者到她建议的任何一个俱乐部。坐着豪华的普尔曼式卧车到布赖顿，或者坐着戴姆勒[1]小汽车到湖区，只是不去会对牙齿造成损害的地方。他们在一起的第十一个夜里，贾尔斯醒来，(1) 没有因为宿醉而太难受，(2) 阴茎勃起，他有点羞怯地抱住露西，在她怀里颤抖着，直到欲火渐渐熄灭。那个冬天他们一直没有分开。

就像贾尔斯做过的许多其他事情一样，他和露西的这一段“风流韵事”后来也终于画上句号。从旧康普顿街[2]惠勒酒店楼梯上摇摇晃晃走下来的时候，贾尔斯的脚踩空了楼梯，没抓住露西的手，结果跌跌撞撞摔下来，两个膝盖着地，倒在苏活区的人行道上。

---

1 戴姆勒，英国高级轿车。

2 旧康普顿街，是苏活区的中心，也是伦敦同性恋大本营，有许多同性恋酒吧、偷窥秀深植其内，也有许多美食餐厅。

贾尔斯在好几家乡下疗养院疗养了三个月。这当儿，安迪小心翼翼地修复和露西的关系。他们达成共识，两个人什么时候感到悲伤痛苦、寂寞无助的时候，就找对方倾诉。危难时刻互相帮助，做好朋友。

安迪进屋的时候，黛安娜沉着一张脸。

“太棒了！”他说。“你把我的东西收拾得整整齐齐。连竖琴也摆放好了。”他走到书桌跟前。“还有那个萨克斯管。”他满意地说，点了点头。

黛安娜头也没抬。“她什么时候来？”

“哦，她打电话了。今天下午，或者傍晚来。”

安迪跪下，把黛安娜一缕乌亮的秀发捋到脑后，吻了吻她的太阳穴。“谢谢你，宝贝儿。”他说。

尽管黛安娜知道，这是安迪对先前的唐突表示歉意的方式，而且按照他的标准，几乎是溜须拍马献殷勤。她还是觉得不应该搭理他，于是转身就走。

“好了，”安迪建议道，“操你就是了！”

8　安迪被骗

昆汀跟在小基思身后走进厨房。他们后面跟着安迪，看起来情绪低落。

“过来，基思，”他说，“有什么行动吗？”

基思从桌子下面拉出一把椅子，坐了下来，这样可以更好地面对在他面前晃来晃去的这两个身材高大的美男子。他瞥了一眼手表。“还得多长时间……”

“我知道还有多长时间，你这个小笨蛋，”安迪拍了一下巴掌，“一个小时，如果……”

这时候，后门砰的一声响，紧接着传来熟悉的、弗里太太两条胖腿摩擦的沙沙声。弗里太太是仆人，每星期有三个上午来阿普尔希德教区长府邸干家务活儿。她嘴里嘟嘟囔囔，穿过走廊，向厨房走来。

安迪似乎被这一阵响动震得晃了晃，连忙抓住一张椅子的椅背，开始找理由：“听我说，如果现在没他妈的活儿干的话，他们……”

“喂，喂，喂，”昆汀打断他，不无同情地、平静地点了点头，“不要当着仆人的面儿说这种话，安德鲁。”

安迪靠碗柜站好。“好的，”他提高嗓门儿说，“好——的！”

“大伙儿早上好！”一个头戴洋葱形亚麻色假发、长了一张猪脸的女人以令人不安的速度，把脑袋伸到门口。

“早上好，弗里太太，”昆汀说，“有什么事儿吗？”

“我只是用一下墩布，维利尔斯先生，谢谢。”厨房里顿时一片寂静，有一刹，弗里太太凝视着昆汀，目光里有一种仿佛被震惊的欲望。然后蹒跚几步，从四仰八叉坐着的基思身边走过，向扫帚间走去。一股“家净”[1]、婴儿爽身粉和浓重的汗味儿扑面而来。

怀特海德斜睨了弗里太太一眼，主要是因为上个月，他想挑逗她，没有成功。那天早晨，基思一直躺在床上，摆弄着勃起的阴茎，不知如何是好。心想，要不要探身取几本放在床下的花花绿绿的色情杂志。这当儿，弗里太太一直在车库里叫喊，说要到他的屋子里，拿放在那儿的刷子。怀特海德说进吧。弗里太太背对他跪在地上。基思·怀特海德穿着睡衣，俯身向前，一双手“端住”她薄如蝉翼的粉红色围裙里的乳房。弗里太太回转身朝小基思右耳朵狠狠打了一巴掌，基思叫了起来——不是因为吃惊，或者受挫，完全是因为疼痛。

“找到了吗？弗里太太。”

“找到了，谢谢，维利尔斯先生。”她微微一笑，露出洁白的假牙。“对不起！”她对基思大声呵斥。基思赶快把腿收回到椅子下面。

“他妈的，”安迪心不在焉地自言自语，用两只手弄了弄

1 “家净”，商标名，一种用来清洗抽水马桶、水槽等的漂白消毒剂。

腹股沟。“这牛仔裤勒得太紧了。”

“让我来吧。”昆汀说，打开门。弗里太太走了出去。昆汀转过脸对安迪说：“哦，我想这显示出你的自制力值得赞赏，安迪。”但是他的声音中隐隐约约有一丝“不敢苟同”。

“是吗？哦，那玩意儿，”安迪说，“他妈的，她只是扫扫这儿的地板。”怒火又像一股电流传遍全身。他又朝小基思扑过去。“什么感觉也没有？连眩晕，朦朦胧胧的感觉也没有？迷迷糊糊，好像要散架似的……”

基思从听到“朦朦胧胧”这个词儿之后，下嘴唇就噘了起来，真是不祥之兆。他说：“没有，安迪，什么也没有。”

安迪摇了摇头，仿佛想把脑袋里的一盆浆糊搞清爽一样。他往后退了几步，转了一圈儿，又凝视着基思，目光中充满了恳求。“再吃两片儿。再吃四片儿。再吃……”

“得了吧，安迪，”昆汀说，“你是被卖药的人骗了，就这么回事儿。”

“你他妈的最好别跟我开玩笑，”安迪怀着一丝希望对基思说。

“真的没起作用，安迪。”

“那个该死的黑鬼！”安迪气得要命，不停地挥舞两条胳膊。“天哪！那个王八蛋说：‘尼（你），伙计，草（操）得好！交个盆油（朋友），草（操）他妈的屁股。’四十英镑！”安迪从口袋里掏出那个扁平的、一盎司装的铁烟草盒，摔在桌子上。盒子又滑落到地板上。安迪直起腰，突然平静下来。“我要去揍那个小子。跟我去吗？”

“好的，我穿外套去，”昆汀说，“基思，如果西莉亚问我上哪儿去了，你告诉她我二十分钟后就回来。”

“你要拿那个小子怎么办？安迪，”昆汀离开厨房之后，基思问。

安迪举起关节粗大、戴了好几个戒指的拳头。“要么他还我的钱，再把我能带走的所有毒品给我，要么我就揍他个屁滚尿流。听我说，等我动武的时候，他就成了一个满面桃花的黑鬼……昆汀！”

安迪的摩托车怒吼着又活了过来。基思听见院门砰的一声关上，摩托车旋卷起一阵沙尘，呼啸着向村街飞驰而去。基思手脚麻利地弯腰捡起那个小铁盒，打开之后凝视了几秒钟。

9　杜松子酒和眼泪

“喝，喝，喝，”贾尔斯自言自语。晃动着磨砂玻璃烧杯里的酸橙汁，然后举起来对着亮光看。“喝，喝，喝，喝，喝！”

从窗户外面望去，倘若不是因为他那一脸温柔、和蔼可亲，人们一定会把贾尔斯·科德斯特里姆错当成一位神魂颠倒的科学家。他弯腰曲背坐在桌子前面。桌子简直就是一个发出嘶嘶声、咕噜咕噜声的实验台，上面摆满了马天尼调酒器，电动搅拌器，螺丝锥，虹吸管，制冰的盘子，玻璃冷却杯，柠檬削皮器。

贾尔斯的目光没有离开那个磨砂玻璃烧杯，右手摸索着抓起一个绿颜色的哥顿金酒[1]瓶子，晃了两下，皱着眉头说：“啊，空了。”

贾尔斯走到屋子那边，打开那个很大的柚木酒柜的双扇门，从最上面那层取出一瓶收藏已久的名牌酒，又回到桌子旁边。贾尔斯往那个很高的烧杯里倒酒，快倒满的时候，好像才想起什么，一边骂自己，一边往里面兑了点奎宁水。然后，满腹狐疑地抿了一小口。“好喝。”贾尔斯又抿了一口。这次越发心满意足，慢慢走回到床边。枕头上放着一本打开着的企鹅

1　哥顿金酒，英国名牌杜松子酒。

出版公司出版的艾丽斯·默多克[1]的《黑王子》。这本书讲了一个六十岁的男人和一个二十岁的姑娘的爱情故事。他又读了几页，默多克小姐继续回避主人公之间牙齿有什么不同这个话题，令昆汀感到失望，顺手把书扔到床下。“你无法永远‘停止怀疑’。”他说。除了刚刚被他扔到床下的《黑王子》，那堆精装书里还有《牙齿，口腔卫生》，《确切数字》，《义齿的历史》，《牙医的一天》，《牙齿》。贾尔斯从中随便拿了一本，又躺下看了起来，仿佛有一种不祥的预感。

读了二十页之后，有人使劲儿敲他卧室的门。

“贾尔斯？”

他很不高兴地从书本上抬起头。“什么事儿呀？”

“电话。”

“谁呀？”

“是个老太太。”

“不，我是说，你是谁呀？”

“西莉亚。”

“哦，西莉亚……你能不能稍微……”

“什么？听我说……”西莉亚一边说一边转动门把手，“……我不能……”

“等一下，”贾尔斯从床上一跃而起，趔趄几步走到门

1 艾丽斯·默多克（1919—1999），二战之后英国文学领域最多产也是最具影响力的小说家之一。

口。打开三道门栓，拉开一条窄窄的门缝。

看见西莉亚，他惊叫一声。

“天哪！对不起，”后来他对西莉亚解释道。“我真的没认出那是你。”西莉亚脸上涂了一层厚厚的脂粉，头发呈一条切线梳到脑后。看起来就像一个很古怪的木偶。“瞧，哦……”贾尔斯捻了一下手指，没怎么使劲儿。

“西莉亚。”

“西莉亚。听我说，西莉亚……可能是我母亲。一定是她。麻烦你跟她说一声，就说我病了。”

“不行，恐怕不行。我已经告诉她你很好。”

“明白了。你的房间里有电话吗？我能去你那儿接吗？”

西莉亚回转身，贾尔斯犹豫了一下，跟在她身后走过楼梯平台。

“你的电话怎么了？”

“我把电话线掐断了，”贾尔斯说，言语之间还有点骄傲之情。

西莉亚把他领进她的房间，朝放在窗台上的电话机指了指。“你干吗要把电话线掐断呀？”她问道。

“有时候，铃声突然响起，吓我一跳。我寻思，着急忙慌迟早得摔个跟头，磕掉……”

贾尔斯本来想说“磕掉牙齿”，可是话到嘴边咽到肚里，站在门口，脑子里一片空白，一时语塞。

“好了，既然来了，就赶紧接电话吧。”

“哦，谢谢，西莉亚。”

西莉亚又回到梳妆台跟前，眼睛转了转，拿起梳子。“你身上一股杜松子酒味儿。”

“是吗？”贾尔斯说，有点儿好奇。“没有吧。我怎么没闻到。”贾尔斯朝西莉亚微微一笑——也就是说，他拉长嘴唇，扁了扁嘴。“喂，妈妈？哦，你好！我是贾尔斯。我很好，真的。谢谢，非常好。哦，不。听我说，今天天气不是很好。我有许多事情要做。真的非常忙。明天是星期日，没空儿去……如果明天是星期六事情就好办多了……你能确定？”贾尔斯捂住听筒，抬起头看着西莉亚，有点站立不稳。“今天不会是星期五吧，是吗？哦，天哪！”他闷闷不乐地看着听筒。“什么？是的，妈妈。你没错。明天是星期六。很好。好吧。我想明天我会去看你的。再见。我爱你，妈妈。”

贾尔斯站起身来，朝窗外瞥了一眼。“瞧，安迪和你丈夫骑着摩托车回来了，”他喃喃着，转身离开。

“你妈妈这些日子怎么了？”

“疯了。就是疯了。疯得一塌糊涂。”

贾尔斯又回到桌子旁边，赶快准备好，并且大口大口喝掉一大杯酸橙、奎宁水、冰、杜松子酒和眼泪混合而成的饮料。

现在，大伙儿都聚集到厨房里了。

安迪·阿多诺刚刚和卡什拉赫尔·霍加“搏斗”完，还沉浸在胜利的喜悦中，一边饿着肚子在屋子里晃来晃去，一边躲闪着做假动作。黛安娜穿白背心，短裤，套一件很短的外衣，抽着带金边儿的薄荷香烟，有点不屑地看着他。小基思坐在桌子旁边。他有个毛病，睾丸和胃弥漫性疼痛。为此，他很感谢自己那条灯芯绒裤子。这条裤子奇迹般地包住他下半个身子。他还喜欢米黄色网眼布做的“弗雷德 · 派瑞”[1] 牌裤子，和老式汽车相得益彰。他的靴子后跟特别高，坐在椅子上才能穿进去。小基思总是不失时机地盯着黛安娜的胸口看。由于在梳妆台前精心打扮，西莉亚 · 维利尔斯的大脸盘儿显得容光焕发，身材也前所未有的苗条。图案复杂的花带子长及腰部，掖在皮革镶边儿的裙子里。她半真半假地指责丈夫恰巧在朋友们要来的时候消失得无影无踪。昆汀辩解道，他不能扔下安迪不管，让他一个人和那个耍无赖的黑鬼打架——那小子被他打了个半死。“放松，”安迪说，在墙角练空拳击打，“我只是稍微收拾了他一下——控制住他就算了。”已经中午十二点了，一缕缕阳光从厨房四棱四角的玻璃窗框照射进来。

一辆破旧的雪佛兰 ’78 驶过铺着卵石、砂砾的半圆形汽车道，慢慢停了下来，扬起一阵沙尘。砂石落到离前门五码远的玫瑰花坛。三个美国人从车上下来。骤然降临的寂静，让人觉得有一种讽刺意味。三个人舒腰展背向这幢房子走来。他们面带微笑，眯细眼睛，互相看着，直到厨房里突然传来的响动让他们吃了一惊，意识到有人在注意他们，三张脸立刻变得狡黠机警。

除了小基思，别人都本能地站起来向门厅走去。

“周末在这里开始。”昆汀说。

---

1 弗雷德 · 派瑞，有百年历史的英国服饰品牌，特别为英国老年人青睐。

10 昆　汀

“关于那场让我父母丧命的空难，唯一让我烦恼的是，”尊敬的昆汀·维利尔斯喜欢这样说，“……关于那个消息唯一没有让我喜极而泣的是，我的哥哥内维尔幸免于难……除了被椎动脉型颈椎病困扰之外，我的童年生活郁郁寡欢、与世隔绝。基督教医院，温彻斯特，众议院是我的去处。内维尔给我的印象只是一个肥胖、不可救药的年轻人，一年两次来看望我的父母亲，索要钱财，惹他们心烦。关于他，实在没有什么美德可言，没有什么可补充的。不过，令人欣慰的是，内维尔比我大十八岁，是个同性恋者，酒鬼。最近我特别高兴地听说，在印度尼西亚度假期间（他冒充农学家），感染了一种非常顽固的梅毒。这种梅毒的菌群据说经常造访大河南边那个令人沮丧的藏污纳垢之地。在那里，捉拿这个菌群都很难，更别说治疗了。我和他一起吃饭的机会极少，就如你能想到的普通老百姓在白宫就餐一样难而又难。吃饭时，看着他的堕落，我暗自窃喜。他还被严重的痛风折磨着。当然，痛风是维利尔斯家族的遗传疾病，幸运的是，迄今为止，它还没有大驾光临到我的身上。他的血压很高，心脏也反复无常。我随时随地等着听他的死讯。”（说到这儿，昆汀通常握住西莉亚的手，温柔地看着她。）“不久的将来，我就可以继承家产了。至少——谢天谢地——内维尔在我父亲遇难前已经以充沛的精力从他手里勒索十年钱财了。现在，我做梦也没有想过，他还能再活一个十年。所以看起来，可恨的遗产税这回是非交不可了。这些房地产就足以让我们舒舒服服过一辈子了。爵位也会锦上添花。我纳闷，等我成为上院议员的时候，还要不要为把这十年有害的统治再颠倒过来而战斗呢？不过，那之前，我还得，第一，靠老婆的钱吃饭——谢天谢地她手里还有点钱——第二，靠我那点微薄的工资糊口。如大家所知，如果能再找点活儿贴补家用，我从来不反对。来，干杯！”

显然昆汀长于模仿、塑造人物，是自我戏剧化的行家里手。他尽管隶属伦敦大学，却是家里唯一不会拿到学位的人。他单枪匹马负责编辑大学的报纸。这份报纸实际上是兼有讽刺性和政治性的文学杂志，名字叫《是的》。昆汀不费吹灰之力就得到主编的位置。他夹着一个公文包去面试，包里装着压根儿就不是他写的挺有学术水平的评论、一叠精心伪造的介绍信和从一家星期日出版的报纸的同性恋文学编辑那儿弄来的令人作呕的文章。没必要太担心。那些评论文章从来不会有人查看是否出自面试者之手，介绍信也没人辨别真伪。昆汀走进会议室的时候，看见一位满头银发、身穿紧身白色麂皮上衣的利西达斯[1]，听见参加面试的考官们似乎因为期待已久，几乎同时发出一声叹息。昆汀讲述他的编辑计划时，几位考官只是直盯盯地看着他那双香槟色的眼睛。昆汀讲完之后，他们面带微笑没精打采地相互

1 利西达斯，维吉尔《田园诗》中一个牧羊人的名字。后来约翰·弥尔顿以此为题写了一首诗，纪念他的亡友。

点点头，对昆汀前来应聘表示感谢。没看见别的应聘者。

昆汀编辑出来的东西确实是 *jeu d'esprit* [1]，是他个人的“精心杰作”。

起初，大部分书评都是他自己写的。一本书出版之后，他会让它有一段“冷却期”，查对、综合和自己竞争的刊物发表的评论文章，找到共同点之后，昆汀便会用《是的》独特的风格重写一遍，将大家共同的看法呈现在读者的面前：

> 某某某的文章读起来就像乔治·艾略特[2]最简洁明快的名言警句和詹姆斯·乔伊斯[3]最深奥难懂的哲学命题拼凑起来的大杂烩。

倘若他喝多了，就会写：

> 某某某的书读起来就像听喝醉了的排字工人演绎亨利·詹姆斯[4]和格特鲁德·斯泰因[5]呈69式纠缠在一起发

1 Jeu d'esprit，法语，意思是：妙语连珠。

2 乔治·艾略特（1819—1880），原名玛丽·安·伊万斯，出生在华威郡一个中产阶级商人家庭。19世纪英语文学最有影响力的小说家之一，也是世界文学史上最伟大的小说家之一。

3 詹姆斯·乔伊斯（1882—1941），爱尔兰诗人、作家。其代表作《尤利西斯》、《一个青年艺术家的自画像》、《芬尼根守灵夜》和《都柏林人》在世界文学史上占有举足轻重的地位。前三部作品均入选美国兰登书屋评选的“20世纪一百本优秀英文小说”，对后世产生了巨大的影响。

4 亨利·詹姆斯（1843—1916），19世纪美国继霍桑、梅尔维尔之后最伟大的小说家，也是美国乃至世界文学史上的大文豪。代表作有长篇小说：《一个美国人》、《一位女士的画像》、《鸽翼》、《使节》和《金碗》等。他的创作对20世纪崛起的现代派及后现代派文学有着非常巨大的影响。

5 格特鲁德·斯泰因（1874—1946），美国作家与诗人，但后来主要在法国生活，并且成为现代主义文学与现代艺术的发展中的触媒。

了疯似的“口角”时的叫喊。

或者如果一位传记作家被普遍认为对传主的私生活缺乏敏感、表现不力，昆汀会做出如下的评论：

> 某某某就像一个愚蠢的侦探查看皮条客的账本一样，搜寻传主私生活的秘密。

喝得酩酊大醉时，会这样写：

> 某某某像施行了脑叶切断术的猩猩骑在刺猬背上，兴高采烈地穿行在传主私生活庄严的隐秘之地，机智老练，小心谨慎。

如果大家都认为一位文学评论家对他选定的某位作家太过慷慨，昆汀就会写：

> 如果某某某这样无耻地吹捧这位作家，无异于把莎士比亚降低到麦戈纳格尔[1]模仿者的水平。

或者：

---

1 麦戈纳格尔，一位19世纪末的苏格兰作家，普遍认为他写出了当时最差的诗。

某某某对他的作者几乎是垂涎欲滴的邪神崇拜，使得丁尼生对惠灵顿的赞美相形见绌，犹如飞身前臂撞击之后，再来个双臂剪颈，抱举对手重摔。结果胳膊粉碎性骨折。

等等，等等。这些评论很少超过两百字，没什么权威性，但是如你所见，文风活泼，掷地有声。昆汀还经常插入让人望而生畏的作者的名字。比如，O. 塞尔特尼兹，D. R. S. M. 梅因沃林，以及与之相关的国内外银行账号。有时候，昆汀想刊用某篇书评的话，就让西莉亚先照来稿打出一份，然后将原稿和一张事先印好的便签放在一起退回去。便签上写的是：

亲爱的先生/女士：本刊编辑很遗憾地通知您，无法使用您提交的稿件，特此奉还。

昆汀从来都不划掉“先生”，或者“女士”，而总是在那张纸的背面，写下这样一段话：

我看过不少狗屁不通的文章，可是，耶稣基督，你的文章实在是拔了“头筹”。缺乏想象力，层次不清，逻辑不通，信息量不够。类似的问题我还能讲出一大堆。这文章你是喝多了酒写的，还是跟我开玩笑？不管是哪种情况，我都不需要你再做什么努力。昆·维。

书即刻奉还。

昆汀把西莉亚打出来的稿子段落前后顺序做一番调整，掐头去尾改写一下，两个月之后，“书评”堂而皇之见报，通常放在“综合消息专栏”。投稿人怀疑，这是否属于剽窃。不过因为他们通常比较年轻，对这种事情困惑不解，不敢进行深究。加之昆汀声望日隆，没人敢直接到大学告状，唯一的“报复”或者说“要挟”就是有人厚着脸皮给他写信，要求再给一次发表文章的机会。

至于这份报纸政治层面的问题，昆汀更是连篇累牍地发表些令人反感的文章。那些文章太粗糙、太极端，在别的地方绝对登不出来。他的“读者来信栏”被公认为当代报章杂志中最具吸引力的专栏。作者压根儿就不在乎报酬。除此而外，维利尔斯解释说，《是的》是非盈利性刊物。杂志的其他版面会刊登些杜撰出来的人物恶毒的饶舌（“安特思 · K. 对我说，亨利 · W. 的勃起问题还在折磨他们。”）。还会发表些从小有名气的熟人那儿索要来的不错的讽刺作品、安迪撰写的关于当代音乐看似博学却经不起推敲的文章（不付稿酬，但他希望得到唱片和音乐会入场券）。昆汀自己也写点儿相当不错的电影和戏剧评论。出版的事儿由小基思去干。昆汀给他的工资少得可怜，活儿却挺重。光印刷厂那点差事就把他累趴好几次。昆汀还逼着他在很短的时间内看完校样，结果小基思的视力从 20/20 下降到几近失明。

《是的》取得出人意外的成功。昆汀能约来不少大腕儿的稿件，许多人都订阅这本刊物，发行量增加三倍。昆汀的照片登到封面上（说明：《是的》杂志社编辑昆汀·维利尔斯在学术研讨会上和詹姆斯·奥特曼、英格里斯·霍因尼克教授讨论。二位学者在镜头外）。威廉·伯勒斯、戈尔·维代尔、安格斯·威尔逊和为数不少的杰出学者都盛赞这本刊物。

昆汀是个超人。一个多才多艺的家伙！他可以花一整天的时间和屠夫大谈进口肉类的好处；和女乘务员大谈戴高乐机场飞机库的安全守则；和保险公司推销员大谈过期的可转让保单；和诗人大谈如何创作每一小节六音节三行和每一小节九音节两行的诗歌；和动物学家大谈蜥蜴如何眨眼睛。就这样，他可以和一个推小车的小伙子用押韵俚语插科打诨；和一个旅游者用乡巴佬说的法语聊天；和森德兰[1]人用苏格兰和英格兰北部方言说话；和纽马克特[2]拉生意的人说话时像剑桥郡[3]人那样温文尔雅。和吉卜赛人说吉卜赛话。他凡事不仅仅是机械模仿还会和对方建立良好的关系。他能把贾尔斯从房间里骗出来，嘴里一边喊“妈妈”，一边东张西望。他还能假装是弗里太太在车库里咯咯咯地笑，惹得怀特海德赶快往那边跑。他能让安迪指责黛安娜，说她责骂了他。黛安娜听了莫名其妙，无言以对。他还能让妻子相信，黑暗笼罩的屋子里坐的不是他。他的这种模仿才能可以和令人惊骇的“隐身术”相媲美。昆汀

1 森德兰，英国英格兰东北部港市。
2 纽马克特，英国英格兰东南部城市。
3 剑桥郡，英国英格兰东部城市。

可以昂首阔步走进鸡尾酒会会场，让来宾一下子就安静下来，也可以在屋子里转上半个小时，听客人抱怨他怎么还不露面。他可以穿T恤衫、牛仔裤出入于豪华的沙威酒店，也可以穿着参加晚宴的礼服在格拉斯哥贫民区晃来晃去。他可以动动小指头就让研讨会停下来，也可以悄无声息地坐在那儿听头儿们讨论他的工资，全然不知他就在现场。“或者看起来，”昆汀喜欢这样说，“……就应该这样做。”

密切关注昆汀。谁都这样。他的英俊潇洒让人倾倒，他的友好和平易近人让人惊讶。他对你的关注让你受宠若惊。他表示亲密的举止让你感动，他那悦耳动听的声音让你心灵宁静。遇到昆汀，你不可能一点儿也不动心。

11　人类的神舍

比方说，他知道我此刻心里是什么感觉吗？怀特海德心里想。昆汀打开前门之前，朝厨房里面瞥了一眼，赏给他一个半是尖刻、半是温和的微笑——好看的嘴巴两边向下微微一撇。

他知道你被介绍给一个比你还高一英尺的姑娘时，你心里的感受吗？他知道一个小矮人和身高两倍于你的人握手时受到的屈辱吗？他知道一个小矮人看到一个身高四英尺十一英寸（或者在基思眼里是五英尺一英寸）和一个身高五英尺六英寸的人相遇时，内心深处激起的波澜吗？怀特海德踮着脚尖儿从厨房通往门厅的窗口张望，看见了这几个大驾光临的美国人。他觉得这几个人似乎就是被选来诠释标准的原始人最基本的不同。一个家伙又瘦又高，皮肤白皙，白发剪得很短，胳膊腿好像是橡皮泥捏的。另外一个人活像满脸胡须的妖精，棕黄色的头发编成辫子，一直耷拉到腰部。还有……那位，一定是洛葛仙妮——那种让人望而生畏，似乎是遗传学实验杂志折页上的美国姑娘——穿着高跟鞋，足有六英尺高。满头红发，像火焰一样燃烧。高耸的乳房宛如齐柏林式飞艇，结实的大屁股翘得很高，两条腿修长。基思振作起来准备迎接这场严酷的考验时，在心里祈祷，倘若他能一直坐在这儿不动地方，便可以暂且不暴露自己的“弱点”。此刻，眼巴巴看着昆汀欢腾雀跃，和新来的这几个人热烈拥抱，西莉亚一本正经、沉着镇定地向那四个人走去。怀特海德开始意识到，等待他的将是怎样令人恐惧的场面。

昆汀朝妻子伸出一只手，转身介绍他的几位朋友。“马维尔……斯基普……洛葛仙妮，”他用沙哑的声音说，轮番凝视那一张张脸，“……让我的妻子也加入到……”

那几个人停了一下。西莉亚走上前，挽住他们的胳膊。他们轮番抱了抱她，洛葛仙妮在她两边脸蛋儿上亲了亲。斯基普和马维尔则在她嘴唇上结结实实亲了一口。他们四个人围成一个圈儿，俯身向前，脑门儿顶在一起。昆汀克制着自己的感受，转过脸向门厅望去。安迪、黛安娜和怀特海德都坐在那儿，不知道如何是好。昆汀的声音充满淫欲和勇气：“来吧！”他大声说。

“他妈的！”黛安娜叹了一口气说。

“来呀，没什么了不起的，热情温柔而已。”安迪对黛安娜说，然后大步流星向汽车道走去。

安迪吻洛葛仙妮，然后挽住马维尔和斯基普的胳膊，五个人把脑门儿顶到一起，基思看了，心里很不舒服，觉得他们的做派太不合乎礼仪了。基思·怀特海德抬起头看着黛安娜。“让他们见鬼去吧！”他用恳求的口吻说。

黛安娜宁愿出去与那帮人为伍，也不想和令人讨厌的基思待在一起，朝他轻蔑地瞥了一眼，站起身把他一个人丢在门廊。于是黛安娜也加入到那个圈子里，只是动作比西莉亚更僵硬，更不自然。这个由腿、胳膊和脑袋组成的“金字塔”一起转向那个“小男孩儿”。

基思脑子里还在琢磨此时此刻自己该怎么办：是尖叫一声拔腿跑回自己的房间？还是脸朝下倒在地上？或者开始哭喊？再发一次疯？心里虽然这样想，脚却不由自主地跳起来，跟头把式跑过汽车道，尖叫着：“里面还有地方吗？”

“这儿有，”马维尔立刻说。“你从这儿进，”斯基普说，松开西莉亚的手，让他钻进来。“哦，你怎么这么小！”洛葛仙妮大声说，显然很高兴。基思朝那七张笑脸仰起脑袋、噘起嘴。洛葛仙妮在昆汀和安迪的帮助下，弯下腰，伸长脖子去亲那张嘴。可是怎么也够不着。昆汀的脚在砂砾上滑了一下，洛葛仙妮右面的一块砖也突然在脚下松动，“金字塔”晃动了一下，转了四分之一圈儿，快乐地尖叫着摔倒在地上。

他们哈哈大笑着慢慢爬起来。“……现在，吸吧，”昆汀气喘吁吁地说，又笑了起来。“多的是。”

几分钟后，马维尔 · 布扎德用简洁明快的语言重述并支持阿普尔希德人在这个问题上的立场。马维尔 · 布扎德个子不高，是个看起来很聪明的美国人，哥伦比亚大学心理学、人类学、环境保护学研究生，小报记者，电影制片人和流行文化倡导者。布扎德博士和昆汀、安迪一起，坐在厨房餐桌旁一边卷大麻烟，一边传递着喝一瓶免税店买来的白酒。几个女人为计划中的野餐做小吃。斯基普从雪佛兰汽车上往下搬东西，怀特海德到小超市买东西去了。事实上，马维尔最近刚刚由伯克利另类大学出版社出版了关于这个主题的一本篇幅不大的专著。

他答应临走以前给他们留下一本。

“你这本书说的是什么？伙计。”

“简单地说，安迪，《心灵实验室》讲的是，”马维尔开口说道，“一段时间以来，所有真正研究这个课题的人们，清楚地认识到，大脑是一个‘机械装置’，人们精神迷乱，心理失常不是因为环境改变、心理因素造成的，而是纯粹的化学反应。仅此而已，没有别的原因。要让人们接受这一点很困难，因为大家都不相信，我们身体任何一个部分都不是天赐的，都不具备超人的能力。别人会说，你走火入魔了，是吗？你脑子里一定进水了。什么狗屁化学物质。不管怎么说，这是我这本书主要争论的焦点。”

说到这儿，博士停下手里的活儿——不再用卷烟纸卷大麻，而是若有所思地握住拳头，放在头顶。安迪心里很烦，他对谈论毒品不感兴趣，满心想着在尽可能短的时间内，多吞下点毒品。

“好了。如果你现在发疯了，”马维尔继续说，“可以给你些好的化学药品抵消脑袋里那些不好的化学药品产生的副作用。或者用电流刺激。大脑唯一神秘之处是它的复杂性。不是大脑的问题，伙计，说白了，人脑不过是化学物质和神经末梢的终点而已。现在，既然科学可以解决这些问题，为什么我们不能积极地加以运用呢？”

“我不知道。”安迪对马维尔的诘问——尽管事实上那只是一种“修辞手段”——和凝视的目光没有做出积极的回应。

“没道理！听我说——真该死——我们都同意，生命并不重要，一个人一直独处，没有什么快乐可言。所以，为什么我们不像对待自己的身体一样，对待自己的脑子？什么爱情、理解、同情心，狗屁！都是过气的玩意儿。不妨吸毒……让你的意识变得迟钝，引领它，保护它，刺激它。现在我们有好多麻醉剂，安迪。有让你精神愉快的，让你悲伤痛苦的，让你放纵淫荡的，让你产生暴力倾向的，还有让你变得头脑清楚的、温柔脆弱的。总之，应有尽有。我们还可以几种药一起用，让你产生幻觉或者你想要的任何一种意识的变体。我们还有立刻就可以解除这些作用的药。不是过去的利里系列，不是什么'宗教'，也不是虚假的承诺。我们在迷幻剂领域有权威的药物。用吧，你会拥有美好的时光。"

"呸，"黛安娜说，"对大脑会造成什么损害呢？丧失记忆力，上演一幕幕街头悲剧……"

"哦……"马维尔来回摇了摇胡须满脸的脑袋，"还有一种药可以……"

"不管怎么说，那玩意儿大多数都能……"洛葛仙妮说，"让人歇斯底里大发作。"

昆汀问："你的这本书反响怎么样啊？马维尔。"

"《猪》和《斯麦格星期日报》大放厥词。当然那是我看到的唯一印到纸上的玩意儿，把我的书说成是精神病患者的宣传册。"

"当然了，"安迪说，拿起马维尔卷好的大麻烟，"他们当然会这样说。好了，今天你心里是怎么想的？"

博士面带微笑。"唔——唔。你心里是怎么想的？"

12　塔克尔夫妇

怀特海德到此刻为止给客人们留下的印象还不错，这让他受宠若惊。他偷偷摸摸哆哆嗦嗦走过花园。此行的任务是继续巩固自己心里那种美滋滋的感觉。他要去拜访迄今为止唯一让他觉得自己挺酷、挺帅、像个流行歌手、胜人一筹、风流、性感、有钱、个子高、人品好的人。他们是塔克尔夫妇。

塔克尔夫妇?

是塔克尔夫妇。如果昆汀和安迪闲来无事，或者如果什么效果惊人的麻醉剂起了作用，他们就跑过草坪，去骚扰西德尼·塔克尔先生和他的太太。这一对儿已是风烛残年的老糊涂住在阿普尔希德旁边一幢平房里。这幢房子只有两个房间，坐落在花园墙角，一丛丛没有开花的杜鹃形成一道屏障，把它和主楼隔开。昆汀和安迪一直想把他们赶走。塔克尔老夫妇已经在这儿住了半个世纪，给这幢房子以前的主人做杂活儿。这么多年以来，他们一直拒绝搬迁。从法律的角度看，他们可以永远住在这儿。可是昆汀和安迪声称，他们想把那两间平房改建成工作室，或者客房，或者游戏室。他们还说，如果能把那一对老夫妇的生活搞得一团糟，他们就得自个儿想办法走人。

比方说，有一次，昆汀在塔克尔家窗户外面安了一个包在塑料薄膜里的扬声器，把音量开得能把玻璃震碎，让耳膜穿孔——就像发生车祸、发射礼炮、飞机起飞、乌合之众奔跑、沉重的喘息、坦克交火、救护车鸣笛、大象发起冲击、呐喊、尖叫、谩骂。这一招没有收到明显的效果之后，昆汀改成声波很高的尖叫声，而且一放就是三天三夜。第四天，他们看见塔克尔先生摇摇晃晃走到窗户前面，用什么东西塞窗缝，左耳朵流出一股血水。看到这一幕，昆汀心里很高兴，决定变室外广播为“内部施压”。安迪的办法更原始一些。他有一次从锁孔往里看了看，然后爬到烟囱上往塔克尔家的炉灶里拉屎。昆汀看了哈哈大笑。他还故意堵住塔克尔家的下水道，圣诞节期间切断他家供热供水的管子，故意让他们家的电线短路，烧断保险丝。他们还想方设法限制这一对老夫妇的出入：手提板斧在门外“安营扎寨”，用硬纸板堵上窗户（吓得他们不敢出来），给花园里浇水的软管加压，连续九十六小时对准他们的房门。塔克尔夫妇踉踉跄跄从后门出去，匆匆忙忙跑到小铺子里买点日用品，但也会受到威胁谩骂、吐唾沫、推推搡搡。昆汀和安迪当然太漫不经心，不会发起一场系统性的“战役”。实际上，我们还会想，如果这一对老夫妇真的搬走了，昆汀和安迪或许还会想他们呢。

怀特海德敲“玩具堡”的前门。他又敲了几下，然后退后几步。“开一下门，”他说，“是我，基思·怀特海德。”

信箱突然吱吱扭扭响了一下，然后是很吃力地打开许多道门栓的声音。之后，门慢慢打开。塔克尔先生和塔克尔太太在对于他们而言很陌生的阳光下，探出脑袋。

“怀特海德先生！谢天谢地！”塔克尔先生高兴得晃来晃去，基思连忙伸出一只手扶住他，让他靠在妻子身上，保持平衡。“请原谅，我没有马上把门打开，先生，”塔克尔说，“维利尔斯先生一定看到你星期二来我这儿了。因为他昨天在外面叫门，说是你，别人都出去了。我们听着就是你，先生。我敢担保，就是你在说话。他说话的动静跟你一模一样。所以我没有多想就把门打开。站在我面前的原来是维利尔斯先生。他旁边还站着一个黑头发年轻人，手里拿着一个垃圾桶。那个小伙子举起垃圾桶朝我们扔过来。我们俩拔腿就往家里跑。塔克尔太太脖子被垃圾桶的盖子打中。他本来还要追上来打我们，幸亏维利尔斯先生揪住了他。”

“是你太蠢，你怎么不先看看再开门呀！”基思说。

“你说得对，先生。是我太鲁莽了。”

“这件事儿，你希望我替你做点儿什么呀？”

塔克尔先生第一次显得激动起来。“不，先生，不必。我们不想让你劝说他们。你能看出，他们压根儿就不知道自己在干什么。我们对你非常感谢。深深地感谢。”塔克尔太太眼睛湿润，表示同意丈夫的看法。塔克尔先生咽了一口唾沫。“请你转告科德斯特里姆先生，非常感谢他的礼物。”

“如果我能记得，一定转告。”基思说。（听说了塔克尔的困境后，贾尔斯曾请怀特海德下次去看他们的时候，给他们带一升杜松子酒，这个星期二基思照做了。他觉得这礼物太重，不好私下拦截。）“关于买东西的事，塔克尔太太，你让我到小超市帮你买安非他明。你很清楚，他们压根儿就不存那玩意儿。”

“对不起，先生。我不能……”

“不管怎么说，你今天可以自个儿去一次。我们那儿来了几个客人，我打算带他们出去野餐。至少三点钟以前你们这儿平安无事。”

“谢谢你，先生，谢谢你！”

“不客气，以后我敲门的时候，我就告诉你们：‘是怀特海德’。我不说‘基思’或者‘先生’。那样你们就知道是我——‘怀特海德’。”

对于自己这项“创新”，怀特海德没有像原来想的那样得意。但是当塔克尔再次说：

“谢谢你，先生，谢谢你！”这时候怀特海德已经大步流星走过草坪，觉得自己很酷，连“再见”也没说。

13　白日梦

“快把钻头拿开！”

“什么？我说，贾尔斯，你没事儿吧？”

贾尔斯一直躺在床上，被心因性牙疼折磨得缩作一团。他那仿佛被卡着嗓子发出来的叫喊是半睡半醒、神志不清时对昆汀很有礼貌的敲门声的回应。到十二点半，贾尔斯已经喝了五杯杜松子里基酒，四杯杜松子奎宁水，三杯杜松子清酒，两杯杜松子苦味酒，一杯杜松子酒。

“哦，你好！昆汀，”贾尔斯打开房门后说，“真对不起，我朝你这样大声叫喊。只因为，我刚做了一个梦。”

“对不起，搅了你的好梦。可是我们都要去野餐了，我不得不来叫你。”

“确实是‘都要’去吗？”

“是，恐怕是。”

“啊，”贾尔斯哪儿也不想去。不过他知道，让他一个人待在这幢房子里，他想也不敢想，“明白了。好吧，我最好和大家一块儿去吧。”

昆汀从背后拿出两个很大的纸箱子。“西莉亚准备了许多好吃的，”他说，“不过我们还得带点饮料。”

贾尔斯面无表情地接过那两个纸箱子，回转身打开柚木橱柜，跪了下来。“等一下。多带红葡萄酒，还是多带白葡萄酒？”

“让我想一想，”昆汀说，“我们有牛肉，牛排三明治，鸡……”

“打住！……哦，对不起。我们能不能只说酒？好吗？”

“好呀，贾尔斯。多带红葡萄酒。半打圣埃米隆74葡萄酒，一打龙徽教皇新城堡77葡萄酒，”昆汀说，“哦，还得给那几个女孩带点波利干白葡萄酒。”

“好的……我们……有。”贾尔斯过了一会儿之后说。“还有……”他从最下面那层拿出一瓶大将军白兰地（和昆汀默默地交换一个眼神之后），又从上面那层拿出两瓶格兰菲迪威士忌。最后，走到桌子旁边，确认那瓶子酒只剩下一半之后，贾尔斯又拿了一瓶哥顿金酒。“这就对了。”他自言自语。

“太好了。我一会儿让斯基普来搭把手。哦，你还没有见那几个美国人吧。”

贾尔斯对这个问题没有做出反应。可是后来，就在他要离开房间的时候猛地转过身，抓住昆汀的牛仔夹克。“弗里太太不在这儿，是吗？”他急切地问。

“不在，她走了。她怎么得罪你了？她是个好人。真的，简直是个宝。”

贾尔斯又变得目光呆滞。“她拿走……她的……”贾尔斯想说“假牙”。弗里太太打喷嚏时，假牙掉到滴水板上，费了好大力气又安了上去。那一幕恰巧被贾尔斯看在眼里。打那以后，一看见弗里太太，他就头晕目眩，反胃恶心。

“走吧，贾尔斯，”昆汀说，“我的朋友带来些能让你感觉好一点的东西。很快一切都会好起来。走吧。”

贾尔斯朝四周看了一眼，好像这是最后一次待在这间空荡荡的屋子里了。他抽了抽鼻子，向昆汀微微一笑，小心翼翼而又笨手笨脚地走出房门。

14 野　餐

“不能进里面去。”他说。

“为什么不能？”黛安娜问。

“瞧那个牌子。”贾尔斯朝竖立在铁丝网一角的一个大牌子指了指。牌子上写的是：

非法入内者滚开，否则将被起诉。

“什么意思？”

“那上面写的是，”贾尔斯解释道，好像黛安娜刚刚学会认字，“那上面写的是：‘入侵者将被起诉’。”

“别那么紧张，”昆汀说，“我认识这儿的主人。欧菲·沃辛顿。他说过，我什么时候来，他都欢迎。”

“是吗？亲爱的，”西莉亚说，“我不知道你……”

“铁丝网是怎么回事呀，”贾尔斯说。他突然往后退了几步，用一只手堵住嘴。

“没问题，”斯基普说。那三个美国人赫然耸立在他面前。“从这儿能进去……喂，伙计，抓着那边，好吗？”斯基普和马维尔一边用靴子踩着下面那道铁丝，一边用手使劲扯起上面那道铁丝。马维尔哼哼唧唧，扭歪了一张脸，可是斯基普那张不大的娃娃脸依然没有表情。“好吧。”他终于用低沉的声音说。

怀特海德胳膊上挎着食品篮，没怎么费劲，稍微弯了一下腰就钻了过去。紧接着，那几位女士鱼贯而入。昆汀和安迪搀扶着还在哆哆嗦嗦的贾尔斯也爬了过去。他们把酒接过去，然后连拉带扯把斯基普和马维尔拽了过去。

昆汀·维利尔斯连忙帮妻子铺开毯子。他们飞快地接了一个吻，蹲下来打开食品篮。

“现在有人想吃吗？”贾尔斯含含糊糊地说。他把杜松子酒瓶送到嘴边。“我可只想喝酒了。”

这时候，斯基普向贾尔斯走过来，握住他那只空着的手。“喂，贾尔斯，”他用他那没有抑扬顿挫的男低音说，“我是斯基普。”

贾尔斯连忙把杜松子酒瓶从唇边拿开，唾沫星子带着浓烈的酒气喷了斯基普一脸。他向后打着趔趄，抬起胳膊保护自己的脸。“当心！啊，对不起……‘斯基普’？我没看见你过来。我叫……”贾尔斯双膝一软，跪在地上。“……实际上……”他说。

现在，昆汀、西莉亚、马维尔和洛葛仙妮半搂半抱离开准备吃野餐的地方，欣赏周围的风景去了。“我喜欢这儿，”马维尔说，汗毛很重的手背在身后。他极目远眺，一株柳树孤零零地挺立在高低不平的原野之上，白桦树沿着远处的篱笆一字排开，碧空如洗，远山如黛，“我喜欢这个地方。”

“真美，”洛葛仙妮说，“真的太美了，昆汀。”

“我们结婚的时候，”昆汀说，“我就说过，应该在这样的地方生活。”他转过脸看着妻子。“在这种还有英格兰风情的地方。”

“是呀。”马维尔说。

“这不是一个和大自然保持和谐一致的问题——这种想法很可怕！——而是一个让自己的情绪更加稳定的问题。我是英国人，这儿是英格兰，可是伦敦已经没有多少可以称之为英格兰风情的东西了。”

西莉亚和洛葛仙妮各自带着欣喜和惊讶凝视昆汀。这天，维利尔斯仿佛天外来客的英俊潇洒特别显眼。他身穿已经褪色、变得灰白的牛仔裤和性感的牛仔布衬衫，显得大方得体。他那仿佛湿沙子似的、非常健康的脸色和同住在一所房子里的朋友们的满脸菜色，还有这几位美国人粗糙、黝黑的面庞形成鲜明的对照。微风轻轻吹拂他淡黄色的头发，如细碎的波浪起伏，却没有吹起一丝乱发。

“你每次同意把时光出卖给这座城市、用你的生命去丈量它的空间，”他喃喃着，“你就是在毁灭自己的精神。”

“没错儿，”马维尔说，“你觉得自己就像机器上的一个齿轮，就像一个被遥控的机器人……”

“喂，你们那几个家伙，”黛安娜喊道，“别在那儿瞎扯了。快来帮我从篮子里拿吃的东西吧。”

安迪正站在不远处一棵树跟前哗哗哗地撒尿，贾尔斯弯腰曲背抱着一瓶杜松子酒喝着。事实上只有小基思帮黛安娜安排这顿野餐。干活儿的时候，小基思令人作呕的又短又粗的手指偶然碰到她的手指，惹得她非常反感，而且她特别不愿意和这个最不招人待见的家伙为伍。

“看在上帝的分儿上，别理这个爱尔兰人，”安迪说。

“是的，”昆汀说，“我们多在这儿吸收点阳光吧。”

马维尔和洛葛仙妮在斯基普旁边安顿下来，那家伙四仰八叉躺在地上——腿在这儿，胳膊在那儿，一点儿都不觉得难为情。

“听我说，”马维尔说，“我希望你们都认真想想麻醉剂这玩意儿。我不想用机械论观点对其研究，不过以前在有限的条件下，我确实关注过这个课题。并且打算写一些文章或者是一本小册子。名字换掉，用一些寓意深刻的习语。”马维尔打了个呵欠，往斯基普的胸脯和洛葛仙妮的肩膀组成的小角落里缩了缩。他看起来就像一个不健康的君主，倚靠在两位朋友修长的身体之上，脸笼罩在阴影之下，汗珠在一缕缕头发下面滚动。“我不知道你们这两个家伙怎么样，”他继续说，“我他妈的累得够呛，今天晚上可不想再折腾了。我们大约七点钟起飞，应该没错儿。好好琢磨琢磨，回去之后把具体想法告诉我。我很想知道你们这些家伙到底喜欢什么。”

贾尔斯向前爬了五英尺，爬到安迪跟前，马维尔的高谈阔论他只听到三分之二。安迪四肢舒展，躺在毯子上。贾尔斯捅了捅他的肩膀。

“什么事儿？”安迪问。

“喂，安迪，”贾尔斯压低嗓门儿说，“那个家伙说什么呢？”

安迪伸了个懒腰。“说他发现麻醉剂无所不能。你想干什么都行。你告诉他，你想干什么，他就能让你干什么。”

“什么？干什么都行？他……他甚至能让你别为你的……着急？”

“什么都行，伙计，”安迪说。他换了个姿势让自己睡得更舒服点，“什么都行。”

贾尔斯把浅绿色杜松子酒瓶从唇边拿开，也在地上躺下。他眼前仿佛烟雾缭绕，三个美国人微笑的脸在他眼前晃动，渐渐变得模糊。

15　漫步美国

这几个美国人组成“三人组合”或者“三角形”。意思是他们可以随意操或者鸡奸。他们还习惯于再增加一个人，构成“四边形”，或者再增加一个人，形成“五角星”。那么，我们会认为“集团外”的性行为会受到谴责吗？恰恰相反，由于这种做法会在正常活动之外增加“富有想象力的变化”，这种行为很受鼓励与欢迎。这个“三人组合”兴盛了两年，而且有迹象表明，会继续兴盛下去。

他们的故事发端于此：

斯基普的父亲菲尔鲍埃德·B·小马歇尔是个很讨厌的人。他在田纳西州塔拉郊外经营一座汽车修理厂。修理厂被他搞得又脏又乱。菲尔鲍埃德在这里对儿子做了许多骇人听闻的事。以至于凡是听说过他们的人都会对斯基普的神智健全发自内心地表示祝贺。比方说，菲尔鲍埃德有一次“强奸”了他。（我们得立即补充）不是那种淫荡的行为，而是因为斯基普恶作剧，父亲罚他用手掏茅坑。斯基普没有按照他的要求用手去掏，而是用铁锹铲。父亲发现之后狠狠教训了他一顿。还骂他：“你要是再干这种不长脑子的事儿，小子，你可就真摊上大事儿了！”

父子关系恶化。那时候，加油站的生意越来越难做，人们纷纷搬离塔拉，大批黑人涌入。到“克莱默”喝杯啤酒也要被留着长发的嬉皮士挤来挤去……菲尔鲍埃德每天醉生梦死，怨天尤人，稍有不顺就对斯基普拳脚相加。每次有波多黎各人或者犹太人把车开进修理厂前院，不但修车还想要点油；每次看见黑人肆无忌惮穿越铁路线；每次看到太阳从他家房子背后巨大的可口可乐广告牌上面沉没，暮色过早地降临到身边，这位老修理工都有一种要死的感觉。等到斯基普无法再承受他毫无道理的暴打之后，菲尔鲍埃德就从一个屠夫那儿买了一头三条腿儿的骡子。他把它关在一个围场里，每天两次拿着菜刀、挂肉钩、烙铁折磨它。骡子成了斯基普的替罪羊。两个月之后，那个可怜的家伙就倒在地上一命呜呼了。

那时候，不少范德堡大学的学生从纳什维尔[1]来塔拉玩。斯基普自然而然就和他们混到了一起。那些人年纪都在二十到三十岁之间，斯基普还不到十七岁，可是他有和成年人交往的本事。人们一直管斯基普叫“小混混”。他什么都干，就没有他不敢干的事情。“斯基普，看看你能不能从冷却塔潜泳到储水池。”“每次都能。”“斯基普把这个屎桶拿到垃圾堆去，好吗？”“好，好的。”“斯基普，去‘克莱默’偷点啤酒，敢吗？”“还用问吗？”“斯基普吃鼻涕虫吗？”“没问题。”某些卑微的“性任务”也落到这个身材瘦长的小伙子的头上。他满怀热望、小心翼翼地去干这些事情。正如一位学生曾经说过的

1 纳什维尔，美国田纳西州首府。

那样，“斯基普敢玩蛇，只要有人抓住它的脑袋。”当然还有许多毒品与他们相伴。

有一天，菲尔鲍埃德开着他那辆自卸车路过卡姆普一块露营地，看见斯基普和一帮妓女、嬉皮士躺在草地上玩。菲尔鲍埃德看到以后非常失望也非常生气，但是又不能立刻发作。那时候，像他这样肥胖、矮小的“红脖子[1]”在塔拉还不少。他们完全可以跑过来围观，并且掀起一场风暴。想到这儿，他越发悲从中来。结果，等斯基普晚上回来，他把儿子堵在厨房，用煎锅整整打了他四十五分钟。“你就别管那小子了，菲尔，”从隔壁卧室传来马歇尔太太病恹恹的声音。“快过来休息吧。”“闭嘴！”菲尔鲍埃德回答道。他现在又老又胖，对妻子言听计从。“斯基普，下次我再看见你和那帮家伙鬼混，”他气喘吁吁地说，“我就拧掉你的脑袋！”

毫无疑问，再看到斯基普和那帮人混在一起，菲尔鲍埃德就一定会履行他的诺言。他简直无法相信自己的好运气。没过多久，他就在城里一家游乐场看见斯基普和一个大学生一起喝啤酒。菲尔鲍埃德一把推开门，一边朝他们大步走去，一边解腰带。“好呀，儿子！我要宰了你！”斯基普懵了，不知道该怎么办，他站起来，举起右拳晃了晃，朝菲尔鲍埃德的下巴猛地打过去。有一两秒钟，菲尔鲍埃德完全僵在那儿，一动不动地站着，脸上一副仿佛凝冻了的、彻底绝望和无法相信的表情。紧接着，他被一把抓起，推到墙上。他顺着墙壁出溜下

---

1 红脖子，指美国南方保守的露天劳动者。

来，滑倒在一个油腻腻的水洼里。仿佛是慢镜头在拍摄，菲尔鲍埃德担心儿子把他从水洼里拽起来，再往水果机上撞。“爸爸……？”斯基普松开手。“啊，让我走，儿子。”菲尔鲍埃德跌跌撞撞走回家，乱成一团的头发上粘着锯末、血和啤酒。他万念俱灰，居然用水龙软管把妻子弄死。

斯基普的生活全乱套了。妈妈死了，菲尔鲍埃德面临过失杀人的指控。马歇尔汽车修理厂关闭了。对于他所做的事，政府当局连个屁也没放。不管怎么说，他一直痛恨塔拉。

斯基普在一家汽车工厂找了个活儿干。这家工厂在田纳西州纳什维尔西面第三条复式车行道交叉点第二座立交桥附近。他一天干十六个小时的活儿，没什么雄心壮志，也不觉得单调无聊。周末借辆汽车到圣路易斯、孟菲斯[1]、俄克拉荷马、帕尔克、墨西哥城。他在那里纵情声色，大量吸食麦斯卡林[2]和可卡因。和中年牛仔厮混，偶尔亲眼目睹性虐待的“最佳效果”和性器官残缺不全的外形——宛如肿胀的模糊不清的圆柱体的“毛坯”，孤孤零零、寂然无声、对什么都没有反应。

在那家汽车厂混了两年之后，斯基普倾其所有，买了一辆破旧的“普利茅斯 75”，就像一块被人家扔出来的石头，在美国的土地上滚动——奥马哈[3]、明尼阿波利斯、盐湖城——直到他十分任性地离开州际高速公路，走便道驶向亚利桑那州的普雷斯科特。路上，他喝了一瓶烈酒，在一个路边小旅社晕了

1 孟菲斯，美国田纳西州西南部城市。
2 麦斯卡林，一种迷幻药。
3 奥马哈，美国内布拉斯加州的城市。

过去。醒来的时候发现自己躺在公路旁边一条很深的沟渠里，车和钱都不见踪影，鼻子、脚踝、五根肋骨被打断，左手小拇指没了，右耳朵被咬掉一块。宿醉更让他苦不堪言，足足花了四十八个小时才爬回到公路上。

“我们第一次看到斯基普的时候，他是个什么样子呢？哦，连蛆虫看了都恶心。那天，洛葛仙妮和我在亚利桑那州给一个我们从未谋面的信奉存在主义的西方人找个居留之地，想到离公路最近的镇子买点吃的东西。我们开着那辆雪佛兰走到拐弯的地方，看到路边有一堆东西在不停地抽动。我们放慢车速。我这辈子都没见过一个人会如此接近于大自然的状态。我把车停在路边，看见一个人衣服几乎都被扯了下来，满脸是血，遍体鳞伤。我现在还有那时候拍的照片。”

“马维尔很冷静，我可吓坏了。心里想，一定是附近露营的小混混打架斗殴，打坏了这个倒霉蛋儿，赶快离开这个是非之地。马维尔说，最好把他送到什么地方。他是对的。我在他脊背下面垫了一块毯子。把他塞到车里吗？我们想，他一定浑身僵硬，动弹不得。可是他突然呻吟着挣扎起来，甚至有气无力地说：‘我可完蛋了……我可完蛋了！’马维尔加大油门，驶向普雷斯科特，看看那儿的人有什么办法。如果必要，送他到菲尼克斯[1]。普雷斯科特那些混蛋漫不经心地说，他没有州里的注册资料，连体温也不给量。那个家伙什么也没有。没有

1 菲尼克斯，美国亚利桑那州的首府及最大的城市，也称凤凰城。

身份证，也没有钱。谁也不知道他是何方神仙。于是我们只好带着他到洛杉矶，不知道他会不会成为我们身上甩不掉的包袱。在洛杉矶，他们只是勉强给他处理了一下伤口，还是不肯收他入院治疗。没办法，我们只能继续带着他走。”

“我有几个当医生的朋友。他们可以帮帮忙。没问题。斯基普昏迷了好几天，在床上辗转反侧，呻吟着说胡话，念叨他的父亲、啤酒罐，等等诸如此类的东西。他醒过来之后，以前发生的事情似乎都忘了。还得我给他解释说，我们在地球之上。这是一个绕着太阳转的天体。太阳？天空中一团燃烧的火焰。过去发生的事情渐渐回到他的脑海之中，尽管关于父亲的记忆依然时而清晰，时而模糊。你知道吗？那种感觉很怪。好像赋予一个新人生命，好像创造了什么。你会觉得自己很强大。哦，耶稣基督，要是看到那个家伙对别人的一点儿好处就那样感恩戴德，你就不由得会想，他以前过的什么日子呀？”

“他经常讲关于父亲的那些老掉牙的故事吗？哦，我们给他讲我们父母的故事的时候——你知道，我的父母都是‘山里人’，马维尔是犹太人。他们家很有钱，重亲情，特别宽容。我们说的这些事儿和他的思维模式完全不同。当我们告诉他，父母都已经离婚，现在我们去看他们只是为了要钱的时候，他似乎松了口气。马维尔给他解释人应该如何管控自己，告诉他不应该过分依赖父母，应该很快就‘淘汰’他们——如果斯基普还有爹妈的话。”

“好了。我觉得他现在根本就不再想他小时候的生活了。他父亲还活着。就在我们来这儿之前，给斯基普办理加利福尼亚州的登记手续时，收到政府寄来的一封信。什么狗屁文件。等会儿我拿给你看。我们没有给斯基普。他看了只会难过，想起那些不幸的往事。你想看看人倘若真的发疯会是一副什么样子吗？问一问斯基普他的父亲是个什么德行就行了。不管怎么说，我们收留了他。对于我们而言，这并不难。我们有钱，也有地方，他帮我们收拾公寓，帮助我搞点项目，修理汽车……他很快乐。”

“我们像他的父亲、母亲，又像他的情人。”

“是的，他一直……为我们做事儿。”

16　眼中的烈焰

怀特海德刚喝完第一杯波利干白葡萄酒，拒绝了西莉亚不无轻蔑地递过来的抹了黄油、放了一块熏三文鱼的薄脆饼干，刚刚表示赞同洛葛仙妮关于摩羯座和狮子座不合的说法（这个话题是安迪提出来的，他自命狮子座的代表，听了他们俩的结论，呸了几声），嘴唇之间突然爆发出一阵怕人的咳嗽，大伙儿都面面相觑，停下谈话。

基思连忙装出一副英雄气概，请求野餐的几位客人原谅。大伙儿又小心翼翼地聊起天来。不知道从什么时候起，他的胃又叽里咕噜活跃起来。基思吹起口哨，吹着流行歌曲，试图掩盖正在觉醒的胃发出的响声。除此而外，为了控制住在肠胃里不停闹腾的那团气，他不得不在毯子上扭动起来。此刻，野餐的人为了能让别人听见，都提高了嗓门儿，小基思决定，不再等“新陈代谢”会在他身上做出怎样的反应，自己先采取措施。他顾不得在别人眼里会是怎样一副形象，拿了几张餐巾纸塞到口袋里，站起身朝周围飞快地瞥了一眼。

“那边儿有什么热闹呢！我得去看看……”

没有一个人动地方。基思在众目睽睽之下，一路小跑向山坡下跑去。

怀特海德在小灌木林里择路而行，非常吃力地穿过不很高的茅草。他每抬起脚跨过一根倒伏在地上的原木时，裤子都会让人心惊胆战地发出好像要撕裂的声音。他的高跟鞋歪歪斜斜地踩在蚁丘和草丛上。就这样，他跋涉了足足半英里远，好像越往前走，越容易找到他想去的地方。可是直到从尾椎骨放射到会阴的剧痛折磨得他两次跪在地上，他才回转身，目光穿过轻轻颤动的树叶的帷幔，向远处望了望。他先脱下靴子，然后脱下裤子（他得先躺在地上，像蛇蜕皮一样，扭动着身子，才能把裤子脱下来），从两个茂密的黑莓丛中爬过去，紧紧地靠在一根被切断的树干上。吭哧了一会儿之后，他发出一阵近乎狂喜的呻吟。

“喂！”

斯基普从树丛中悄无声息地走过来，在离他五码开外的地方停下脚步。过了一会儿，他凑过去，蹲下来，膝盖几乎碰到小基思的膝盖，说话的时候，嘴角叼着一根草秆儿一动不动。

“你喜欢三个人一块儿干吗？基思。”

如果能，怀特海德一定会回答。

“三个人，”斯基普有点生硬地重复道，“你和另外两个家伙。你，一个男的，一个女的。”

他说话时的声音给小基思留下深刻的印象，既没有那种嘟嘟囔囔、咕咕噜噜，也没有突然来个高八度，或者因为肾上腺素作怪兴奋激动得不能自持——没有什么基思可以责怪的东西。事实上，他听起来彬彬有礼，超然冷漠，几乎有点让人厌烦。

"哦，你知道，斯基普，我在这方面真的没有什么特别的想法，尽管我也想在这种事情上表现得宽容大度。"

"哦，哦，你喜欢吹箫吗？"

"什么？……对不起……"

"吹箫。打炮……吸吮得射了。"

"哦！不是特别喜欢。不过，这当然也是最基本的……一部分。是的，一般来说，还行。"

"哦……哦，你喜欢让人操吗？"

"……哦，依我看，通常不会干这事儿……不过当然可以学一学……"

"唔——唔，"斯基普蹲在那儿懒洋洋地摇晃着身子，"唔——唔。"

"听我说，斯基普……我不想显得唐突无礼，可是我们能不能再找个机会谈这件事情？"

"对不起，再说一遍。"

"再找个时间聊这事儿，你瞧，我现在正上厕所呢！"

"没错儿，"斯基普说，表示理解。他翻了翻眼睛，瞳仁向上翻得都看不见了，两只眼窝底部布满血丝，"哦，没问题。下次再聊。"

17　毛真多

“洛葛仙妮，我必须说，”西莉亚乐呵呵地说，“你的乳房漂亮极了！”

“可是太大了，”洛葛仙妮说，“我觉得黛安娜的乳房才好看呢，不大不小，完美无缺。”

黛安娜听了嘴角微微撇了撇，好像是说，这种话她听多了。西莉亚继续说：

“没错儿，黛安娜的乳房是很漂亮。可是你的那么大，那么不可思议地……结实。瞧瞧我这两个玩意儿。你的看起来往上翘。一点儿也不松弛。”

洛葛仙妮耸了耸肩，表示同意她的看法。“是呀，”她高兴地说，“喂，昆汀，我要是脱了裤子是不是很酷？”

下午的阳光越来越强烈，照到她们身上很不舒服。黛安娜和洛葛仙妮花了好长时间——黛安娜煞费苦心，洛葛仙妮茫然若失——在心里琢磨，她俩谁先脱掉外套。倘若是别人和她在一起，黛安娜会不假思索地带这个头。正如西莉亚指出的那样，她的乳房也许不大，但是很漂亮。在她那酥胸软玉之上，虽然有点不成比例，但圆圆的，滑滑的，十分迷人。微风拂过，橘红色的乳头立刻变硬，颜色变深。黛安娜甚至想，洛葛仙妮一定戴了很大的胸罩，外衣下面的乳房实际上没那么大。

后来，两个姑娘一边喃喃着说想把皮肤晒成古铜色，一边同时露出她们的“宝物”。这时，贾尔斯显然已经昏睡过去，因此除了马维尔喜不自禁的凝视之外，别人都被洛葛仙妮硕大无朋的乳房镇住了。那两个玩意儿似乎从锁骨下面喷薄而出（形成突出的“壁架”，倘若愿意，她甚至可以很方便地把食物放在上面吃），乳沟呈U形大转弯，越过两个对称的宛如杯形蛋糕的奶头，通往胸腔宽敞的“起飞坪”，连接处连一条折缝都没有。黛安娜一直凝视着洛葛仙妮宛若一顶大帐篷的胸衣，后来回过头看了看自己犹如两个小杯子的乳罩，毫不掩饰心里的惊讶、难以置信、自惭形秽，直到看见西莉亚两只向腋窝无精打采地耷拉过去的乳房，才恢复了平静与自信。

“对不起，洛葛仙妮，”昆汀说，“我没听清你的意思。”

“我脱了裤子好不好？”

“哦，殖民地的人跟你说话就爱这样模棱两可。你是想脱外面的裤子，还是想脱里面的裤子？”

“里外都脱怎么样？”

昆汀瞥了一眼妻子。“哦，就我所知，老欧菲到科威特去了。只要你不怕被偶然路过的人和乡巴佬们看见，但脱无妨。”他哈哈大笑起来，摊开一双手。“当然可以。”

洛葛仙妮也笑了起来，说道：“欢迎参观。”说着身子往后一仰，两个大拇指伸进牛仔裤的裤腰往下一勾，两条修长的腿“脱颖而出”。然后脱下（本来也没有必要穿的）内裤。“好了，”她说，“没有一个自作聪明的家伙会对天生红头发的人说三道四。”

“当然没有，”昆汀很真诚地说。

安迪这时候一骨碌翻了个身，两只手掌捧着脑袋，趴在地上，脸离洛葛仙妮光洁雪白的肚子只有六英寸远。黛安娜恶狠狠地盯着他。他看了几秒钟才恢复了原先的姿势。“天哪，”他沉思着轻声说，“毛真多。”

18　哦，不!

哦，不。他们不会现在就干上了吧。会吗?

怀特海德钻出矮树丛，向野餐的小山坡走去时心里这样想。现在，他们的衣服已经脱得差不多了，虽然有多有少，不是“整齐划一”。夏日的阳光下，尘土飞扬，从他现在所处的位置看过去，只能看到他们裸露的、斑斑驳驳的肌肤，看不到身体的轮廓。他拖着两条腿走过去的时候，他们的身体闪着微光，影影绰绰，时而交叠，时而分开。距离二十码远的时候，他们突然恢复“清晰度”，一个个又固定不变，离散开来。怀特海德舒了一口气，放慢脚步。

山坡上那九个人还没有注意到他。他停下脚步，不是为了强调什么，也不是为了表现出什么讽刺意味，双膝一软，跪倒在地上，宛如暖风中一个肥胖矮小的祈求者。通常向一群人靠近时心头升起的焦灼不安，此刻变成一种潜藏更深的预感。基思心绪平静时有一次曾经对一位很友好的营养师说，他刚发现自己又矮、又丑、又胖时并不特别在意，及至发现再也无法改变这副模样时才真的开始闹心。难道连一点点变化也不会发生吗?怀特海德尽管不认为自己是个性欲很强的人——比方说，他只是把自己手淫的过程看作是越来越让人烦恼的、可怕的冒险——他似乎认为，如果这个周末不能真真切切地体会一下性，他非自杀不可。不是为了他渴望已久的宣泄和释放，更不是为了寻欢作乐，只是为了一雪丑陋带来的耻辱。小基思摘下一片草叶，在手指间捻着。这个动作让他重拾自我意识，面颊绯红，步履稳健了许多。想起和斯基普之间发生的事情，他偷偷地笑了起来。耶稣基督，人真是没有干不出来的事情。怀特海德当然确信自己是异性恋者，所以觉得那种把戏实在是没有什么“性趣”。不过不管怎么说仍然是讨好人的手段。这表明，许多事情即将发生。这两天无论如何也将是一个非同寻常的周末。

重新回到朋友们身边，基思的期望立刻变成令人眼花缭乱的现实。往右边看，那个名叫西莉亚的四方脸女人——帅哥维利尔斯的妻子——的乳房尽收眼底。往左看，他能尽情欣赏黛安娜·帕里小巧的肚脐眼儿和好看的肚子。实际上，鼻子下面就是棕黄色的阴毛，足有一平方英尺。基思自然不敢左顾右盼再看别的期望已久的东西。他活这么大年纪就没有过什么性。这时候，刚回来的斯基普笑盈盈地注视着他那双不知所措的眼睛，通往一系列性行为可能性的大门在小基思·怀特海德面前骤然洞开。

其实对于我们，或直接，或委婉，一切可能性也都敞开了大门。我们可以——走着瞧吧——我们可以让黛安娜挽着他的手，嘴里嘘嘘着，带他到树林里；可以让西莉亚弯下腰，温情十足地解开他的塑料腰带；可以让洛葛仙妮随时随地在他身子下面攀爬。当然，只要愿意，随时都可以让这些事情发生。可是基思不能，哦，他不能。

19　崩裂的气球

“瞧，”安迪说，“那儿有几头奶牛。真巧呀。”

“是呀，让这一切都真实可信。”马维尔说。

过去的九十分钟里，贾尔斯一直躺在地上一动不动，这时候抬起头，在杜松子酒瓶口上面眯细一双眼睛说：“你怎么知道它们就不是公牛？”

“因为，”安迪说，“公牛长角，母牛长奶头。这几头牛都长着奶头。”

“不，”斯基普慢悠悠地说。“不是那么回事儿。”

“此话怎讲？”安迪问。

“有的母牛没奶头，有的公牛没角。”

“是吗？”

“是呀。比方说，有的母牛还没下小牛犊就没奶头。”

“真的这样吗？”

“没错儿……”

安迪又一屁股坐下，“公牛也好母牛也罢，有他妈的什么区别？”

好像为了回答他的问题，一头小黑母牛离开从容漫步的牛群，一路小跑，穿过洼地，停了一下。它站在那儿好像要做某种决定，然后撒开强壮的腿向山坡上野餐的人们飞奔过来。

大约四分钟后，他们已经鲜血淋漓，呻吟着躺在铁丝网那边。刚才他们面对那头猛冲过来的小母牛，猝不及防，乱作一团，互相搀扶着手臂，揪扯着头发，有的从下面钻，有的从上面跳，连滚带爬，总算逃到铁丝网这边。可是皮开肉绽，活像崩裂的气球，瘫在地上，气喘吁吁，舒展开四肢，开始查看伤情。轻声的咒骂打破寂静。

三个女人的肩膀和乳房都被划破，不过还好，出血不多。斯基普腰上划开一道口子。安迪脸颊上也留下一道很深的、难看的伤痕。只有昆汀毫发未损。

基思还在非常艰难地喘着粗气。过铁丝网的时候，大伙儿都拿他当弹簧垫使。他的鼻子和嘴唇都破了，脑门儿上还绽开一条四英寸长的口子，就像又长了一张嘴。更糟糕的是，他唯一一条好裤子被扯得一塌糊涂，很难再修补好。六英寸高的高跟鞋也丢了一只，遍寻不得。贾尔斯背对惨遭“杀戮”的伙伴们，蹲在地上，一只手拿着一面小镜子照自个儿的嘴巴，另外一只手发疯似的检查唇齿间的伤情。左边镶的那颗门牙已经脱落在他手指间。他心烦意乱，扑通一声倒在地上，抽搐着嚎叫起来。

“天哪，”马维尔说，“真得谢谢我们的老祖宗了。”

斯基普跳了起来，“吃他妈的屎去吧！吃他妈的屎去吧！”他叫喊着嘴唇发白。

那头小牛站在离铁丝网几英尺远的地方，凝视着这几个不知所措的人，目光中不无惊讶和友善。它本来是出于本能想跑过来和他们共进野餐。可是他们在最后一刻，转身就跑，全然不知下一步该怎么办。

“他妈的，混账东西！”斯基普说。他从铁丝网下面的根基上掏出一块砖，沿着铁丝网慢慢走，一边招手，一边轻声唤那头牛。

牛似乎皱了皱眉头，低着脑袋，向前走。斯基普伸长胳膊，举起砖头朝牛脑袋砸去。大伙儿耳边传来一声闷响。

小牛一动不动站着，然后向后退了几步，掉转头，向那一片草地跑去，摇摇晃晃转了几圈儿，倒在草丛中。

一片寂静。

“你把它打死了，”安迪说，“哦，这下可麻烦了。”

“全都乱套了！”昆汀表示同意。

“我要去踢它几脚。”斯基普说，向前走了几步。

那几个女人都喊了起来，表示反对。安迪挡住斯基普的去路，半真半假地跟他扭打起来。后来，昆汀也过来帮忙。安迪怀着一种厌恶制止斯基普，是因为不想让他踢那头小牛。昆汀制止他，则另有一番考量。宛如智者阻止一个犹太人去袭击一大群纳粹，对斯基普的愤怒表示尊敬。最后，斯基普也软了下来。

“喝杯威士忌吧，伙计。”昆汀说。

“好呀，”安迪说，“一醉方休。”

“好，好！”贾尔斯大声说。

半个小时内，这九个人就已经在铁丝网旁边重新安顿下来。大伙儿的伤都不重，抹点唾沫，拿手绢包一下也就得了。

只有安迪脸上那道口子比较深。他声称，“用”光一瓶格兰菲迪威士忌之后，伤口已经“消毒”了。安迪此举耗光了他们“储备的”烈酒。葡萄酒自然而然就登上“历史舞台”。正在减肥的西莉亚、黛安娜和怀特海德对于这种“华丽转身”没有异议。他们一直喝波利干白葡萄酒。但是别人都抱怨说，这些天他们觉得喝葡萄酒一点儿意思也没有。（贾尔斯面朝下躺在毯子一角，对于大伙儿要他拿出他那瓶杜松子酒的要求不予理睬。）“我想这些东西可以凑合到回家了。”马维尔一边说，一边懒洋洋地打开他带来的食品盒。大家都小心翼翼地分享盒子里的食物，用拇指和食指捏着一片肉高高举起，好像那是一条活着的虫子，马上要被发配到什么地方。他们觉得沙拉和奶酪不好吃，皱着眉头吐在草地上。薄脆饼干、苹果、芹菜和水萝卜很受欢迎。油腻腻的、有点臭味儿的沙丁鱼，肝肉香肠，凤尾鱼无人问津。提到香蕉，大伙儿都嗤之以鼻，拿出煮鸡蛋的时候，更是异口同声表示反对。（“不，”西莉亚说，把鸡蛋推到一边儿。“这可不是好主意。”）二十分钟后，每人已经喝了一瓶葡萄酒，一个个话都多了起来，虽然前言不搭后语，都是祝贺他们自己脱离险境。昆汀开始讲阿兰·罗布-格里耶[1]的作品。他讲得头头是道，除了基思（他喝多了酒，再加上对洛葛仙妮胴体的回忆，以及从便秘的痛苦中解脱，浑身燥热，东倒西歪）和安迪，大伙儿都听得津津有味。阿多诺一点儿也不消停，在黛安娜面前辗转反侧，一边抚摸她的头发，一边对着

1 阿兰·罗布-格里耶（1922—2008），法国“新小说”流派的创始人、理论家和代表作家，电影大师。

她的脖颈悄悄地说些充满挑逗的污言秽语。黛安娜回转头朝那一片田野望去，看见那头受了伤的小母牛摇摇晃晃从地上爬起来，呈之字形向远处走去。她再回过头看安迪的时候，发现他脸颊的血滴到她毛茸茸的白裤子上。“快躲开点。”她轻声说。“躲开我，真该死。”黛安娜说。

20　黛安娜

黛安娜经常想，她在阿普尔希德教区长府邸都干些什么呀！有时候，礼貌周全的维利尔斯十一点半会给她送来一杯干雪莉酒；有时候，她开着西莉亚的“捷豹”去购物，或者贾尔斯那只拿着一卷儿二十英镑钞票的手哆哆嗦嗦地出现在卧室门口，结清一个季度的账。或者安迪和她做爱之后，她会感到这个年龄段能够体会到的那种稍纵即逝的满足。但是，大多数日子，她坐在那儿觉得什么都讨厌：她待的这个地方，周围这些人，笼罩她的光，甚至日子本身。

她之所以这样，有自己冠冕堂皇的理由。黛安娜虽然没有显赫的家世，但毫无疑问也有属于自己的光环。她从小到大，总是和大人物交往。六岁的时候，她就在“茉莉宫”度过许多个夏天的第一个。在那里，貂皮水床保持和体温相同的温度。每天晚上睡觉前，她都发现，镶嵌着镀金饰件的浴室里，牙膏已经挤在牙刷上等她刷牙。两年后，她在日内瓦湖著名的“阿里阿德涅宫”和贝雷斯福德-帕金森一家度过一个冬天。在那里，面无表情的小矮人沿着空中花园的大街，把早餐给她送到游泳池旁。十几岁的时候，她成了鲁道夫家、帕斯家、银幕名人默里、埃尔斯佩思·克兰以及巴尔夫家、格里夫家、亨利爵士、多洛克夫人、电影制片人“大塔比”和他年轻可爱的妻子卢琳家的常客。后来，人们在帕多瓦[1]附近卡莱亚·皮尼罗家西边的露台上看到她的时候，她已经到了谈婚论嫁的年龄。她在塞舌尔珊瑚礁之间游弋的罗格·莱斯博斯的纵帆船光溜溜的甲板上一丝不挂晒太阳。在分布在阿帕普尔科[2]海滩上的乔万尼·拉菲尼沙丘间痛饮香槟酒。年轻的、有着良好的社会关系、四海为家的读者，在六或七年里都有可能在这些地方看到她。在鸡尾酒会、社交聚会、首映式等活动中，通常都有父亲或者母亲陪伴。可是几个月之后，她就独自出马了。那时候，她还有点踟蹰不前，对性感十足的紧身连衣裤还不太习惯，对自己的相貌也总是忐忑不安。直到在社交圈子里混了两年，她才变得泰然自若，并且以胆大，床上功夫一流而广为人知。

黛安娜之所以名声鹊起，一方面因为她母亲在那本用光面纸印刷的漂亮刊物 *Euroscene* 工作，负责编辑“内尔笔记”。另外一方面是因为她父亲的地位。他是巴黎和纽约马格南电影有限公司副总监。这夫妻俩真是婚姻生活中异性相吸的极好例证。艾莉诺是个务实、聪明、狡黠的女人，瓜子脸，瘦削，长得有棱有角。而布鲁斯为人诚实，和蔼可亲，是那种不修边幅的中年男人。他的行为举止没有什么特别，虽然大大咧咧，但总是不无善意。巴黎“田园牧歌”式的生活“贯穿”了孕育黛安娜的那十个月，她出生之后又延续了两个月。那时候，艾莉诺觉得她不再喜欢布鲁斯了，便坐着飞机到了伦敦。在那里她开始演绎与媒体当红人物一系列紧锣密鼓、持续不断的风流轶

1 帕多瓦，意大利北部城市。
2 阿帕普尔科，墨西哥南部港市。

事。与此同时，无可救药的布鲁斯在巴黎一天到晚喝得醉醺醺，跌跌撞撞六个月，直到后来遇到一位布列塔尼[1]天真无邪的少女。说来她可真够“天真无邪”。跟了布鲁斯之后，她把法语忘了个精光，英语也没有学好。而小戴安娜就像皮球在这两个家庭之间踢来踢去，直到十五岁。

从一开始，艾莉诺就严密监视戴安娜的“社交生活”。戴安娜很小的时候，艾莉诺就送她到那种上流社会家庭的孩子们才念得起的学校读书。比如爱尔达赫斯特幼儿园，劳拉和琼·贝特森寄宿学校，亨德尔伯里女子教育学校，汉普斯特德综合学校。但是这种学校的孩子很容易扎堆儿，艾莉诺呢，一旦发现女儿有了一个本来很正常的熟人圈子，就立刻让她“撤离”。帕里太太忘我地参加所有家长会，联谊会和学校的义卖市场。浏览一下登记表之后，她就说：“哦，你们就是莎拉的家长！我们家的黛安娜可崇拜莎拉呢！”或者说：“贝蒂娜就是你们家的孩子呀！我真担心可怜的黛安娜给她添了好多麻烦。”于是，家长们的邀请函纷至沓来，这位年轻的专栏作家也都欣然接受。之后，东道主们会连续不断地接到那种充满献媚之词的介绍“内尔笔记”的广告和艾莉娜写的长信。信里会大谈黛安娜在结交朋友的时候会碰到多少困难。黛安娜是那么纯洁无瑕的一个小客人（言谈举止温文尔雅，做完客很快就写信给朋友家表示感谢，还会给女仆小费），如果不再邀请她可就太没礼貌了。

---

1 布列塔尼，法国一地区。

而在布鲁斯·帕里眼里，黛安娜一年三次来巴黎、纽约和他一起度假，每次都有变化，每次都会发生点什么事情。和他前妻一样，布鲁斯周围的人没有一个不欠他的情。而他的地位似乎也顺应天意，不断提升。老布鲁斯沉着镇定，乐于助人。他给已经退休的公司老板没有天分的妻子分派只有几句台词的角色；给神经过敏的灯光师游手好闲的儿子安排工作；帮助做了子宫切除手术的女骗子度过中年职业危机；自己无偿加班，庇护那些被更年期困扰的助理导演和酗酒成性的生产经理；自己忙得连轴转，安抚那些冠状动脉硬化的制片人、患忧郁症的财务人员和中风的承包人。唉，这个家伙就像个孩子。大家背地里都管马格南公司叫“托儿所”，布鲁斯·帕里和他那位只会说一种语言的小妻子住的公寓叫迪士尼乐园。那里到处都是糖果、饼干和聚会时做游戏的玩意儿。于是，满头黑发的黛安娜无论什么时候来看望父亲，都是很受欢迎的座上客，而主人的好客又不无歉疚。

说起来，真是不公平。稚气未脱的黛安娜心里充满温暖与热情。她尽管对父母亲很少做出回应，但心底仍然充满温情：她是个一星期能写三十封信的姑娘；她可以把自己的旧手提包和化妆品送你；她可以一天花三个小时，一边嘴里嘟嘟囔囔，一边给她的玩具娃娃收拾“屋子”。她敢从精品店里偷长袜，还会跟你谈性。她喜欢皮肤晒得黝黑、穿破袜子、凉鞋的男孩儿。敢把那些小无赖的帽子扔到公共汽车下面。她还敢踢女舍监，抖搂着裤子让花匠看。她会给你二十便士，让你在格兰杰小姐书房外面大喊“滚你妈的蛋！”她宁愿跟你走，也不想回家。有时候，她不知道为什么，就会突然涕泪迸流。黛安娜像任何人一样，因为对母亲嫉妒、对父亲蔑视、害怕孤独而困惑。

说一说黛安娜性生活的事儿吧。

黛安娜月经初潮，弄脏床单后的第九天，就在布鲁斯·帕里举行的舞会上被一个三十五岁的替身演员诱奸。诱奸很成功，当然她很疼。恰逢其时，她想。第二天早晨就给朋友们写信说了这件事情。回伦敦后，她又告诉了妈妈。帕里太太历来受不了黛安娜的胡说八道，立刻带她去找妇科专家，并且让她服用避孕药。可以说，黛安娜从来都不会回首往事。这也算聪明之举。不管怎么说，有什么可"回首"的呢？又有什么用呢？只要那个男人不脏得要命，不是毫无吸引力，她就可以跟他上床。渐渐地他们都来了。起初还是稀稀拉拉，也没有固定的时间，后来就成了一队人马，络绎不绝。黛安娜和她的许多朋友不同，只要风流就不会让她失望，不管和那个男人之间的关系多么短暂，多么没趣。她从来没和没钱的人睡过，都是些衣着考究，温文尔雅的男人。对于无所不在的性病，她也只是偶尔抱怨一下，所幸她对抗生素的耐药性很低。她绝不会把男朋友们带回家款待，所以她的卧室仍然是一个安静、温馨之所在。玩具娃娃、纸巾依然安放在那里。十九岁碰到安迪之前，黛安娜没有和任何一个男人睡过一整夜。那些家伙总是完事儿之后就走人。早晨醒来，没有谁躺在她身边。

对于黛安娜而言，性不只是肌肤之乐，那是唤起她自尊自爱的“拨号盘”，是对她衣服的礼赞，对她优雅之举的喝彩，对她的日常饮食的脱帽致意，对她的美发师必需的溢美之词，也是对照评价别人的一种方法。现在既然大多数人都能及时按下正确的“按钮”，给她的阴蒂带来无可否认的、不同程度的高潮，她当然也喜欢享受性的快乐。如果碰到某个人很有钱、很英俊，床上功夫又好，黛安娜也许会和他们再次交欢。如果除此之外，他们还和蔼可亲、风趣幽默，她甚至会很喜欢他们。不过因性而生的慵懒和厌恶，在年轻人里已经司空见惯，连续两个夜晚做爱已经难得一见。聚会，男人，吃饭，公寓，做爱，出租车，热水澡。除此而外，黛安娜因为长于此道，还发现做爱有助于控制饮食。第二天早晨起床之后，她会充满活力，去做柔软体操。

一个秋天的下午，黛安娜和艾莉诺·帕里正在雷纳·维多利亚酒店的游泳池旁边晒太阳，安迪·阿多诺开着他那辆哈雷·戴维森 1125cc 飓风牌摩托车，沿塞维利亚路风驰电掣般驶向龙达。他赤裸着上半身，一团黑发被风吹起，身上落满尘土，汗渍在大山的阳光下清晰可见。他在离酒店汽车道不远的红绿灯前停了一下，然后加大油门，驶向空空荡荡的大街，朝四周瞥了一眼，兴致勃勃地感受这座新城的热浪和喧嚣。二十码开外，黛安娜和艾莉诺从正看的杂志上抬起头来。“为什么不给这些美籍西班牙人制定几条法律，教教他们如何开摩托车？”艾莉诺说。“我看他压根儿就不是西班牙人。”“哦，个子太高了点。”阿多诺转过脸，目光和她们相遇。他面带微笑，显然因为自己惹着了她们而高兴。“你们也是英国人？”他大声喊道。黛安娜摘下太阳镜，点了点头。“打搅了。”他一边说，一边以毫无必要的勇猛，一踩油门儿，向城里飞驰而去。酒店那几个穿棕褐色制服的人满脸厌恶地看着他身后扬起的一片沙尘。

后来，她们每天都看见他：用拳头咚咚咚地敲打着咖啡馆露台上摆放的弹球[1]台；在大广场[2]的赌场和士兵们打台球；骑着摩托车突然从公共汽车站旁边的辅路上窜出来；身穿比基尼的瑞典或者美国女孩儿搂着他的腰，坐在他的摩托车后面，一路呼啸，从酒店门前经过，向埃尔·霍顿游泳池飞驰而去。黛安娜和艾莉诺时不时提起这个安迪。“今天早晨在奥利瓦酒吧看见那个骑摩托车的阿飞喝茴香酒呢……今天在西班牙电信，看见那个骑摩托车的无赖和几个西班牙人在一起……那个骑摩托车的傻瓜今天在市场广场差点儿撞倒一个人……真希望那个骑摩托车的家伙别光着膀子满天飞……”

“少女帕里”和“徐娘帕里”经历了一系列短暂的风流韵事之后，“心灵创伤”以同样的方式渐渐平复。黛安娜最近特别讨厌那几个她发现自己将与之上床的挥霍无度的股票经纪人。而艾莉诺最近被一家新广播公司的年轻导演冷落，那家伙在一次饭后聚会上公然拒绝了她毫不掩饰的祈求。对于P太太，疗伤的办法相对而言比较简单——她本来就需要休息。而小黛安娜则饱受不可避免的“夜间疲乏”之苦。那是一种伴随

1 弹球，一种赌博游戏机。
2 大广场，西班牙一景点。

着无精打采、超然物外的痛苦。日复一日，夜幕降临，就预示一切都将毁灭。于是，她们整天沉默无语，戴着墨镜晒太阳，希望自己能有一段养精蓄锐、重整旗鼓的时间。她们孤孤单单一个人早早上床睡觉，头脑倒是很清醒。

假期还剩下两个星期，帕里太太不喜欢龙达，便坐着飞机去了伦敦。临行前那个晚上，在雷纳酒店冰冷的餐厅里吃饭的时候，艾莉诺一直抱怨，第二天早晨，黛安娜到母亲房间里问候的时候，发现她已经走了。

黛安娜本来想住完这个月，可是吃早饭的时候，又读了一遍母亲留下的字条，那熟悉的心灵震颤又流遍全身。“夜间疲乏”正在过去，她又变得活跃，嫉妒，觉得被忽视。下午两点，她步行到伊比利亚——西班牙国家航空公司，订了第二天的机票。剩下的时间继续晒太阳，这当儿，时不时焦急不安地看比基尼在她凝脂软玉上留下的印迹。回房间之后，她开始做体操，直到她觉得大腿像钢筋一样坚硬，乳房仿佛两个铁拳头。然后穿上她那件宛如标签似的璞琪[1]牌白色短裙。特意照了照镜子，看到呈三角形的黑色阴毛在白裙子下面隐约可见，然后前往酒店酒吧。她在酒吧买了一杯香槟慢慢地喝着，直到八点半，一个名叫德克斯特的美国人，汗流浃背地凑过来和她一起吃饭。“吃完饭我们顺道去趟 Coca's，”德克斯特说。他们在迪斯科舞厅一个角落里又喝了不少香槟。德克斯特不时把手放到黛安娜的短裙上摸来摸去。作为报复，黛安娜没有把两

---

1 璞琪，pucci，意大利著名时装品牌。

条交叉的腿放下来。到了十一点，黛安娜正在心里琢磨要不要和德克斯特上床睡觉——这毕竟是结束这一天最简便的办法——安迪来了。

安迪来了，像平常一样，光着膀子，一只手拿着一瓶二十比塞塔[1]就能买到的葡萄酒晃来晃去，另一只手拿着一长条面包。他对酒吧侍者和负责音响的服务员一边招手，一边大声喊着“哈啰”，又亲了亲旁边两个女服务员，便走向舞池，在明灭不定的闪光灯照耀之下一个人跳了起来，动作犹如精心编排的武术。十分钟之后，他开始在酒吧里溜达，朝朋友们点头致意，肆无忌惮地朝比较漂亮的姑娘们挤眉弄眼，直到走到德克斯特和黛安娜面前的时候，才停下脚步。安迪在离他们那张桌子三英尺的地方猛地收住脚，直盯盯地看着他们俩。德克斯特被他盯得不好意思，不无忐忑地问，能为他做点儿什么吗？安迪没有回答，把最后一块面包塞到嘴里，嚼了足有半分钟，然后拍了拍手上的面包渣。黛安娜很厌恶地看着他大嚼大咬的下巴、满嘴大板牙和湿润润的不停“搅动”的大舌头，全然忘记自己的尴尬。安迪伸出手去拿那半瓶子香槟的时候，德克斯特故意装出一副乐呵呵的样子，说：“嘿！”安迪举起酒瓶子对着灯光看了看，大口大口地喝了起来，喉结在明灭不定的灯光下，像间歇泉的水泡，上下蠕动着。安迪用光溜溜的手臂擦了一下嘴巴，不停地打嗝。“真棒！”他说，放下酒瓶，绕到桌子那边，走到德克斯特跟前，蹲下来对着他那只大红耳朵耳语

1 比塞塔，西班牙货币基本单位。

起来。安迪和德克斯特站起身。“我这就滚蛋，”德克斯特悻悻地说。安迪看着他离开，然后得意扬扬地转过脸看着黛安娜，朝她伸出一只手。

九十秒钟后，黛安娜已经坐在安迪·阿多诺的摩托车后面，飞也似的驶过龙达的主街。他有一肚子好话要对安迪说。“哦，如果大小伙子想要，大小伙子就能得到，”“你瞧，嬉皮士，我不去找神秘的陌生人，”“啊，你很引人注目”……但是他开车时让人觉得既神情专注又漫不经心。黛安娜由此想到，他一定吸食了什么毒品，很容易让人厌恶。现在，她只能让自己尽量坐得舒服点儿。她用一只手捂着短裙，遮挡住肚脐眼儿，另外一只胳膊搂住他的腰，闻到安迪身上散发着一股露水和睡袋的味道。她的袖子无意中蹭了一下他的腋窝，心里想，收拾行李前，还有没有时间洗这件被他蹭脏了的衣服。

一座大桥横跨龙达峡谷。这条峡谷是高原上的一道断崖形成的。断崖那边的高地仿佛巨大的白色桌面，上面摆放着各式各样的陶土制作的房屋。安迪驶过大桥之后来了个急刹车。下车之后，他领她走过大桥，来到一个半圆形的围了栏杆的平台之上。“你从这儿眺望过远方吗？”“有过一次。散发着一股臭味儿。”“夜里没味儿。”他让她跪在铺了什么东西的座位上，目光越过栏杆，眺望深深的石头峡谷。他站在她身后，离得很近。“八百英尺深呢！每年都有不少家伙来这儿跳崖自杀。我和那个弱不禁风的老头聊过这事儿，他的任务就是用水龙带把他们从山崖上冲下来。那些家伙经常来这儿找死，从那中间，跨过栏杆，东张西望。想想看，那是什么光景。”安迪说这番话的时候，黛安娜觉得有什么东西硬硬地贴在裸露的大腿根。起初她没有在意，寻思一定是安迪的手。后来听见他裤裆的拉链发出轻微的响声，紧握栏杆的手，指关节都变白了。“然后他们就东张西望，”安迪用沙哑的声音继续说，“他们一定纳闷，怎么会毫无来由地讨厌任何一个地方。于是，往下面瞅。再往下面瞅。”黛安娜也俯身向前，听峡谷里的潺潺流水声、电话线的嗡嗡声，看山泉水波粼粼，萤火虫荧光点点。“然后纵身一跃，大地扑面而来……啊，我的裤子！”安迪后退两步，弯下腰来。“拉链坏了……真他妈的该死。”安迪整理好裤子，两个人不再哈哈大笑，黛安娜等了几秒钟之后，说道：“我明天就要走了。”他让她从包里拿出机票，顺手扔到大桥那边。黛安娜眼巴巴看着那张红色小纸片向黑魆魆的峡谷飘去。

时至今日，黛安娜一想起那天发生的事情，就好像又听到拉链窸窸窣窣的响声，电话线嘤嘤嗡嗡的声音，又看到粼粼水波，点点荧光。但是想起随后一个月发生的事情，她总是心有余悸。“走吧，”他说，帮她退了旅馆的房间，“我要带你玩个痛快。”他们骑着那辆摩托车走遍半个欧洲。在格拉纳达[1]和几个难以用言语形容的嬉皮士度过一个夜晚。安迪卖给他们毒品，两个人用赚来的钱在阿里坎特[2]利都奈罗俱乐部大吃大喝。他让她跳舞。他们还花一百比塞塔在潘尼斯科拉[3]一家旅

1 格拉纳达，西班牙格拉纳达省会。
2 阿里坎特，西班牙东南部的一个港市。
3 潘尼斯科拉，位于瓦伦西亚西北 130 公里处，坐落在橙花海岸伸向地中海的一片阳光灿烂的海岸上。

馆住了两个夜晚（安迪管那儿叫 Cock-coke）。在锡切斯[1]海滩上睡觉。在比利牛斯山[2]里一丝不挂待了一个星期。他们吃很大的对虾，在马赛[3]码头收取寄来的麦斯卡灵。在蒙特卡洛“乔治四世”住过。在勒图凯青年旅馆感染过疥疮。在奥利[4]候机大厅坐过三十六个小时。除了和他们邂逅相逢的那些肮脏的、让人讨厌的人，除了他偶然为她做的难以下咽的以粗粮、蔬菜为主的“保健食品”，以及那辆该死的摩托车之外，最让她望而却步的还是周围环境的粗俗不堪。一个娇小的富家女碰上工人阶级“硬汉”。在局外人看来，他做的每一件事情都平庸、陈腐、有悖常情：无拘无束、愚蠢任性——“热情洋溢”。不过和他待在一起，压根儿就不用你动脑子。事实上，无论安迪想做什么，黛安娜都不犹豫。因为没有什么力量能让他改变主意。当然还有性。也许这是让黛安娜想起来最感尴尬的事情。和以前与她睡觉的那些温文尔雅、技艺高超的“性技师”不同，安迪和她做爱的时候，全然不管她的意愿、她的快乐。然而，不知道为什么，这种痛苦让她感觉到一种难言的激昂和“柔情”（这个词让她羞愧难当、局促不安）。有一次在比利牛斯山，他硬让她喝了好多酒。结果吐在一丝不挂的身上。他抓着她的肩膀。“这下子你不会再喜欢我了。”她说。安迪不由分说把她按倒在草丛中，以前所未有的凶猛和她做

---

1 锡切斯，距离巴塞几十公里的海滨小镇，据说这个小镇是同性恋者聚居的地方，每年世界同性恋者大会也在这里举行。

2 比利牛斯山，西班牙和法国的天然国界。

3 马赛，法国港口城市。

4 奥利，法国北部城镇。

爱。十分钟之后，她开始觉得脑子里一片混乱、害怕，而且十分悲伤。

他让她在布伦[1]港海关检查站下车。安迪问黛安娜，回国之后，她准备做什么。她说，十月份，她要在伦敦上学。哪个大学？她告诉他哪个大学。安迪忍不住——不得不——哈哈大笑起来。“你笑什么？”她问道。安迪猛地踩了一下油门。黛安娜赶忙亲了一下他的嘴唇，摩托车呼啸着向黑色的公路飞驰而去。

三个星期后，黛安娜在伦敦剑桥大学沃尔森学院排队办理入学手续时，还在哭泣。这是一幢赫然屹立在戈尔德斯格林公共汽车停车场旁边的“后现代”的、宛如火柴盒似的大楼。黛安娜站在那儿，穿一条薄薄的、很性感的裤子，低着头，无精打采，一副逆来顺受的样子。不过他还是一眼认出了她。“你可来了……我在这儿已经念了一年书了。”排着长队的学生从他们身边走过。他旁若无人，吻了吻她的嘴唇。“你和我住一起吗？还是另有打算？”她又哭了起来。“和你住在一起。”黛安娜说。

1 布伦，法国北部港市。

21 走向未知的路

哦，那天晚上七点钟，当露西·利特尔约翰小姐急冲冲来到阿普尔希德教区长府邸的时候，并不只是她没给她好脸儿。露西一边嚼口香糖，一边抽烟，一边剥香蕉，手里还提着个空酒瓶子，想接上一条断了的玛瑙项链，还想要把大笔现金给那个亲自送她到门口的小矮子出租车司机。安迪以最让黛安娜感到恐惧的兽欲，迎接了露西。（安迪第二次亲露西那张嘴巴的时候，黛安娜记得自己注意到，他确实有点胖了。她还注意到，他的微胖，正是她喜欢他的理由之一。）昆汀呢，先把露西介绍给妻子，然后噘起嘴唇，颇有节制地吻了吻露西的面颊。露西在贾尔斯的椅子旁边跪下，对着他的耳朵悄悄地说了几句什么，亲了亲他紧闭的嘴唇。贾尔斯似乎有一种隐隐作痛的感觉，不再保持平日里那种淡定，三张十英镑的钞票从他手指间漫不经心地飘落下来。这时候，伶牙俐齿的维利尔斯把几位美国人介绍给大伙儿。没有人介绍怀特海德。他蜷缩在墙角一张华丽的天鹅绒扶手椅上，眼巴巴地看着那几个人打情骂俏。

在小基思那双细小的蓝眼睛里，露西令人失望。他听到的关于露西的故事总体上讲都缺乏人性：露西是个为了钱和男人上床的尤物。为了得到点好处，可以给你手淫。如果你让她脱衣服，立马就脱。可眼下她就在面前——就外表来说，与常人一般无二。除此而外，露西的长相虽然只比基思脑海里无数次想象过的那个女郎差那么一点儿，她面部丰富的表情还是极具个性，而且是那么令人沮丧地非同寻常。看着她剪成平头的银发，点了金的眼皮，风格怪异、难得一见的肥大的外套，耷拉着的嘴唇，染成不同颜色的牙齿，好像压根儿就不存在的下巴，人们一定会惊讶地想到，为什么以前没有想到人可以长成这样一副模样？不，露西显然是个善于吸引别人眼球的人，一个可以从思想上让你快乐的人，一个个性鲜明的人。听听她是怎么说话的：

“听我说，听我说。我和那个小矮人出租车司机确实交上了朋友。上车的时候，我就对自己说：‘哦，给你开车的这个人是个侏儒。他屁股下面坐着《大不列颠百科全书》，手才勉强够着方向盘。在他把你送到目的地、再扬长而去之前，你可千万别提小矮人的事儿。’我坐在后排座，琢磨该和这个家伙说点与小矮人无关的事。穿过一号停车场的时候，我突然对他说，我刚看了《白雪公主和七个……》。我拖长声音，没把后面三个字说出来。这不是我的错。上午我确实看了这场戏。我想说清楚的是，从现在起，不管从我嘴里说出什么话，都没有恶意。在座各位，有小矮人儿，同性恋，犹太人，或者别的什么人吗？我能知道一下吗？”

“啊，我是犹太人。”马维尔说。

“我是同性恋。”斯基普说。

“……我是小矮人。”不等别人介绍，基思说。大伙儿都鼓起掌来。

“明白了吗？喂，你大老远跑到这儿，就是为了喝杯酒吗？”

贾尔斯刚从楼上拿来一瓶威士忌，昆汀一边没好气地数落，一边给露西倒了一杯。马维尔不耐烦地问：

“露西，你干吗要喝酒呢？”

你瞧，这些美国人对露西很看不起，做出一副高高在上，很冷淡的样子。在过去的半个小时里，他们或多或少成功地营造出一种庄重、认真、平静乃至虔诚的氛围。比较大一点的起居室有一个类似壁龛的小餐厅。马维尔从他的房间里搬来一个很大的长方形盒子，小心翼翼放到小餐厅的桌子上。然后一惊一乍地从里面拿出各式各样的瓶子，小药瓶，注射器，往鼻孔里点药的小勺。斯基普在屋子里跑来跑去，对那些人指手画脚，发号施令，让他们在起居室各就各位。这时，洛葛仙妮出来见他们。她试图让贾尔斯清醒过来，一边把椅子归拢到一起，一边风骚十足地劝告安迪不要放唱片，以便保持她与黛安娜情感上的疏远。这一帮人本来已经进入一种不无讽刺意味的、温良恭谦的精神状态，露西的到来打破了大家平静的心情。

“这是降神会，还是别的什么集会？”露西问道。

“你干吗要喝酒？露西，”马维尔又问了一遍。不过这一次少了点锋芒，“我这儿新花样多的是。”

“Far-out。我不要什么‘新花样’，只想喝酒。”

因为“far-out”大致的意思是“哦，真的吗”。马维尔听了，那股暴躁劲儿又上来了。“听我说，给她解释解释，昆汀，好吗？我重申，我不想说得那么直截了当。但是，如果我们不能按照科学方法去做，那就什么也干不成了。好吗？”

起居室里放着很多家具，再加上巧克力色的壁纸和深蓝色的地毯，暮色似乎来得更早。虽然只是七点半，两扇高高的窗户的另一面显然还有足够的光线，房间里的东西却好像偷偷地靠拢到一起。马维尔说话时，他的声音在刚刚降临的暮色中回荡。

“你们各位……你们各位有没有做出决定如何干？”

“我有个主意，”安迪一边说，一边站了起来。他把头发从眼前撩开，两手合拢，继续说道：“我想要感受更富性感，操控一切，感受狂热和强壮。”

“我想，”马维尔说，两只手已经在那个盒子里忙不迭地摸索起来，“我想……你在大多数时间里感受到了大多数那些东西。对吗？安迪。”

“没错儿。不过我是想在所有的时候——至少今天夜里——感受到所有那些东西的存在。”

马维尔拿出一个好几种颜色的胶囊，用挺长的大拇指指甲划开，把里面的粉末倒在一张纸上，然后在那座小小的“金字塔”上，又放了两个药丸。他指导安迪把那张纸对折了一下，做成一个“漏斗”，把粉末和药丸一起送到嘴里。安迪问是不是可以用威士忌顺下去，马维尔告诉他可以，然后举起一个类似耳药水滴管的东西。“滴两滴到舌头上。”

“这是什么东西？”安迪滴了两滴之后，问道。

“肾上腺素浓缩液。”

“管用吗?”

“半小时,四十五分钟。好了……西莉亚?”

西莉亚皱了皱眉头。“哦,那取决于我们今天夜里做什么。”

“别跟我说,”黛安娜眯着眼睛,神情恍惚地说,“又玩什么‘到处爬’。”

“来吧,黛安娜,”安迪说,“那有什么不好?我已经……已经受不了了。”

“实际上,黛安娜,”昆汀插嘴道,“我打算让我们的朋友看看伦敦的夜生活。”

“听起来不错。”马维尔说,和斯基普、洛葛仙妮简单商量了一下。“西莉亚?……怎么样?”

西莉亚坐直了身子。“我其实只是想让自己变得动作敏捷……或许会跳舞。我不介意来点什么麦斯卡林,或者也许……”

“西莉亚,说得更具体点。别说什么毒品。说感觉,说心情。”

“哦,我只是……只是想玩得更痛快。”西莉亚又转过脸看着昆汀。昆汀火辣辣的目光和她的目光相遇。“感觉到充满爱,”她说。

起居室里仿佛泛起红光。马维尔扬了扬浓密的眉毛,在那个箱子里摸索着,最后拿出一粒粉红色的药丸,呈弧线扔到屋子那边。“这可是精华,好玩意儿!”他叹了口气。“好了,基思呢？你来点儿什么？”

怀特海德挥了挥手。没穿高跟靴子，他不想步履蹒跚地走过起居室，让小矮人的形象在众人面前“一览无遗”。他只需够到马维尔的耳朵，说出自己的请求就行了。“还没决定呢。如果我就坐在这儿，你介意吗？”

“你还想怎么做呢？”斯基普睡意朦胧，拖着长调说，嘴角露出一丝诡秘的笑。

基思听不出他的弦外之音，继续傻乎乎地问：“可以吗？马维尔？”

马维尔朝斯基普笑了笑，又把目光投向小基思。“没问题……不过不要时间太长，好吗？露西。”马维尔说，声音又变得严肃起来。“你呢？”

“哦，这可是太款待了，”露西说，“马维尔船长是不是聪明得足可以……”

“……现在是不是轮到我了？”

“对不起……”

“现在是不是该我了？”

贾尔斯吐字清楚，有板有眼，大伙儿都转过脸，惊讶地看着他。他在椅子边儿上直挺挺地坐着，手心朝上摊开在眼前，脸上的表情比这一整天任何时候都紧张，而且变化得特别快，就像一个瞎子在一条不熟悉的路上摸索着向前走。

“没错儿。”马维尔说。

“现在该我了吧？”

“没错儿，贾尔斯。”马维尔说。

“求你……让我停止……你能不能让我……让我不再总是着急。”

“着什么急？”

“其实都是些小事。”

“什么事呀，伙计？我总得知道是些什么事呀！”

贾尔斯放松下来，喝了一口酒又一屁股坐回到沙发上。露西的手握着他的右手，左手像一只受伤的鸟不停地颤动。泪水顺着面颊潸潸流下。

“哦，怎么哭起来了。”安迪说。

“好了，”马维尔一本正经地说。“我可以给他一种广谱的镇静剂，不过……”

贾尔斯脑袋一沉，又歪在肩膀上，抿了抿嘴唇，睡梦中不再显得闷闷不乐。

“又昏过去了。”安迪说。

“我得说，这个时候，给他吃什么都没用，”马维尔说，“等一会儿再说。露西，你呢……？”

“好了，马维尔，好了。就这样吧。今天晚上我可不想有什么伤心事儿。算了吧，船长。我已经在船上了。除了关心我自己，不会为任何人担心。”

“自治论者？自决主义者？唯我论者？”

“应该是吧。”

“我有呀。”马维尔拧开一个小玻璃瓶的盖子，从里面小心翼翼倒出一粒菱形药片，浸泡在一个小碟子里。碟子里放着红色软膏。“太棒了。黛安娜，你要什么？”

“什么也不要。”黛安娜说。

“胡扯，黛安娜，”安迪打了个哈欠，“你总得吃点什么呀。今儿个怎么总是找别扭？”

“我可不是找别扭，只是心烦。我也需要吃点药，不过我想要的是一种对什么都不会再有感觉的麻醉剂，把发生过的事情都忘得一干二净。看样子，今天夜里会发生一些愚蠢的、令人作呕的事情。如果那样，还是吃点什么东西忘了为好。”

听了她的话，大家都兴趣盎然，议论之声像湖面的涟漪在起居室扩展开来。马维尔动了动。“这事儿好办。”他说。

洛葛仙妮和斯基普各自乐呵呵地选了“常用”的（情感加强剂和心跳加速剂）。马维尔非常庄重地开始给自己准备兴奋剂。他先用火柴点着一小堆可燃的粉末。等到粉末变成黏糊糊的东西之后，他伸出食指蘸了一点，放到嘴里。“这玩意儿叫普罗斯佩罗，”他说，“能让你觉得有一种控制力。哦……我怎么把你给忘了。昆汀，你呢？”

昆汀双臂交叉，放在胸前，背靠沙发坐在那里，尽显肌肉之美。起居室里那种不无尴尬的气氛立刻被他悦耳动听的声音驱散。

“或许只是一种假说，”他说，“我认为，一个人的风格习惯、行为方式，既非与生俱来，也非偶然为之。我们把这些东西看作想要保护自己，呼吁、恳求、撤退、屈服的心理过程。那是规范我们对别人以及对这个世界行为的手段。请原谅我，这种让人无法容忍的表达。总而言之，作为一个很有教养、因而不会凡事随性而来的人，我认为，如果我被剥夺了这些——本能的反应、积蓄已久的回应——赤裸裸地出现在社交场合，一定很有意思。我的说话方式有时候或许会惹得大家不高兴，所以我现在给你们机会，尽可以拒绝这种方式，重新塑造我。打开天窗说亮话，你们愿意把我改造成什么样，就改造成什么样。”

“你这样说是不是太不具体了？”马维尔抱怨道。

“慢慢地就具体了。”昆汀说。

“第一步，”黛安娜说，“你可以让他变得说话结结巴巴。这样一来，他至少可以少说点儿话。”

“好啊，黛安娜！”昆汀大声说，“你这个主意真棒，马维尔。你把我变得说话语无伦次。”

“把他变得呆头呆脑，不善交际。”露西说。

“为什么不把他变得腼腆羞怯呢？”西莉亚有点困惑不解地问道。

“把他变得像狗一样总是发情。”洛葛仙妮说。

“让他害怕。”安迪说。

昆汀摊开一双手，面带微笑说：“马维尔，你发号施令吧！”

十分钟后，昆汀吸、吮、嗅了各种神秘的“化合物”之后，马维尔拍拍打打，把自己收拾干净，又把餐桌上的东西整理好，环顾四周，说：“很快就起作用了。”

怀特海德坐在椅子上，一直坚持到最后一刻，眼巴巴看着一对对男女消失在通往卧室的走廊：贾尔斯清醒过来之后，立刻吞下镇静剂，被露西领了出去。黛安娜已经站起身来，显得强壮有力。洛葛仙妮跟在安迪身后走了出去，昆汀和西莉亚也离开起居室。斯基普坐在椅子上，目光呆滞，面孔像凝固了一般，过了一会儿也溜走了。

“喂，马维尔。”

“哦，基思。”

基思从墙角那张椅子上跳下来，向马维尔走去。他越走越近，越走越近，直到能够爬上对面那张长凳子。

“过来，”马维尔说，目光越过盒盖儿，“我能为你做点儿什么？”

“让我长高，”基思说，“让我长高，让我长高。”

22　他是谁？

安迪解开腰带，脱下牛仔裤。“哦，这下就好多了。天哪！那头母牛真是一景。那个发了疯的家伙也真是太疯狂了，对吗？”

“真是疯了，”黛安娜一边说，一边把连裤袜脱下来，扔在地毯上。一丝不挂，拿起梳子。

“是呀，那双死鱼眼。”安迪迷迷糊糊地说，仿佛在梦中，脱下内裤。

“哦。”

黛安娜还在照镜子，梳头。

“你知道吗？你瘦了。减肥了吗？”安迪试探着问。黛安娜没理他。安迪鼓了鼓勇气，凑过去，摸了摸她的腰。比基尼在那儿留下的印迹清晰可见。“是的，我真的认为你掉分量了。”

“别碰我。”

“为什么？”

“不为什么，只是忠告。”黛安娜转过脸看着他。“只是忠告。我的意思是，你还得考虑露西，还有那个大胖子美国女人。今天夜里你的活儿多着呢，小伙子！”

“不，我可不会……可是，如果真要干那么多活儿，会怎么样呢？”

“你干什么我都不在乎。听着，只要干完之后，别再跑到我这儿摇头摆尾，哼哼唧唧，说你多么漫不经心，多么前卫开放……”

“前卫开放……？”

“好像那些事情对于你真的很有吸引力。我不在乎，只要你不是突然之间变得那么乖巧可爱就行。好吗？”

黛安娜刚说这番话的时候，安迪缩着脖子，任凭一缕头发耷拉在额头。透过那缕头发，他很不满意地看着黛安娜那张紧绷着的、匀称的脸。她看起来就像一个脸色铁青的曲棍球运动员，回忆起因他而受的重伤。“黛安娜，我真的不明白你这是怎么回事？”安迪直起腰，突然笑了起来。“不，我不信！得了，你是吃醋。不是吗？”

“这才是胡说八道。”

“天哪！你就是吃醋。没错儿，没错儿。”

“我可不是‘吃醋’，只是……”

“我们一直在探讨这事儿呀，”安迪不相信她的话，“耶稣基督！我在阿姆斯特丹的时候你和那个演员干，我抱怨过吗？那次聚会后，你和布鲁斯·霍华德干，我说过什么吗？”

“瞧瞧谁的记性好呀？我压根儿就没和他干过！”

“那你就给他口交了。口交和操有什么区别呢？”

“你呢？你连本来不想操的女孩儿也操。”

“我不跟她们操，怎么知道想操不想呢？理性点吧，女人。不管怎么说，这种事儿有什么了不起呢？黛安娜，在这幢房子里，听到这种言论，我感到恶心。天哪，你以为你是和一帮文明人生活在一起，有人跟你说这种话是对你的亵渎。”他的声调变得慷慨激昂，颇有点义愤填膺。“你认为你了解某些人，以为他们是体面、真诚的君子。然后你又发现，他们在一些鸡毛蒜皮的小事上也会焦虑不安。哦，黛安娜，你听我的就是了。我在这幢房子里住的这些日子里，没有一个人不干这种苟且之事。如果我说的都是废话，那可真该死了……”

安迪这样夸夸其谈的时候，黛安娜一直背朝他坐在床上。她好像正全神贯注想着什么，头也没回，轻声说：“安迪，这是你写的吗？”

“……这才真是些过了气的狗屁玩意儿呢。什么？”

“这是你写的吗？”

“什么？”

黛安娜转过脸，举起一张A4纸，面色苍白，冰冷如霜。

“什么呀？”安迪说，似乎颇为关心。

那封信都是用大写字母写的，两头对得整整齐齐，乍看好像是用打字机打出来的。安迪皱了皱眉头。

黛安娜，你不需要我告诉你是副什么模样了吧？或者还真的需要说道说道？你照镜子的时候，或者偶然从商店橱窗里看到自己那副尊容的时候，心里会怎么想呢？漂亮，性感，富态，不乏自卫的本能？不。我看到的是你的内心世界，你那张令人作呕的嘴，布满红丝的眼。你能感觉到人们对你的厌恶吗？你不知道我们对你的感觉吗？我们想切割你肥胖的大腿，砍掉你翘起来的小奶头，研磨你的屁眼儿，咀嚼你的会阴，直到你死，到你灵魂出窍。

约翰尼

安迪读那封信的时候，黛安娜双臂交叉，放在裸露的胸前，孩子似的鼻涕一把泪一把地哭了起来。

“天哪，”安迪说。她是第二次在他面前流泪，“别在意，宝贝儿。我会照顾你的。什么事儿都不会发生。”安迪拍着她的肩膀。“坚持，宝贝儿。什么都不会发生。”

安迪在腰间裹了一条浴巾，走到楼梯口。“约翰尼！”他喊道。“约翰尼！”阿普尔希德教区长府邸又变得寂然无声。“他是谁呀？”他听见昆汀在哪个房间问。几秒钟之后，洛葛仙妮从起居室走出来。

“怎么了？小伙子！”

安迪心血来潮，几步跳下楼梯，猛虎扑食般地抓住洛葛仙妮的肩膀，把她推到门上，毫不在乎地使劲亲她的嘴巴。洛葛仙妮的肚子紧贴着他的肚子，轻声说：“我想吸干你！”然后把他推到楼梯扶手上，气宇轩昂地向楼上走去。

安迪跌跌撞撞去找露西。他想，无论如何，这将是一个非常有趣的周末。

23　贾尔斯和露西

贾尔斯站在屋子中间。从他那张仿佛陷入困境的脸和僵硬的动作就可以看出，他已经喝得酩酊大醉。可是一双手依然抱着酒瓶子，没完没了地往嘴边送。往肚子里咽的时候，直翻白眼儿，就像要咽气一样。他那张像死尸的脸，感觉迟钝、发着微光，这是一年来不断喝酒的结果。

贾尔斯趔趔趄趄走进浴室，靠着洗脸池站稳。这间屋子简直像个“实验室”。紧挨洗脸池的桌子上放着两把电动牙刷，七把材质不同、大小各异的普通牙刷，一个喷水式洁牙器。一个经济适用的 Selto 牌小盆，三种牙膏，四盒 Interdens，一大堆漱口液，一个牙科医生给他做的牙齿印模（就像一个微型建筑工地模型：滑车、梯子、起重机一应俱全）。还有一个盛外科医生用的器械的搪瓷盘。这个房间任何有棱角的地方，包括门把手、抽水马桶的开关都包着海绵。

他对着镜子龇牙咧嘴，轻轻地颤动了一下，就像有头小牛正向他跑来。他看也不看，就把手伸向左手边的杜松子酒瓶，俯身向前，直盯盯地看着镜子里自己那张脸。他就这样用迷惑、责难的目光足足看了一分钟，说道：“你不能再哭了。”他闭上眼睛，思想穿过宛如一道道回廊的和牙齿有关系的下午。

“贾尔斯？贾尔斯！是我，露西。”

“……露西，谁？”

“露西。”

“哦，对不起，露西。”贾尔斯说，打开房门。

露西急匆匆走了进来。贾尔斯紧贴墙根儿站着，就像侦探，指望露西从他身边走过时不要发现他。她以前从来没有进过贾尔斯的房间，不过灵敏的感觉很快就让她把屋子里的东西分门别类，尽收眼底。她打开酒柜，拿出一小瓶威士忌。贾尔斯的神经好像被堵塞短路，此刻，露西在他眼里，只是一个穿着衣服、上了颜色的幽灵。不过更让他费解的是，这个幽灵仿佛是他熟悉、并且可以依靠的什么东西。他很友好地张大嘴巴，极力让自己迷离的目光聚拢到她那“松散”的身形上。

“哦，你好，露西。干杯，真的！”

“什么？”

“真的。我的意思是……哦，上帝。”

“贾尔斯，说点儿正经的。”

“我知道。”

她把他拉到床边，两个人并排坐下。她嘴对着瓶子喝酒，威士忌顺着浓妆艳抹的面颊小溪般流下。他们之间，仿佛有一个断层，连空气也停止了流动。好像谁都无法相信，他们对对方曾经意味着什么。

“贾尔斯，为什么我们……”

露西注意到贾尔斯面部表情细微的变化，有什么东西在他眼睛里稍纵即逝。她更加小心翼翼地说：

“……我们干吗和那几个坏蛋待在一起？那几个令人讨厌的美国佬。”

“是呀，”贾尔斯说，似乎突然活跃起来，“他们令人讨厌，难道不是吗？”

“太坏了。真正的坏蛋。我好长时间也没见过这么坏的人。真是人渣。那个兜售毒品的小混蛋。”

“哦，斯基普。”

“不是他。斯基普废物一个，三棒子打不出一个屁。是那个趾高气扬的家伙，马维尔。瞧他妈的这名字叫的，傻帽儿。还有那个女人！”露西挺起胸，一只手捂着嘴，故意嗲声嗲气地说：“‘哦，英迪，我能咬一口你的蛋糕吗？’她看起来就像一匹马。那样的身子实在是不可能的。实在不可能。”

贾尔斯脸上的表情变得充满渴望。“我想，她……我以前从来没有见过她这样的女人……我想，她有绝对漂亮的……”

“忘掉她，”露西说，“她的乳房不可能是真的。她一天得用两个硅胶玩意儿。”

贾尔斯本来想说，他从来没有见过洛葛仙妮那么漂亮的牙齿。可是凝视的目光落到枕头上，似乎陷入沉思。

露西一边心不在焉地环顾四周，一边点燃一支很长的香烟。“我今天夜里在哪儿睡？有什么主意吗？”

贾尔斯像过电影似的无精打采地想了一遍这幢房子，每一个房间，还算计了一下谁和谁同床共枕。“在……和……”意识到他的房间显然是露西唯一合适的去处之后，贾尔斯惊恐不安地转过脸看着露西。有一会儿，他的目光变得很警惕，但也很平静。就像一个弱小的动物遇到自己的同类。

“贾尔斯，你这几天怎么了？”这话算不上一个问题。

“我也不知道，真的。”他眨了眨眼睛，叹了一口气。“露西，你能不能给我调一杯……”

露西站起身。“奎宁水？”

“是的，求你了。”

“大杯？”

“是的。”

她抓住他的手。“别着急，宝贝儿。我可以睡沙发，或者别的什么地方。”

贾尔斯弯腰曲背躺在床上，在脸和墙之间塞了个枕头。露西的身影在他眼前晃动的时候，他用舌头舔了舔牙龈。现在，他觉得自己浑身上下轻飘飘的，连一点儿重量也没有，渐渐进入纷乱的、“漏洞”百出的梦乡……

24 重 水

瞧！

怀特海德从他的屋子里跌跌撞撞地走了出来。那双没有后跟的靴子里塞了许多卫生纸，一直塞到小腿肚子。没穿袜子的脚磨破了皮，此刻正在痛苦地呻吟、腐烂。他那堵塞了的汗毛孔很快就会让人觉得他头皮下面装了个橡胶活塞，把什么污物挤压到头上。事实上，小基思脸色苍白，宛如早晨的雪，让人担忧。他的腿因为血肿显得很粗，外面紧绷绷地套着老怀特海德那条剪短了的裤子。这条裤子他又匆匆忙忙用订书机“修改”了一番，达到上面宽、下面窄的效果。其他与服装风格相关、吸引人们眼球的装饰还有一条佩斯里涡旋花纹尼龙围巾。他是为了遮挡脖子后面那一堆赘肉才围这条围巾的。干酪包布[1]做的衬衫质地那么粗糙，把他的乳头勒得就像血布丁。基思就这样令人讨厌地在车库门口停下脚步，手摸着头顶，寻找那几块脱发的头皮。“你做什么呢？”他大声问自己，“你怎么就认为你可以不戴帽子？”但是麻醉剂已经深入到脊髓，他不再感觉到自信心的冲动，而是脑子里一片混乱，只能凭着感觉走。怀特海德穿着那双塞满卫生纸的靴子，摇摇晃晃走进大

1　干酪包布，一种包干酪用的棉纱布。

人国[1]。

和这一幕形成鲜明对比的是，楼上其乐融融。尊敬的昆汀·维利尔斯正直挺挺地朝后仰着，好让西莉亚修剪他那件已经磨得起毛的塔夫绸衬衫的领子。

“我看起来怎么样？”

他穿一件淡紫色外套，裤子塞在齐膝盖的鳄鱼皮长筒靴里。浅黄色的卷发很潇洒地耷拉在脑门儿上，看起来很帅，很有点查特顿[2]的风范，无疑属于上流社会。紧挨他站着，西莉亚觉得牙一跳一跳地疼。

“你看起来真是太出众了。性感十足。天哪，真希望我的肤色和你一样。”西莉亚说。她一边抱怨自己皮肤不好，一边往脸上抹了厚厚一层脂粉，“这些讨厌的雀斑，抹什么也没用。”

“胡扯，宝贝儿。听到你说这种话，真扫兴。”昆汀身子前倾，依然直挺挺的，吻了吻西莉亚半张的嘴。

她抬起头看着他，泪水涌上眼眶。昆汀伸出干涩的双手抚摸她的面颊时，那一股不信任的浪潮成为过去。

“我爱你。”他一本正经地说。

“谢谢，”她说，“我也爱你。”

昆汀伸直腰，站在衣柜上的大镜子前面，用修长的手指拢

1 大人国，源自英国作家斯威夫特所著《格列夫游记》。
2 查特顿（1752—1770），英国诗人。

着头发。

“亲爱的，”西莉亚说，“你能感觉到你选择的那些奇怪的麻醉剂在你身上起作用了吗？你有没有觉得悲伤，或者有别的异样的感觉？”

“没有。一点儿也没有。你呢？”

“我有。我的手已经进入某种状态。”西莉亚站起身，那张四方大脸乐呵呵的，但似乎又有点把握不准。“我看起来还行吧？”

“你看起来非常动人。”

西莉亚脸上露出微笑。有一会儿，她看起来确实很动人。“亲爱的，你对我们下一步怎么办有主意了吗？”

“是的，我已经想过这事儿。我们还是先看看为好，要不然会把事情搞糟的……”

25　心理滑稽剧

心理滑稽剧每两周在一座几乎废弃的 1920 年代建造的电影院演出一次。那儿曾经是桥本高路汽车站，现在是通往北部地区高速公路的入口。那里聚集着不少大篷车。雪佛兰和捷豹驶下立交桥，呼啸着穿过茫茫夜色，驶向“大世界”——一幢煤烟熏黑的哥特式建筑。这个建筑物高踞于二手汽车陈列馆和分散在周围摇摇欲坠的小饭馆之上。公路两侧，路标、高架桥的柱子，影影绰绰，显得神秘但没有什么威胁。头顶，难以计数的路灯的光芒汇聚成巨大的光柱，宛如一条被遗弃了的大道，通往夜空。

“那里面有人。”雪佛兰快要到达目的地时，马维尔喃喃着说。

“听我说，”安迪在后排座说，“如果哪个小混混敢找麻烦，告诉我。我让他吃不了兜着走。”

二十码开外，昏暗的大厅台阶上，二十个流浪汉怯生生地看着从两辆汽车上下来、朝他们走过来的这几位“苹果佬”[1]。“啊，这也是旅途一景，”昆汀说。安迪在前面开路，嘴里骂骂咧咧：“从这儿滚出去！”“拿点现金出来！”还不时

---

1 “苹果佬”，美国果树园主和传教士查普曼（1774—1845）的绰号；民间传说中某种人物的原型，美国人的别称。

朝一个探过来的脑袋打一拳，或者踩在一只来不及缩回去的手上。那些流浪汉四散而去，没有抱怨也没有发表什么看法。“你他妈的滚开！该死的家伙！”安迪大声呵斥一个不停咳嗽的流浪汉。那人动作慢了点，挡了黛安娜的路。安迪的大靴子重重地踩在台阶上，一路向前。

“天哪！”走进前厅之后，安迪一边抻了抻他的军用外套，一边说。“在这儿想看场演出就这么麻烦！你得在一群流浪汉里杀出一条路来。贾尔斯……给那位先生一点钱，我们到里面去。”

“大世界”里面的装饰简洁明快，朴实无华，屋顶很高，越往上越小，给人一种水风筒的感觉。很重的潮乎乎的紫色幕布，黄铜壁画，带纹棱的墙壁，拉毛粉饰过的檐板。六十年代末期，这个剧场被说得一无是处，结果因为被冠以“堕落的场所”反倒增加了受欢迎的程度。红光照耀之下，它仿佛融为一个巨大的、坚固的实体。“苹果佬”们踩着有点儿发黏的地毯，沿着过道向前走去。观众很少，但看得出都是有钱人，坐在半圆形舞台前面几排，感觉良好。

“总是这么空空荡荡？”马维尔问。

“只有很酷的人才来这儿看演出……所以要现金。”安迪说，顺便委婉地告诉对方，贾尔斯刚才给了那个穿深紫色制服的守门人十二张十英镑钞票。

这一行人往第三排坐的时候，怀特海德一会儿殿后，一会儿犹犹豫豫往前跑几步，一心想坐到露西旁边。结果还是被马维尔和斯基普夹在了中间。基思觉得，这两个家伙对他肯定不安好心。已经坐好的观众不愿意收回腿让新来的人进去，安迪不得不一遍又一遍地提醒他们此时此刻应该以礼相待。气氛立刻变得不那么友好，礼堂里仿佛笼罩着一层阴霾。

“我的天，”昆汀说，用天鹅绒手套掸了掸塑料座椅，“怎么就像老年人观看的日场音乐会？我总是对时尚之人敞开心扉，真希望他们偶尔能显示几分真正的活力。”

“又要演什么骗人的玩意儿？”

“等着瞧就是了，斯基普。有一点我向你保证，总和上次不同。”

就在姑娘们相互聊天、昆汀大谈他关于“双向选择剧院”的构想、斯基普发动贾尔斯谈话又一次失败、怀特海德腿露出来不知如何处理的时候，装威士忌的小木桶啪的一声被打开，大麻也被点燃——大厅里至少开始出现“真正的活力”。现在已经十点钟了。跺脚声、下流的嘘声和座椅噼噼啪啪的响声越来越大。特别是前排有两个穿戴得像商人的高个子年轻人行动起来。他们把一个空龙舌兰酒瓶子扔到舞台上，观众席立刻响起口哨声、叫喊声。两个家伙坐在座位上朝乐池撒尿。

阿多诺探过身，正要劝告那两个家伙不要恶作剧，突然好像发现了什么。“等一下，”他说，“他们是‘概念论者’。”

“他们是什么人？”马维尔问。

“‘概念论者’。”安迪已经开始若有所思地环顾礼堂。

“哦，没错儿。我听说过这些人。介乎于‘地狱天使’[1]

---

1 地狱天使，指形成于1950年代美国的摩托车帮成员。

和‘查尔斯·曼森’[1] 之间。”

“根本不是，”安迪说。他那么轻蔑，似乎是用鼻孔，而不是眼睛看他。“根本不是。他们是一个新的门派。和你说的那些乌七八糟的东西不一样。我认为他们是对今日世界发生的那些事情唯一具有创造意识的人。就我而言，他们是唯一将技术对性和暴力做的那些事情得以升华的人。他们会持续下去的。”

“是吗？”

“信我没错儿，伙计。”

“为什么？”

精确和武断是“概念论者”两大特点。就在开始“展示”——按照他们的说法——的那天早晨，十五个级别很低的公务员被人们发现在床上被人剥了头皮。他们都是负责污水处理的公务员。这是个政治组织吗？十五天后，一帮随机选择的医生、卫生检查员、社工、慈善机构工作人员和救世军官员的跟腱同时被雷电波击断。接下去那个月的第一天，报纸上报道说，全国各地三十个五金商店老板左眼球被挖了出来。四个星期之后，偷来的直升飞机在主要城市上空就像撒五彩纸屑一样，撒下许多色情明信片、宣传暴力的照片、经过压缩的医药复制品、 X光片、尿检黑名单。（警察局对处理这种事本来不太积极，可是这一次歇斯底里大发作。）后来一些淫秽读物定期出现。不是公开出版物，但是大家都认为是同一个组织所

---

1 查尔斯·曼森，生于1934年，美国一个罪犯和音乐人。60年代末，他在加利福尼亚创立了所谓的“曼森家族”。

为。一辆风格化的汽车撞了车，结果两辆车凹进去的仪表盘上都沾着精液。有人夜闯手术室，惊现血腥的色情场面。飞机库、化学实验室、跑道、药物临床试验机构和电器设备展览厅都被滥用、亵渎。从各地收容所劫掠来的瘸子、精神病患者再回来的时候都吓得目瞪口呆。一位被绑架来的外科医生对着枪口给一个头戴面具的病人做肛门手术。人们在壕沟里发现一个十八个月大的女孩儿，外生殖器被切割。

安迪对“概念论者”的极度力捧并不完全公正。他认识几个“概念论者”，有一两个关系还不错。他们的平静、冷酷、隐姓埋名的怪诞，谈起“展示”时充满色情的渴望，尤其那种令人胆寒的效率都给他留下深刻的印象。作为一个年轻人，阿多诺一直梦想在伦敦艾士阁[1]建立自己的“概念论者”分会，用无形的机敏和灵巧引领他的下属，把自己的想法、打算向“概念论者”总部汇报，吸引团队里那些最能干的人的注意，提升为不可缺少的一级负责人。最终受命于天，负责策划未来所有的“展示”……尽管安迪已经符合“概念论者”两个标准中的一个（他身高超过六英尺），而且很快就会达到第二个标准（人文学科学位），这种渴望早已在他的思想里淡化。如果早晨醒得早，或者沉闷的下午独自到海滩散步的时候，安迪常常想，自己做事太犹豫，恐怕不适合成为这样一个组织的成员。他缺乏冷静、狡诈、凶残，而这正是这个组织最基本的特征。对自身弱点的这种怀疑——最近几乎已经变成肯定——使

1 艾士阁，伦敦的一个展览馆，建于 1937 年。

得安迪陷入最为沮丧的时刻。

“我对‘概念论者’可是一无所知，”马维尔带着一丝歉意和尊重说，“你怎么看出这些家伙是‘概念论者’？”

“服装，自我陶醉的样子，短头发，高个子，冷漠，健康……”安迪耸了耸肩膀说。

“哦。”

“他们……他们在外面。你明白我的意思吗？”安迪似乎想得到答案。

“哦，我明白你的意思，”马维尔笑着说，“他们现在下班了，对吗？”

“不确定。”安迪的声音里第一次流露出一点担心。大伙儿都不说话了。“他们今天这副吊儿郎当的样子，跟平常的做派不大一样。他们不该是这样……除非已经‘展示’了什么。”

“哦，快走吧。”

“别紧张，西莉亚。”安迪说，语气虽然平和，但也显得不耐烦，让人明显感觉到他更担心这几个家伙有可能违反“概念论者”的规矩，而不是自身的安危。

“没事儿吧，亲爱的？”

昆汀·维利尔斯背靠椅子坐着，吐出几个很大的烟圈儿，慢慢地点了点头。“大世界”的灯光开始变暗。

这时候舞台上侧着身子走出一个引人注目的残疾老头，一只手像一块法兰绒巾一样捂着凹进去一块的额头。他在麦克风前摆好架势，对今天晚上所有来“大世界”观看心理滑稽剧的观众表示感谢。接下去他非常遗憾地告诉大家，本拟到场表演的艺术大师诺伊拉尔·洛贝今天无法出演。不过他已经说服埃塞-迪赛和他的乐队前来救场，希望观众不会因为这一改变而失望。他朝观众翻了翻那双死鱼眼，转身退回正徐徐拉开的天鹅绒大幕里。

二十分钟后，“大世界”的气氛变得凝重起来。埃塞-迪赛是个领养老金的卡巴莱歌舞表演者。很胖，醉醺醺的，根本就没好好准备节目，更不具备吸引观众的演技。他在舞台上讲又臭又长、一点儿都不逗乐的笑话，乱弹着钢琴、摇摇晃晃扭动着肥胖的身躯“跳舞”时，渐渐意识到观众对他的表演毫无兴趣。于是开始更令人反感的表演，叙述他漫长的失败史，面带请求原谅的微笑，告诉大家他上次的失误。对着麦克风傻笑着说他的肥胖，没有排练时间，酗酒等等。礼堂里一片哗然。

“不过我可以给大家唱一首歌，”埃塞说，眨巴着一双李子干儿似的眼睛，“一首我有权利唱的歌。这首歌因为一位非常棒的女士演唱而出名。可惜那位女士在在座各位出生前已经撒手人寰。歌名叫《没有人知道你》。一首忧伤的歌。请大家欣赏……”

（“他们又要‘例行公事’，来那套让人难堪的‘程序’了，”昆汀慢吞吞地说。“这意味着事情要糟糕了。不过没有人会再觉得难堪。难堪已经成为过去。他们肯定知道这一点。”）

“我曾经过得像个百万富翁，”那个老头唱道，全神贯注地朝自己的大肚子点着脑袋，“花光所有的钱，也不在乎。带着我所有的朋友去……”

他歌唱得真难听，跑调，没有任何感情，只有刺耳的尖叫在空中回荡。观众们都往后缩着，惊骇得连一句话也说不出来。

“……违法销售烈性酒、香槟和葡萄酒，直到我变得如此落魄，身无分文……”

接着发生了下面的事情：坐在前排的那两个高个子男人，一个箭步跨过乐池，跳上舞台。埃塞最后几个字还没唱出来，就被揪着头发，跪在了舞台上。那个男人戴着铁手套朝他的喉咙猛击一掌，一股鲜血从他嘴里喷了出来。然后扑哧一声，两根手指插进埃塞的眼窝，紧接着朝他裤裆跺了一脚。埃塞的两条腿竖起来，不停地颤动着。那人反手从后面抓住埃塞的脖子，咔嚓咔嚓的声音，在死一般的寂静中回响。

台下的观众吓得连气也不敢出。

“可是，概念论……不会……”

安迪喃喃着说。那人抬起靴子，朝埃塞脸上踩了一脚。埃塞的脑袋像被水泡过的南瓜，立刻变得稀碎。他们站在那具已是支离破碎的身体旁边，气喘吁吁。

直到埃塞站起身来，取下浸透了“血水”的面具，被那两个“概念论者”搀扶着深深鞠了一躬，观众席才开始骚动起来。有的人呜呜咽咽地哭泣，有的人干呕，有的人想起刚才那一幕不由得尖叫，有的人因为放下心来而叹息。大家都喘着粗气，还有几个人鼓起掌来。在肾上腺素缓慢的作用下，观众拖着脚向出口走去。

“不错。不错。”马维尔说。

“是的。”斯基普说。

“很高兴你们喜欢这种节目。”昆汀说。

“不是真的，挺没意思。”洛葛仙妮说。

“他们是怎么演的呢？”西莉亚问。

“很简单。”

“我以为我要吐了。可是一下子又觉得那么遥远。”贾尔斯说。

“你喜欢吗？露西。”基思问。

“对不起，我听不见你说的话。”露西说。

“天哪，想想看，这就是他们的‘展示’！有一会儿，我可真急了。我以为他们真的是‘概念论者’！”安迪说。

26　悲伤的黑人

“你是头猪，”那个悲伤的黑人啜泣着说，“你们都是猪。”

优斯顿车站北面有一幢很舒适的建筑。中层楼有一个酒鬼们聚集的小酒馆。小酒馆里，一个苏格兰风情浓郁的、壁龛似的房间里，这几位阿普尔希德人围坐在一张铺着粗麻布的桌子旁边。桌子上放着半打塞着软木塞的“超自然”长颈瓶威士忌。（“来这儿的尽是些落魄之人。”昆汀说，用洒了香水的毛巾捂着嘴，咳嗽了几声。）无能的爱尔兰人、郁郁寡欢的地中海人、沉默寡言的黑人、患支气管炎的妓女、正在呕吐的移民工人都坐在长凳上，等着面无表情、身穿劳动布连衣裤的年轻男子给他们送盛在大小不同的杯子里的威士忌。

那个悲伤的黑人脑袋搁在低矮的砖墙上。“猪。”他喘着粗气说。

洛葛仙妮朝他凑过去，握住他有点弯曲的手。“为什么，告诉我为什么。告诉我为什么我们都是猪？”

“你们都是猪。”

“别理他，洛葛仙妮，”安迪在桌子那头喊道，“不是什么好人。喝多了，说胡话。别跟他们搭话……你他妈的知道什么呀？愚蠢的黑鬼！”

安迪的话没能让洛葛仙妮泄气。贾尔斯俯下身，压低嗓门儿对着安迪的耳朵慢吞吞地说：

“洛葛仙妮有个专门为黑人准备的东西呢！”

“什么东西？”

“操的东西呗！”

“和他？拿什么操？他足有三十五岁了。”

“那没关系。”斯基普说。

“猪。”

“喂，黑鬼，”安迪大声说，“你他妈的最好赶快滚开，好吗？你醉得一塌糊涂，说不出什么好话。”

“我们不是猪，”洛葛仙妮说，“他也不是那个意思。”她对那个悲伤的黑人说，把他的手按到她硬硬的乳房上。

“哦，是的。我就是那个意思，”安迪说，“滚开！我可是说话算数。”

“‘黑鬼’？”马维尔说，“天哪，这个家伙说起话来，比我还更像美国人。已经很久没听过‘黑鬼’这个词儿了。你要是在纽约这么说，安迪，就得脑袋搬家。”

“我才不在乎呢。因为在纽约我不会这样说话。我尊重、赞赏美国黑人。他们斗争。可是在这儿，就我所知，就是黑鬼。”

坐在附近几个黑人都抬起头，好像要和安迪争论一番。安迪得意洋洋地瞪着他们。

“你知道，”贾尔斯沉思着说，并没有特别针对某个人，“我原本没想着享受这个夜晚。可是，事实上我很享受。我从来没有想到过我的……”（维利尔斯伸出手，又往贾尔斯那个大口杯里倒满了酒。）

怀特海德在露西身边坐着，和她的距离令人心痛地、“不合法”地近。他注意到——他觉得这样做很不礼貌——她的乳房在男式白衬衫下面很长，呈管状。和黛安娜乳沟优美的乳房、洛葛仙妮的巨乳一点儿也不一样。不过比西莉亚的乳房好看，更动人。他还注意到她脸上没有血色，尽管化了妆。她噘着嘴，不过不是因为不耐烦或者生气。小基思感觉到和她有一种虚假的亲密。只要她不讨厌他……一切都无所谓。

“你以前来过这儿吗？露西。”

（这些日子你还为这种事情操心吗？怀特海德努力收缩了一下屁股，让自己坐在那儿比平常高出两英寸。）

“没有。你来过吗？对不起，你叫什么名字？”

她脸上没有什么表情……可是基思几乎无法相信她言语间的那种焦急不安。

“……基思。”

“基思？你就是那个……？哦， 安迪。”

（她面带微笑看着他！看着怀特海德！脸上没有丝毫讥诮的表情。）

“没有，露西。我也没看过。很有趣，各色人等。我想，洛葛仙妮这样对待那个男人没错儿。尽管安迪的观点不同。你是怎么想的？”

露西朝他俯下身来，用软绵绵的伦敦口音说：“如果我是一个像他那样丧魂落魄的人，我宁愿听他说话，也不让她的手指摸我的屁股。”

(她的声音在他耳朵里嗡嗡响着。基思的阴茎竖了起来。)

充满悲悯之心、想验证点什么的怀特海德的目光跟着露西的眼睛，向桌子那边看去。那个悲伤的黑人胳膊放在身体两侧，看洛葛仙妮那只大手揉他的小腿。昆汀和西莉亚一脸苦相，对视一眼。安迪难以置信地哼了哼鼻子。马维尔和斯基普面带微笑，脸上一副想要看热闹的表情。黛安娜也一样。

“让我走，猪……别……”

可是洛葛仙妮喃喃着，用她有力的胸腔逼得他紧紧贴住墙壁。她的左手和右手一起伸到那个黑人的裤裆里，手指握住了什么。

“啊，别，别！”露西说，“别对他这样。”

此刻，阿普尔希德人都注视着洛葛仙妮，桌子周围一片寂静，一直弥漫到整个“壁龛”。她咬着嘴唇，解开那个悲伤的黑人很细的棕色腰带，然后用弯曲的食指和尖尖的拇指抓住拉链的拉头，向下一拉，露出里面灰色人造丝三角裤衩。悲伤的黑人很郁闷地叹了一口气，伸出手抓住她的手腕儿。她轻车熟路，右手指伸到潮乎乎的睾丸下面，左手挑开肚脐下的松紧带儿，揪起浅褐色的包皮，阴茎在薄如蝉翼的内裤下面清晰可见。洛葛仙妮不由得舔了舔嘴唇。他好奇地注视着自己疲软的老二，眼神茫然，神情专注，不亚于餐桌周围坐着的那些人。后来，那玩意儿痉挛了两下，突然支棱起来。悲伤的黑人弯下腰，大颗的泪珠滚落下来。

洛葛仙妮面带微笑站起身。大伙儿都拂袖而去，只留下他一个人坐在那儿，胳膊肘子放在桌子上，湿乎乎的手捧着脸。

27　老警察

马维尔站在水泥马路上，看着大伙儿围成半个圆圈的一张张脸。“现在该做什么，昆汀？”

二十英尺开外，一辆正在巡逻的敞篷警车在狭窄的汽车道停下。前面坐着两个面皮黝黑的人，后面无篷座位上坐着另外一个人。第三个乘客看长相就不是干这行的，他自个儿也心知肚明。过了几秒钟，警车加速向前驶去。

“嗨，昆汀，现在该做什么了？”

西莉亚认识昆汀·维利尔斯已经一年，第一次发现他不像平常那样沉着镇定。他用戴着手套的手指碰了一下鼻尖儿，眨了眨眼睛。

“亲爱的？”他的妻子问。

“我想……找车。”他喃喃着说。

“去看……你说过的‘格里表演’好吗？那些畸形人和老年人跳脱衣舞，做爱，或者这类表演。”

“真的……我想以某种方法……”

“或者到‘吹箫店’，让你的……或者‘异性恋俱乐部’，同性恋者在那儿不能做爱。或者……”

“马维尔，我不认为……”

“亲爱的？”

“等一下，”昆汀双臂抱在胸前，低头看着交叉在一起的手腕。再抬起头的时候，他脸上的表情已经又显得很平静。“洛葛仙妮，”他说，“你到底为什么要那样做？”

“做什么了？瞧瞧，这是怎么回事呀？”洛葛仙妮说，颇有点咄咄逼人。“你们这些人是怎么了？”

“天哪。”露西说。

“洛葛仙妮，你应该明白，我问你，不是责怪你，只是好奇。为什么那样做？”

“让他明白，谁是猪。”

“对不起，我……”

“洛葛仙妮，”西莉亚说，“你真的不……”

“不什么？”

“我告诉她别，对吧，”安迪说，“我一个人就能把那个黑人收拾得死无葬身之地。”

“你跟我一样，巴不得看热闹呢。”黛安娜说。这倒是真话。

“不管怎么说，这些破事儿有什么好说的？”马维尔说。

“孩子们，孩子们，孩子们……讨论这些事情没用。”昆汀看了看手表。“已经半夜两点多了。现在哪儿也去不了了。文化规范的冲突，对吧？我们为什么不……”

好像他服了与别人不同的麻醉剂，贾尔斯突然扯开嗓子叫喊起来。“我得了街头忧郁症！”他两手捂着耳朵，大张着嘴叫喊着。“我得了街头忧郁症！”

露西抓着他的肩膀。

“街头忧郁症……”昆汀对眉头紧皱的马维尔说。

“我得了街头忧郁症！”

“他妈的，贾尔斯，”安迪说，还处于兴奋激动之中，“有时候你他妈的就像个该死的雏妓！该死的雏妓！”

“让那些家伙走开！”贾尔斯说。“走开，走开！”

“给他吃点什么。快。”露西说。

“来，”马维尔说，“试试这个。”

走进地下停车场的时候，老警察正斜倚在雪佛兰汽车头厚重的罩子上。

“瞪大眼睛，留点神。”斯基普说，往后退了几步。

“放轻松点。”昆汀说，走在前面带路。

这帮年轻人站在汽车四周。老警察很和蔼地看着他们。车库穹顶的灯光在他们脸上投下一道道阴影。

“晚上好，长官……警长，警官……”昆汀说。

“晚上好，先生们，女士们，”警长说，“我可以问，这是你们的车吗？先生。”

“当然可以。不是我的，是我朋友的。不过这辆是。”昆汀说，朝那辆捷豹点了点头。

“那辆雪佛兰呢？先生，’79？”

“’78，”斯基普说。

“你们是怎么弄到这儿的？”

“空运过来的呀。”

“一定花了不少钱吧。”

“没错儿，是花了不少。”

“很好，很好。”警察从上衣口袋里掏出一个烟荷包，开始卷烟。“很好。你们这帮年轻人玩得不错吧？”

“很不错。非常感谢你，警官。”昆汀轻蔑地说。

老警察的目光温和。维利尔斯发动了捷豹，西莉亚、黛安娜、露西，还有怀特海德从四个车门钻了进去。

“你们也一样。等等。”警长脚踩在雪佛兰的挡泥板上，把帽子往后推了推，胳膊肘放在车头上面。“年轻人，今天夜里你们要到哪儿玩？”他问洛葛仙妮和剩下的那几个小伙子。他的语气既没有敌意，也没有质问的意思。相反，他没精打采，好像要睡着了似的。

昆汀刚关住捷豹车门，就认识到自己犯了个错误。安迪看起来愁眉苦脸，贾尔斯干脆就是个废物。马维尔、斯基普和洛葛仙妮面面相觑，不知如何是好。昆汀意识到，老警察那副看似呆头呆脑又有点低三下四的样子其实从根本上讲，和他那几个美国朋友的沾沾自喜、讽刺挖苦没有什么区别。除此之外，他们身上都带着毒品。

昆汀摇下车窗。“先生们，”他用最为“高贵、华丽”的语调说，“我非常清楚，你们不过就是想到处逛逛，提高一下你们的公众形象。不过，如果可以的话，我们还是回家为好。”

老警察的目光又变得迷离起来。他慢慢走到捷豹旁边，用腕子上套着的警棍敲了敲汽车轮胎。“你知道我工作多少年才能买得起这样一辆汽车吗？”

“不知道，我也不想知道。估计得很长时间。警长，我想这不应该是……”

“你们这些年轻人有时候真让我恶心。”他用一种受了伤害又很愤怒的声音说。好像他不会很快就改变自己的看法。“真的恶心。”他回转身在贾尔斯鼻子底下晃了晃警棍。“你认为要多久……”

贾尔斯摇摇晃晃转身走开，整个身体好像漂浮起来一样。老警察抓住他的肩膀。

“我跟你说话的时候，你看着我，小杂种！你现在不是在家。你以为我不敢动你——你这种人渣。”他把警棍放到贾尔斯嘴边，好像那是个麦克风。“我们还干那活儿呢，你知道。是的，你知道。可是……”贾尔斯朝警长那张脸大声干呕。“天哪，我毫不费力就能把你推到那堵墙上，打得你满地找……”

贾尔斯还没来得及把呕吐物喷到那人胸口，昆汀已经从车里下来，挡住老警察举起来的右手，让斯基普和马维尔抱住要倒下去的贾尔斯，把二十英镑纸币塞到警长上衣口袋里，用丝绸手帕掸了掸他的夹克衫。事情就这样过去了。危急时刻，就像一个通风口，打开又关闭了。

两辆汽车驶上一溜斜坡。雪佛兰里，贾尔斯在后排座躺着。斯基普开车，驶过空无一人的街区。捷豹里，高速公路路灯的银光在皮革座椅上颤动。离家还有一英里的时候，露西睡着了，把头靠在基思期待已久的肩膀上。阿普尔希德教区长府邸在夜色中蓦然出现在眼前，基思紧闭的眼皮下面渗出细密的泪珠。

28　美国佬

这天夜里可以预料，会发生许多事情。

黛安娜呼吸刚刚平稳，完成了她那一系列程式化的动作——安静下来，下意识地耸耸肩。还没有睡着的安迪大声喊她的名字。她没有回答。安迪以为她已经进入梦乡，便从床上爬起来，腰间裹了一条浴巾，蹑手蹑脚，向楼下走去。

“你要干什么？”露西说。

安迪跪在起居室沙发旁边，低下头小心翼翼地亲露西两瓣半开半合的朱唇。

“你想干什么？”

他伸出左手抚摸她软软的耳朵，右手摸索着去解开她的睡衣。解开之后，她腰部以上就一丝不挂了。

“你想干什么？”

安迪湿润润的嘴唇亲着她的乳房，冰凉的手指伸到毯子下面，非常准确地找到那温暖之乡。

“别动，把手拿出去。你要干什么？”

“哦！”安迪说，“别说话。这个时候怎么能说话？”

“什么时候呀？怎么就不能说话？”

“天哪！我要操你了，你怎么说起话了？”

“干吗不能说？”

安迪解开腰间的浴巾，扔到地板上。“捣蛋鬼。”他说。

“好大一笔交易。你要我怎么做……放过我吧？”

“哦。”他说。

“告诉我……把手拿开……你到底要干什么？”

安迪坚持着，不肯拿开。

厨房走廊那边，基思·怀特海德在热乎乎的褥垫上辗转反侧。他每隔几秒钟就打一次嗝。好像喉咙里卡了个煮老了的鸡蛋。“嘴放屁。”基思有一次这样形容自己打嗝。

怀特海德的腿还在一跳一跳地疼，似乎那是离他很远的两条吃得太饱的蟒蛇。他动了动，可是感觉那腿好像不是他身体的一部分。肚子咕噜咕噜地响，基思用拳头不停地敲打。还愤怒而无力地呼喊，就像一个人对一触即发的闹钟、杂音不断的收音机、叮咣乱响的百叶窗和远处啼哭的小孩叫喊一样。他那吓坏了的阴茎缩回去几乎看不见了。这个房间其实是一个一百八十立方英尺的水池，散发着令人难以置信的难闻的味道。

小基思为了这个周末见露西一直坚持减肥，现在想起来不由得哭了起来。他一天喝十二盎司水。夜里在花园里慢跑两个小时。吃泻药。每天早晨做两千个下蹲动作。节食。身体做出了回应：消化不良（基思问自己，有什么东西消化不了？），口臭，便秘，体重居然增加，嘴放屁——打嗝。

“谢天谢地。”他大声说。

那么基思的“性计划”是什么呢？如下：楼上浴室里将经历一番痛苦的锤炼——淋浴，使劲擦洗，用最强力的漱口液漱口。然后就是露西。跪在床上，他能透过窗帘看见浴室的灯灭了。小楼里一片宁静。小基思装模作样，站起身，从挂钩上取下晨衣。

就在怀特海德拿不定主意要不要敲起居室门的时候，门突然敞开，威严的阿多诺居高临下，半裸着怒目而视。安迪似乎吃了一惊，又觉得很好玩，往后退了几步。

“你他妈的在这儿干什么呢？”

“我……只是……”

安迪蹲了下来。“哦，对她温柔点，小伙子，好吗？”他说，然后站起身来，快步向楼上走去。

这几句话出自安迪之口，基思觉得很满足。他正想悄悄返回自己那个小窝，屋子里灯亮了，露西说：

“谁呀？”

“基思，”他有气无力地说，“对不起，打搅你了，露西。我只是想上厕所。”

“没事儿。”

灯还亮着。怀特海德从门口向里面张望。他以为露西一定酒足饭饱，舒腰展臂待在起居室。但他看到露西坐在沙发上，衣冠不整，用已经用过的面巾纸擦脸。

“怎么了？露西。”

“就是那个安迪。”她擤了擤鼻子。“他总把我弄哭。”

安迪刚走到楼梯拐弯处，突然停下脚步。洛葛仙妮穿着一件很薄的白T恤衫，用结实的大手拢着红褐色的头发。

安迪捻了一下手指，然后戳了她一下，回转身。“走吧，”他边说边朝楼下走去。“我俩操吧。”

安迪走过通往花园门的厨房走廊时连头也没回，压根儿就没想洛葛仙妮会不会跟上来。他对此没有丝毫怀疑。等到他打开门栓，洛葛仙妮与他擦肩而过时，一把抓住她的头发，让她的脸对着自己的脸。“我要把你操得灵魂出窍。”他对她说。

他们几乎没有注意到天边那一抹亮色，也没有注意到夜空下蒙蒙的水汽、从脚下到花园围墙泛着蓝色的草地以及那轮低低的月亮。

“我要操你，”安迪继续说，向通往旁边那片田野的门走去，“闺女，我说的是真话，真的操你，直到你觉得你要从中间散架。宝贝儿，”（他说）“我要把你操死。你从来都不会像今天夜里这样被操。天哪，我要操你。闺女，我跟你说，你惹上大麻烦了，因为我要在你身上……”

安迪在离那幢房子大约二百码远的一块洼地停下，转过脸色眯眯地朝洛葛仙妮冷笑。和煦的夜风下，她的头发依然很整洁。“棒极了的”阿多诺在心里琢磨是先扇她个耳光好，还是先扯掉她的T恤衫好，或者踢她的腿，让她就势倒在地上——反正这一类的小伎俩——突然，洛葛仙妮往后跳了两步，三下两下脱掉睡衣，赤裸裸地站在安迪面前。

“嚯！不，拜托了，不必这么抒情。不要来这一套。过来，在我真的揍你之前操就是了。”

“先看看我。”

安迪一边叹息一边端详她那胖墩墩的身体。“是呀，是呀，是呀。令人难以置信。太胖了。躺下，姑娘。再废话我就打断你的胳膊。”

“我要先看看你。”

“别着急，别着急，宝贝儿，”安迪半开玩笑地说，“你会感觉到我的家伙一直捅到你肠子里。”他朝前走去。

“还没硬呢？”她淡淡地问。

安迪回答洛葛仙妮这个很中肯的问题时，不由得抬起一只脚。他真的没有勃起。和露西见面的时候，那家伙一直顶到肚脐眼儿，他自然而然就以为还硬着呢。现在，他的“感官代理人”赶快跑到腹股沟一探究竟，结果带回一个令人失望的消息：没硬。

现在，这会是一副什么样子呢？安迪问自己。

本来做好准备要来一场施虐/受虐，来一场粗暴的羞辱，来一场“人兽”大战，结果没能勃起。虽然故作高傲是坚持自己权利的另外一种形式，安迪的肩膀还是不由得耷拉下来。

洛葛仙妮躺了下来。她把手放到膝盖后面，让两条腿弯曲起来，直到脚脖子挨到脖颈。“生气了？”她问道。

安迪眨巴了两下眼睛，趺趺撞撞向她走过去。

“哦，是的，宝贝儿。天哪，你是真的想大干一场。把我干得散架……天哪，你真漂亮。”

“闭嘴。”安迪说。

安迪想哭。他仰面朝天躺着，眺望渐渐发亮的夜空。“让我一个人待着。你走吧。”

“这就是你说的灵魂出窍。现在……我懂了。”

“闭嘴。离开这儿。离开这幢房子。让那些同性恋者统统滚蛋。这是该死的马维尔给我的药丸起了作用。”

“是的。”

“也许是因为我不喜欢你。我不喜欢你。也许就是这么回事儿。”

“这跟操有什么关系？你要是硬了肯定非常喜欢我。”

“闭嘴，滚！”

“好的，先生。这种事一个夜晚可不能出两次。”

她捡起扔在地上的T恤衫，在空中挥动着，光屁股走过那片田野。

他目送她走过微风吹过的草地，抽了抽鼻子。“荡妇。”他说。安迪躺在那儿，看星星渐渐隐去，晨露打湿他的身体。

29　安静的白天

“……我还看得见他，不过那时真的已经都结束了。或者至少我不认为我的机会真的到了，他就没有机会了。但是他似乎假装认为，如果我们不去做我们假装认为最重要的事情，那么，事情就很难理清了……”

等等，等等，怀特海德乱无头绪地胡思乱想。

基思几乎睁不开那双布满血丝的小眼睛了。现在已经是五点半，他早就放弃了任何想要“挑逗”那个白头发女孩儿的意图——你一定感到非常可笑——他斜倚在她睡的那张床上。尽管他对这种事情没有经验，小基思还是认为，花两个小时分析一下刚刚结束的“恋情”不会是一个想和他上床的女人的多余之举。除此而外，他看见她靠在枕头上的脑袋，一双眼睛盯着天花板看了九十多分钟。

“……于是，我们决定，如果再泰然处之那么一会儿，别再试图遮掩那些本来就无关紧要的事情，猜猜看，会发生什么事呢……”

怀特海德吓了一跳。“……什么？”

“哦，基思，对不起。是兴奋剂在起作用。那玩意儿起作用的时候我总是睡不着觉，胡言乱语。”

“没关系。”

“也许我们最好睡觉吧。”

怀特海德的眼睫毛扑闪了几下。

“谢谢你让我待在你面前。”

怀特海德犹犹豫豫向前弯了弯腰，撇了撇干裂的嘴唇。

“晚安。”她转过脸，背对着他说。把被单往上拉了拉，盖住耳朵。“你出去的时候能帮我把灯关上吗？”

“……当然。晚安，露西！”

他关了灯，向门口走去，脚趾在茶几金属底座上碰得生疼。他泪眼迷离。不过不是因为碰疼了脚，而是因为疲倦、懊恼和自我厌恶而流泪。

黛安娜在厨房里等啊，等啊。她十指交叉放在脸前，一晚上的冷清并没有让她昏昏欲睡。当安迪表现出不想和她做爱，而是种种迹象表明他想和别人干的时候，黛安娜拿定主意随他去吧，爱和谁做和谁做。她一个人躺了半个小时之后才下楼，站在起居室门口，听到露西说话的声音之后，才走进厨房，坐在能看见起居室门的地方，喝咖啡，抽烟。她看了看手表，意识到整整一晚上，她都没想过那个约翰尼。

几乎就在这时，基思走进门厅，洛葛仙妮从后门走了进来。怀特海德揉了揉有点发疼的眼睛，脸上露出一丝微笑。洛葛仙妮双臂抱在胸前，目光向一边望去。黛安娜放下香烟，说道：

“哦，看起来我们都是夜猫子。你在那儿干什么呢，基思？”

“只是和露西闲聊。”

“哦……你的意思是，你没操她？”

“哦，没有。根本没那事儿。她心情不好，我觉得……应该陪她说说话。”

“真的？”

“只是想让她高兴点，没别的事儿。”

“你呢，洛葛仙妮？有什么好事儿吗？”

“没什么大事儿。”洛葛仙妮双臂在胸前抱得更紧了。“别用那种不屑的目光看我。”

“没见到安迪？”

“……见到了。”

黛安娜极力忍着，但是一种悲凉之情还是从她的声音中流露出来。“发生什么事了吗？”

“他……他……”洛葛仙妮放下胳膊，无精打采地在一张椅子上坐下。“安迪硬不起来。”

安迪进来的时候，他们还在哈哈大笑。

他有点羞怯地朝厨房四周张望着。“怎么了？”他问。

“硬不起来！”黛安娜尖叫着，连气也喘不过来，指着他，在椅子上前仰后合。“硬不起来！”

安迪满脸通红，皱着眉头，走过厨房，看见怀特海德笑得浑身痉挛，使劲给了他一个耳光。然后走进前厅。

他们都跟在他身后走了出去。

七点。一片寂静。新的一天降临到阿普尔希德教区长府邸。

洛葛仙妮从他们身边走过时，马维尔和斯基普嘴里嘟嘟囔囔，心满意足地放屁。

黛安娜和像胎儿一样蜷缩着的安迪偎依在一起，默然无语。

怀特海德耳朵耷拉着，就像戴了个耳机，把一本裸体女人杂志扔到床铺上。

昆汀朝天花板吞云吐雾，西莉亚紧紧地抱着他，进入梦乡。

闹钟蜂鸣器的响声从贾尔斯的房间里传出来，在楼梯平台回荡。

第二部

星 期 六

30　贾尔斯

贾尔斯醒来之后，叫喊了几声，一肚子不高兴。闹钟不响了，收音机沙沙啦啦地响了起来。饮料机当啷当啷地响着，开始准备贾尔斯从来没喝过的天然“婴儿鸡尾酒”。

这几天，起床之后似乎就无处可去。他脚着地的时候，地板就好像要竖了起来。他向冰箱冲过去的时候，冰箱也呈斜线扑面而来。整幢房子仿佛坐落在一块不停晃动的土地上。贾尔斯抓着冰箱门前仰后合。根据以往的经验，不等他喝下半升伏特加和番茄汁，他就会呕吐。可是今天，星期六早晨，他觉得胃里空空如也。为什么？星期五晚上发生的事情就像一张张卷曲了的照片在他脑海中展开。

他两手捧着酒杯送到嘴边，一口气喝下去，干呕着，弯下腰，又倒满。

“咕嘟，”他说，“咕嘟，咕嘟，咕嘟！”

贾尔斯最近养成个和衣而睡的习惯。或者像他自己说的那样，“提前准备”。这样一来，在他那辆小汽车到来之前，他就有半个小时的时间，让自己摆脱宿醉的痛苦，勉强恢复正常。

“路易吉，路易吉。”贾尔斯喃喃着，酒精又开始舔舐他混乱的头脑。

（路易吉是贾尔斯的司机。在格兰德摩尔酒馆租住的房间里待了三个月之后，他开着戴姆勒回到伦敦，自己开了一家小小的汽车租赁公司。每个月管理费用都靠贾尔斯的支票维持。贾尔斯无论想到哪儿去，司机的名字还会挂在嘴边，但是他已经不清楚路易吉到底是做什么的了。）

他走到窗户跟前，朝露珠闪闪的草地望过去。他呷了一口酒，想清理一下牙齿，满腹狐疑地摇了摇头。又呷了一口，干呕着，脸上的表情没有变。又呷了一口。

“老母亲，”他说，“老母亲。你为什么想见我？”

他坐在桌子旁边，手指上下摩挲着那个滑溜溜的红颜色酒杯。

“太早了，还不能哭泣，”他说，“太早了。”

他探身取鞋，并排放在地板上。他注意到左脚的袜子上面有个洞，露出一个白刷刷的、微微颤抖的脚趾。他俯身向前，摆弄了一下那只磨破了的袜子。

“宝贝儿贾尔斯，”他说，“宝贝儿贾尔斯。”

31　加快速度

贾尔斯母亲的嘴巴里，从左到右，尖细的上牙，每年以一毫米的速度磨损，渐渐露出“黑潭”似的牙龈，两颗楔形前门牙像交叉的手指，交叠在一起。里面的臼齿宛如开裂了的珠子。下面的门牙像落满尘土的杂草在阳光照耀下泛出暗黄色的光，还有几颗大板牙即使闭上嘴也挡不住它们的尊容。玛利亚·科德斯特里姆说，她这口牙之所以变成这德性是因为怀贾尔斯和贾尔斯早产造成的。那以前，她的牙又整齐又漂亮。

不管怎么说，这些牙齿接近他的时候，小贾尔斯都很不舒服。在温室丰富的色彩里，亮光闪闪而又多变；在昏暗的走廊里，只有黑白两色；在他的床边，则像湿乎乎的阴影。那一嘴牙似乎无处不在——责骂的时候，恳求的时候，亲吻的时候。夜里，那牙齿嘎吱嘎吱响着，走过长长的走廊，推门进屋，制造出一场场噩梦。

科德斯特里姆太太不知道她以这样的方式吓坏了唯一的儿子。倘若知道，她一定会非常沮丧。即使她的行为，按照任何人的标准，都是可怕的，玛利亚也从来没有想过，她对儿子无微不至的关怀，居然无法得到他充满温情的回报。这是因为她大脑的前半部分不起作用。比方说，星期四贾尔斯在村庄广场参加板球比赛之后，她就跑到楼下，从衣橱里拿儿子洗澡用的浴衣。星期天下午小睡之前，她要帮他脱衣服，晚上最后做的一件事情就是亲他的嘴。

贾尔斯在三种情况下会醒来：阳光照在脸上，散热器水管爆裂，躺在可以用来结婚的四帷柱大床上，半睁半闭着眼睛，发现妈妈紧挨在他身边。前两次，科德斯特里姆太太意识到贾尔斯要醒来之后，马上蹑手蹑脚溜了出去。第三天早晨——那天早晨他们把她拖了出去——贾尔斯在床上躺了九十分钟，吓得目瞪口呆，看着母亲的嘴巴。只见一片血迹的枕头上，那张嘴巴半张着，透着怒气。

关于贾尔斯性生活的评述。

起初，村里的姑娘们都喜欢他。她们经常聚在糖果店里。在园丁儿子不无鼓励、温情脉脉的目光的注视下，贾尔斯有点羞怯地把泡泡糖、大块硬糖分发给那些女孩儿。逢着村里赶集的日子，女孩子们都轮流着和他一起坐电动碰碰车，旋转木马。在游乐场、集市和其他娱乐场所，花钱就能买到“开心时刻”，买到好吃的零食。那时候都是贾尔斯掏钱。板球比赛之后，他亲吻她们。在教堂举行的青年俱乐部舞会上，贾尔斯自然是香饽饽。半天假期的时候，他能在后山整整玩一个下午。

人们都管他叫“方德诺小伯爵[1]”。贾尔斯对于这个称呼颇为得意，总是努力让自己看起来整洁漂亮，让巴登太太熨烫宽大的灯芯绒裤子，踮着脚尖儿走过汽车道，扯平灰色校服里

1 英国女作家伯内特同名小说中的小主人公。后代指彬彬有礼、穿着华丽的小公子。

面的衬衫，小心翼翼地回转头，看那幢房子。那房子在早晨朦胧的雾气中显示出一派维多利亚时代的风情。村里一群泼辣、头发卷曲的女孩儿正在大门口等他。他们一起走过湖那边长长的小路，走进山坡上那片小树林，推推搡搡，嘻嘻哈哈，打情骂俏。然后，大伙儿都不见了，只有一个姑娘留在他身边。她胳膊交叉放到胸前，脱下粉红色套头运动衫，拉开裙子上的拉链。那是一条深蓝色裙子，皱皱巴巴。贾尔斯虽然不敢相信，依然满怀感激，平静地喘息着，等待时机。她的内衣内裤很少相配。贾尔斯小心翼翼地帮她解开乳罩。她脱下裤衩又帮他脱，可是他东张西望，一会儿看看蓝天白云，一会儿看看微风中颤动的树木，那玩意儿无论如何也硬不起来。紧张的科德斯特里姆在她身上趴了十秒钟，她反唇相讥，满脸通红，抽身而去。

他坐在那儿喘了一会儿粗气，站起身来，张开双臂，像旋转的车轮一样，向山下跑去，在风中尿了一泡，面对苍茫大地叫喊着，想像撑杆跳高一样，跳过大门，结果摔了个屁股墩儿，爬起来的时候像音叉一样颤动着，跑过草地去找园丁的儿子。

园丁的儿子。“出什么事儿了？”“她想让我干那事儿。”“哪个？贾尔斯。”“艾伦。”“真想看看她。道雷的男孩子操过她。”“是吗？她看起来非常棒。是很棒。”“那是什么样的？”“哦，我又不中用了。”“哦，没关系。安静一会儿。”“我很享受。”

他们一起走到湖边，在一根倒伏的树干上坐下，抽烟，一直聊到半夜。他们浑身颤抖着亲吻，手挽手走过草地回家。

道雷电影院外面，一个星期三的晚上，园丁的儿子到小酒店去买两包薯片。这时候村里的小伙子们走了过来。他们穿着褪色的牛仔裤，裤脚挽到脚脖子，无领条纹衬衫，或者色彩鲜艳的背带裤，留着鸡冠头。嘴里呼出的烟味儿在秋天的夜空里飘荡。贾尔斯回过头，一生中，真诚、天真无邪最后一次出现在他稚嫩的脸上。突然他脚下一滑，肩膀撞在湿漉漉的人行道上。贾尔斯连忙用双臂挡住脸。第一脚踢在他嘴上的时候，贾尔斯想起了母亲。他觉得要延续一生的可怕的事情在他身上发生了。

不过牙没掉，现在还好好地长在嘴里，以后也不会掉。

他们一直在说：

“我们要让巴登太太回来。因为她是你最喜欢的厨子，宝贝儿，对吗？我知道，她是。而且你的房间，乱七八糟，当然要有人帮你重新收拾一番。你居然能忍受那么长时间，真是难以置信。我们只需找那个修理小温室的人顺便收拾一下你的房子就可以了。他们能吧？那些修理温室的人？小东西？”

贾尔斯站在高高的窗口，凝望着下面大街上那些打扮得花枝招展的小女人。“是的，妈妈。”他喃喃着。

“哦？宝贝儿。我知道你会爱上的！”

科德斯特里姆太太是狂躁抑郁症患者。小时候，贾尔斯倒很喜欢她的“狂躁”。可是现在，她抑郁的时候，他总是设法了解她。这样做没什么不好。有时候，她那么抑郁，你只能坐在那儿焦急地等待。眼巴巴地瞅着她凝望渐渐变暗的光，嘤嘤啜泣。有一两次，那样坐了一刻钟之后，贾尔斯悄悄地溜了出去。

可是今天，她狂躁不安。贾尔斯的脸在窗玻璃上晃来晃去。

“贾尔斯……亲爱的……来，抱着我。”

贾尔斯转过脸，偷偷看了她一眼。“妈妈，”他说，“有好看的电视吗？”

“贾尔斯，我不想看电视！只想让你抱着我。宝贝儿，宝贝儿，求求你！我受不了了！只一会儿，一小会儿。”

“天哪，妈妈，你真的不能……你不可以和我，你的儿子……”

“哦，我的宝贝……求求你，求求你，求求你。过来，我亲爱的宝贝。我满心的爱，满心的爱。在我死以前，紧紧地抱住我……好吗？宝贝。好的，好的。啊，是的。是我亲爱的宝贝。谢谢你，我的宝贝儿， 谢谢你。”

她的皮肤好像透明，身上散发着氯仿和婴儿爽身粉的味道，僵硬枯干的手抚摸着他的头发，牙齿残缺不全的嘴吸吮着他的泪水。

“你永远不会离开我，贾尔斯，你会吗？”

泪水顺着他的面颊流下。“不会，妈妈。我永远不会离开你。”

“宝贝贾尔斯，”她轻声说，“宝贝贾尔斯。”

他给了那个脖子很粗的司机几张五英镑的纸币，究竟多少，也没个数，然后开始道歉。首先为自己说不出阿普尔希德教区长府邸的准确地址表示歉意，接着为一再称呼他为路易吉而请求原谅。司机数了数那几张票子，满脸堆笑，毫不掩饰心中的喜悦，一踩油门，扬长而去。“哦，零钱不用找了。”贾尔斯对着飞扬的尘土说。

贾尔斯转过身，面对那所房子，慢慢地踏上那条石子路。他从随身带的扁平的小酒瓶子里喝了口酒，端详着阿普尔希德教区长府邸。他看着风吹雨打变白了的墙壁，斑斑驳驳的窗台，排水管，废弃的混凝土和黑魆魆的窗户，有一种熟悉的宽慰之感。他对这幢房子没有什么感觉，临时住住而已。不过他确信，那里面一定有不少好东西。美酒，朋友，一个已经定好的房间。也许这幢房子最大的好处是，只要母亲不打电话叫他，就能一直住下去。空中，从远处传来鸟儿拍打翅膀的声音。预感不期而至：他又要满嘴长牙了。贾尔斯在那幢房子前面晃了晃。头顶的云朵加快了速度。

这当然正是一切事物已经开始的状态——加快速度。星期五很慢。就像一条破旧的船在黑夜里慢慢地驶往镶嵌着宝石的河口。明白吗？但是星期六速度很快，它在湍急的河流漂浮着，横冲直闯，在波峰浪谷倾斜成一个角度，从来不会迎面而上。在他们之中任何人还没有意识到之前，就已经结束。

32 鸽　子

一天两次，从上午到天黑之前，附近教堂屋檐下住着的鸽子掠过村庄后面的小山，在阿普尔希德教区长府邸上空的暖流中盘旋，划过花园，落到附近田野那株橡树友好的枝头。它们在变化的光线下，咕咕咕地叫着，镇定下来之后，又展翅高飞，在沿公路的小溪上空迂回。它们飞到阿普尔希德教区长府邸就变得高雅，屏声敛息，静悄悄的，似乎向以前房屋的主人致敬。这群鸽子飞来的时候，时间似乎总是停下脚步，吸一口气。鸽子收拢的翅膀总会吸引人们的眼球。

“我发誓，昆汀，”安迪满怀渴望地说，“如果再没有鸟儿来，我就打这些该死的鸽子了。”

“哦，安迪，可是……它们是鸽子。”昆汀说。

“鸽子怎么了？也是该死的鸟，不是吗？它们和别的鸟有什么不同吗？”

“它们是圣鸟。”

“是的，我敢打赌，它们能读《圣经》，永远不会说‘他妈的’。”

“好了，安迪，好了。”

昆汀和安迪正在花园里打鸟。这项消遣是最近为了让大伙儿，特别是为阿多诺睡个好觉“开发”的。他们刚来这儿住的最初几个星期的“黄金时代”，安迪不到六点就起床，大口大口喝几杯爱尔兰咖啡之后，就拿着步枪，偷偷溜进花园，一去就是两个小时。回来之后，得意洋洋地宣称一上午就打死二三十只害鸟。两个月之后，鸟儿不再光临阿普尔希德教区长府邸，小客人们不再用它们的歌声吵醒阿多诺。安迪养成一个习惯，每天夜里睡觉前最后一件事情就是把一袋袋“鸟粮”撒到草地上。这一招很成功，安迪发现，他不用走出房门，从窗口就能打死一大堆鸟儿。（如果阿普尔希德教区长府邸某位女士指责他这种行为的话，安迪就会根据自己的心情，做出不同的回应。他会说，鸟不是什么好玩意儿，不值得保护；或者，他这种行为可以恢复人类与动物之间宝贵的互利互惠的关系；或者给这些贪婪的小家伙一个教训。）后来，英格兰最受饥饿之苦的知更鸟也不再光临教区长府邸绿茵茵的草地。尽管安迪布下奶油干酪、面包渣、刚挖出来的虫子组成的罗网，吸引它们到他的“绿色保护区”，也没有什么用处。最近，每天早晨，人们都会看到安迪孤单而又神秘的身影。手里拿着枪，在花园里走来走去，总是仰头凝望冷漠的天空。

“这些鸽子住在教堂，”昆汀轻声说，“事实上，它们是村里的财产。你最好离它们远点儿，安迪。”

“好的。我想，如果我真的打死几只鸽子，当地人一定会怨声载道。我只是不喜欢它们每天来这里卖弄风情。好像这是它们的地盘……好了，我现在先不理它们。不过这些家伙最好别得寸进尺。”

“聪明的安迪。我们必须和当地人保持良好的关系。昨天夜里和露西干了吗？”

“没有……只是让她给我口交了。”

“明白了。黛安娜没有生气？”

“她不知道。我又瞒过她了。”

“告诉我，”昆汀问他，“你和洛葛仙妮也干了吗？”

“当然。”

“你这个‘当然’是什么意思？”

“哦，谁都认为她在勾引我。她一晚上都在向我暗送秋波。”安迪朝花园那边指了指。“野合。”他说。

“真的吗？安迪。你和你那些做爱的事儿。情况如何？非常好玩儿吧。”

“没什么特别。是的，没什么特别。你肯定操过她了吧？”安迪问，自己也有点儿吃惊。

“没有。你既然提到这事儿，我觉得我还不算和她干过。你看，安迪，我碰到这些人的时候，觉得自己成了去某位女演员家暂住的房客。洛葛仙妮就显得有点多余。”

“哪个？”

昆汀耸了耸肩，转过脸。“玛格特·迈克皮斯……”

安迪那双狐猴似的眼睛睁得老大。“胡扯，”他说，“不可能！”

“真的。”

“那个女人……她能？……一直等到……”

“哦，是的。”

“……天哪！”

“哦，我们有点跑题了。我相信你在洛葛仙妮面前表现不错。”

“一般般。”安迪说。

“马维尔和斯基普呢？他们是不是也试图参加那些我认为一定非常有意思的活动？”

“那两个男同啊？你在取笑。他们精明多了”

“不要低估他们。他们特别能坚持。坚持得也很特别。”

“是吗？”

“从某种意义上讲，我开始后悔请他们来这儿了。到此刻为止还没明显感觉到他们来有什么好。自从我和他们认识，他们发生了很大的变化。他们跟我们有很大不同……那么不同。你感觉到了吗？”

“他们是美国人。就这么回事儿。瞧，来了一个。”

安迪是指天上飞来的一个小黑点。他边说边举枪开火。金属弹头划了一条弧线，慢慢落下。三百码开外，小鸟拍打着翅膀，悠悠然向远处飞去。安迪像李尔王一样骂了几句。

按照昆汀的建议，安迪敲打塔克尔家的排水管和窗玻璃，从中寻求慰藉。可是敲打了十五分钟他就厌烦了，把枪悻悻地扔在草地上，周围一片令人沮丧的寂静。

“……今天会非常闷热。”昆汀说，一只很瘦的手搭在安迪的肩膀上，脸抽搐着望着天空。头顶，一架 DC70 飞上蓝天。“带我到美国。”安迪喃喃着。

“走吧，伙计，”昆汀说，“进去吧。”

33　小基思和他的靴子

怀特海德在汽车库里摆弄了一早晨工具箱里的工具，累得汗流浃背。他找出一双旧高底靴，修理、重新设计了一番。他从十七岁起到二十一岁，每天都穿这双靴子——里面塞着石棉，胶木——直到有一天，这双靴子让他难堪了整整一个下午……刚入学的同学看见他那副模样，跌跌撞撞、推推搡搡，夺路而逃。大教室骤然间被他扫荡一空，窗台上摆放的花盆掉到地上打得稀烂，跟在他后面的女士们屏着一口气，几近窒息。基思别无选择，那天夜里便把这双靴子密封起来，用旧毛巾包裹好，放到箱子最底层。与此同时，学校要求他一个月里，都要穿着克拉克的凉鞋上学。这样一来，他可以省下一些必要的费用——交通费、食物、饮料——从而得到新的支持。

小基思在皮靴的底子上钉了两块拳头厚的、劈砍得很粗糙的木头，用锄头和凿子取齐，再用皮鞋油打黑。这活儿很费力气，而且在许多方面需要想象和创造力。不过迄今为止，这是他最大胆的创意。基思毕竟不是补鞋匠……

基思在房间里，牙齿间咬着一枚两便士的硬币，把腿伸进那两个热烘烘的洞洞里，然后从床边小心翼翼地站起来，努力让身体在不停颤抖的高底靴子里保持平衡。慢慢地，慢慢地，慢慢地……

十分之一秒之后，基思像一个无脊椎的什么动物，躺在地板上。“到目前为止一切还好。”他用低沉、沙哑的声音说。怀特海德毕竟在这种事情上很有经验。尽管躺在地毯上痛苦地抽搐，他还是很理性，保持着乐观的心态。他对自己这双脚这几天的状态有一个很聪明的想法。他知道，无论如何，它们对“刺痛”这个“诨名”，从语义学的角度，打开一个新天地。（有一次，一个喝醉酒的饮食顾问劝告他——虽然不正式，但相当真诚——干脆把它们脱掉算了，而且要快。）可是小基思也知道，这双脚和他自己能够把握什么，忍受什么。最近，他变得信心十足。因为他发现一剂血汗凝成的、减轻痛苦的灵丹妙药。它可以“软化”开裂的硬纸板掉下来的碎片，可以“润滑”伤痕累累的脚后跟，可以“潮解”维尼龙咬啮皮肉的皱褶。不过这“灵丹妙药”无法让已经在鞋底弯曲回来的钉子妥协，这倒是真的。因为它们已经在脚底四分之一英寸的地方“安家落户”。不过……

“生活中难道有完美无缺的东西吗？”基思躺在地毯上大声问。“只要不嘎吱嘎吱响就行了，”他继续说，伸出手够一个枕头，“只要不嘎吱嘎吱响，我就是幸福的人。我就飘飘然了。”

十分钟后，基思已经站了起来，疼痛的泪水顺着面颊流下。他试探着向前迈了一步，胸脯急促地起伏着，喉咙里发出一阵响声，努力控制着身体的平衡。他从墙缝里看见昆汀和安迪从容不迫地向这幢房子走来。安迪光着膀子，朝生气勃勃的花园指指画画，动作颇为时尚。迷离的泪光中，基思看见他那棕黄色的身体在小圆块的玻璃窗外晃动，显得那样健美。

“我想，你什么都可以慢慢习惯的。”怀特海德喃喃着。

基思的脚脖子像注了水一样肿胀起来。他突然想到，如果坚持穿这双靴子（比如说）一个星期，细胞外胚层质的缺损就会使人工增长的那几英寸大打折扣。倘若鲜血淋漓的小腿慢慢挤进后跟六英寸的靴子，他的身高就又成了四英尺十一英寸了。但是看起来，他用不着穿那么长的时间。真幸运。为了这一小小的恩赐，怀特海德表示真诚的感谢。

34 早 饭

“贾尔斯！你干什么呢？没有出去？”

贾尔斯坐在餐桌旁边，膝盖上放着“橘子”，脸前的咖啡正在变凉。他回望安迪凝视的目光，毫无好奇之心。

“我母亲在伦敦呢。”

“是吗？她的情况怎么样？”

贾尔斯端起那杯咖啡，还没送到下巴跟前，又突然向前俯下身来，把杯子重重地放在桌子上。他皱着眉头，环顾四周，拿出他那个扁平的酒瓶。“谁？我母亲？哦，她疯了。天哪，她现在疯得一塌糊涂。”

“她要干什么？”

“她要到波特斯巴那个特殊的研究所。目的就是为了经常见我。”

“布里斯诺研究所？”安迪说，“她为什么要去那儿？”

“为了我可以多去看她几次。”

“不，你……我的意思是，他们在那儿会拿她怎么办？”

“事实上，我也不知道。不过，天哪，她现在可是彻头彻尾地疯了。”

“你还有现金吗？”

贾尔斯对这个问题未置可否，也没有明显想要回答的意思。安迪迈着轻快的舞步，走到橱柜旁边（柜子里放着许多杯子，黛安娜背靠柜子站着），从一个东方风格的大碗里，拿出一个苹果，整个儿塞到嘴里，使劲嚼着，咽了下去——这是他的习惯。

（贾尔斯避开他惊骇的目光。）

“你一直在花园里打鸟，是吧？”黛安娜冷冷地说。

“你没打，打了吗？亲爱的？”西莉亚问她的丈夫。

“压根儿就没打，”安迪说，“那些小杂种不往这边飞了。”

（昆汀走到厨房那边，轻轻地把西莉亚抱在怀里。）

“我把，”安迪继续说，“我把虫子，还有诸如此类的诱饵撒了一地，也没把它们招来。没用。不过，它们到过附近吗？没有，哦，也没有。”

（黛安娜点着一支香烟，叹息似的吐出一口烟。）

“我是说，如果那些花里胡哨的、该死的小东西不到这儿来，你怎么能看到还算得上‘体面’的东西？那些鸽子……每天随随便便往这儿飞。”安迪阴沉着脸。“它们最好当心点儿。我就这么说了，别说我事先没打过招呼。”

昆汀正想让西莉亚放心，安迪完全是信口开河，他不会伤害那些鸽子，这时小基思慢慢地出现在门口，眼皮因为疼痛发黑。

“早上好，露营者。”怀特海德说。

基思的“音箱”很正常，无论音量还是说话的腔调都没问题。可是这句话从他嘴里冒出来的时候却干巴巴的。“早上好，露营者。”他又说了一遍，不过没有任何改进。

“哦，是小基思，”安迪说，“基思，天哪！你要死了吗？”

“天哪！基思，”昆汀说，毫不掩饰他的惊讶和担忧，“过来，赶快过来，最好坐下。”

基思知道，这是极好的忠告。他摇摇晃晃走进屋，在离他最近的一把椅子上坐下。贾尔斯凝视着他，目光冰冷，没有表情。

黛安娜对基思那副模样很不以为然，非常轻蔑地上下打量着他。西莉亚也不喜欢他，但是看到他那副特别遭罪的样子，不由得动了恻隐之心。她还问他要不要喝杯咖啡。安迪想起头天晚上，他打过小基思，而且打得不轻，此刻不无关切地看着基思，看到他脸色不好，寻思也许只是身体不舒服。

所有这一切都让基思有一种想哭的感觉。平常，如果走进一个房间，不被人们公开嘲笑，他就觉得很幸运了。对于他，如果被完全忽视，更是求之不得的事情。不管是正式的，还是敷衍的，如果有人表示一点点关心，都会让他感激涕零，并且想入非非，希望自己能够获得永远不可能得到的地位。怀特海德嘴角挂着一丝最没有吸引力的微笑，解释说，他晚上没有睡好，偏头疼，很难受。

（基思说话的时候，贾尔斯仔细地看着他。他压根儿就不理解小基思身上有什么让人们大惊小怪的东西。在他看来，怀特海德的牙齿蛮好呀！）

“哦，怎么了？”西莉亚有点小心翼翼地问，“该吃早饭了吧？”

“别管早饭叫早饭，”安迪生气地说，“叫食物。食物。好了，”他语气变得温和了许多，“那就端上来，试试看吧。”

35　滞后时间

尽管阿普尔希德教区长府邸的厨房很大，方方正正，是农家常见的那种厨房，但因为天花板低，而且这里的人习惯于阳光充足，屋子里只要有四五个人，就显得拥挤。现在就是这种情况。这些拖着脚走路的“阿普尔希德人”——除了贾尔斯和怀特海德——都在小心翼翼地准备橘子汁、咖啡和挺薄的烤面包片。接着，斯基普（穿着非常脏的内裤）、马维尔（穿着脏兮兮的内裤），洛葛仙妮（穿内裤）和露西鱼贯而入。露西虽然穿着裙子，但赘肉满身，小眼睛，对着阳光大声咳嗽。那只叫“橘子”的公猫在一条条腿中间穿行，小鸡鸡挺立着。

“天哪！瞧猫屁股，”安迪用一种批评的口吻说，一双眼睛盯着那只波斯猫高高撅起的尾巴下面粉红色的肛门看，“我们不能做点什么吗……？我知道。我要用一支灰颜色的魔笔把它屁股染成灰色……啊，　我的头。”

当这个房间突然变成宿醉者聚集的乌烟瘴气之地时，谁也没有意识到这种变化，谁也没有多想任何事情。喝酒喝多了会麻痹、阻塞人们的感觉，吸毒吸多了则会将这感觉层层剥开。此刻，厨房已经为这些剥开了的感觉摆开一场有害的盛宴。房间似乎改变了形状，人们的声音变成钢琴的呢喃细语。香烟的烟雾在齐肩膀高的地方集结成一层。烟雾之上，阳光照亮的脸就像发疯的面具轻轻飘荡。他们把电热壶的插头插上，咳嗽，叫喊，放水，呕吐。美国人打开冰箱，用脏兮兮的指甲掰开一块放旧了的面包。抓挠着，打嗝，放屁，对着头天晚上酒瓶子里剩的那一点点酒哼着鼻子……“这黄油就像小鸡身上剥下来的……只有糖最安全……我的眼睛，我的眼睛……鸡蛋！ 该死……快让开点儿！我要吐了……水……对抗脱水……别这样呼吸……憋住， 憋住， 憋住……我在飘！我在飘！ 怎么回事儿？……这大小尺寸都错了。奇妙的迷醉，奇妙的迷醉……不要在这儿， 不要待在这儿！……”

然后“滞后时间”到来。那一刻是突然到来的，仿佛从天花板上掉下来的一个巨大而又无形的果冻，以海洋生物的慵懒和昆虫的速度在空中漫延开来——“滞后时间”，麻木，疏离，惰性和机械性，丧失的过去和死灭的未来。好像一年无眠之后，走过没头没尾、拥挤不堪、散发着腐烂气味的市场。

现在，他们都走来走去——只是走来走去——尽做些没用的事儿。打开，关上，拿起，放下，再拿起。摸摸那只猫，数数橱柜里的杯子，使劲儿喘口气。看起来，他们做的每一件事情都已经做了又做；他们想到的每一件事情都已经想了又想。这一切永远不会完结。他们轮番相互道歉， 对不起。他们似乎没有嘴巴，又不得不叫喊。

昆汀走到厨房那边，抓住贾尔斯的肩膀。贾尔斯抬起头，一副很真诚、毫不做作的样子。他面目清晰，就像从一片阴影中走到阳光之下。他站在那儿打开门。时光骤然从走廊涌进，厨房里的人都停下，时钟又滴答滴答地响了起来。他们都回转身看着他。

“我想，我想我们大家都需要喝点什么。”

他们都涌到走廊，从厨房走了出来。

“天哪！”到客厅的时候，安迪说。“这他妈的是怎么回事呀？”

“‘滞后时间’。”昆汀说。

“是的，”马维尔说，用一条红印花围巾擦了擦脸颊，“该死的‘滞后时间’。”

“天哪。以前从来没有过这样讨厌的事儿。”安迪停下脚步，转身望着他们。“你们知道，我的理论是，食物起了作用。”他又迈开脚步。“让食物的花招见鬼去吧。不再靠食物。该死的食物。”

36　又是正经货

在贾尔斯睡意蒙眬而又卓有成效的监督之下，大家开始调制香槟鸡尾酒。“不管怎么说，现在差不多快十一点了。”安迪说。昆汀和安迪从洗手间冰柜里拿出几瓶 1979 年产的一升半装的酩悦香槟，斯基普又从车库里搬来几板条箱。贾尔斯十分信任地把房门钥匙交给昆汀，让他到他的房间，从酒柜里拿来五瓶，或者六瓶拿破仑白兰地。这时候，大伙儿又回到卧室，重新着装，再出来的时候，马维尔和斯基普穿着平常穿的牛仔服，洛葛仙妮穿着黑色脐装、渔网式紧身衣裤。

录音机里放着一定是主日学校合唱队学生演唱的活力四射的歌曲：“打败他，打败我。”安迪似乎也被那激情感染。窗户敞开着，昆汀“身先士卒”，带领大伙儿服小瓶春药[1]。斯基普走来走去，一双大手里捧着金字塔似的广谱安非他明。马维尔在那个壁龛似的小餐厅里发放镇静剂。他们都在聊天。

“这玩意儿，实际上，”贾尔斯插嘴道，站在离那一溜等着人拿的香槟酒瓶子有一段距离的地方，“我一直觉得这玩意儿，实际上要兑好多白兰地才行。是一般人放的大约四倍或者五倍。至少一半对一半。至少。如果有怀疑，你把白兰地当香

1　小瓶春药，指吸毒者一次服用的亚硝酸戊酯剂量，是非法使用的春药。

槟，把香槟当白兰地就是了。”

“看一看，”安迪说，“看看合不合比例。”

西莉亚从斯基普手里接过一片药，用食指和拇指捏着，举在空中，诧异地说，“我不懂，亲爱的，我们是不是该悠着点儿？”

“不要紧张，宝贝儿。”维利尔斯很满足地嘟囔着。

“不会有什么更不好的感觉了。”黛安娜说。露西也表示同意她的看法，虽然语气不那么坚定。

“只是周末玩玩。”马维尔说。

“基思！把酒拿到这儿来，”安迪大声叫喊着，“……我现在在说话呢！我的意思是，一个宫廷小矮人能派什么用场呢？如果他连……天哪，好酒，对吗？又是正经货。”

“等等！”贾尔斯举起手，“等一会儿。你在打开香槟之前告诉我，好吗？这些软木塞飞起来之后，也许有一个正好打在我的……”

“大伙儿听我说……”安迪说，“基思，你在什么地方躺下，好吗？我没法儿在这儿对付你。好了，大伙儿都准备好了吗？开始！”

一刻钟之后，一切都恢复了正常。

37 谈 话

这些谈话。

“七十年代的时候，他们就是这样做的。这也是他们的成就。他们把感情和性分开。”

“胡扯，马维尔，”昆汀说，“他们只是说这二者可以分开。但是说到底，分不开。”

马维尔用恳求的目光看着洛葛仙妮和斯基普。他们正躺在地板上心不在焉地相互抚摸。马维尔只好又回过头，对昆汀说：“让我们……让我们从历史的高度看待这个问题，”他咽了一口酒，“美国这方面的事情发展得更快，所以你们这儿的人或许对现在的态势还不大了解。毫无疑问，几年前，人们对这种‘非主流’的做法也有异议，可是……”

“闭嘴。”安迪冷冷地说，没有特别针对谁。

“……可是，实际上人们反对的是所谓‘非主流’派生出来的东西，而不是针对这种思想本身。比如：展示女人的私处，性交表演，性交易，还有像洛杉矶那种带有实验性的卖淫。可是去年，人们再次确认了所有这一切，确认了这个理论最根本的东西。我并不只是指什么‘性工作公约’和诸如此类的什么东西。现在，你走到哪儿都可以看到这种现象，人们已经司空见惯，没必要大惊小怪，心知肚明就是了。”

“是的，”昆汀说，“再过几年，人们又会做出不同的反响，那时候，我们还将采取先前的行为方式。”

“关于性交，一百万年以来人们都否认自己的需求，不能指望这种观念一个星期就有所改变。可现在，满世界都是性。”马维尔笑了起来。“那些小孩子，刚上一年级就开始了。我们十二岁的时候做爱就得意洋洋，觉得了不起了。肉欲横流，不会流得不见踪影，也不会变成任何别的东西。”

安迪来了精神头。“真是令人作呕，”他说。“小杂种。我他妈的快十三岁的时候才第一次做爱。”

“更重要的是，”维利尔斯继续说，“这些淫乱的小娃娃什么时候才能有时间长大？他们性的情感基础什么时候才能有时间发展？他们的本性什么时候才能有时间接受失败、渴望、快乐和惊讶……？”

“天哪，昆汀，”马维尔说，“你是想重新创立性学标准，还是怎么回事？你知道，你这样说像谁吗？该死的D. H. 劳伦斯！‘性的情感依恋’，见鬼去吧！性是关乎肉体的事儿，就像吃饭、拉屎。是的，像拉屎。只是肉体干的事儿。”

昆汀英俊的脸上现出疲倦而又决断的表情。“哦，这可不是我的肉体干的事儿。我想，也不是西莉亚的肉体干的事儿。谢谢上帝，我们不会做这样浅薄的、没有感情基础的事情。你想，我们为什么要结婚呢？”

马维尔鬼鬼祟祟而又不无羞涩地抬起头看了一眼昆汀。“好了，昆汀，”他眨巴着眼睛，“你说的那套，都是骗人的玩意儿，昆汀，难道不是吗？”

“不是。我们说的是婚姻。我们结婚，是为了保持性的情感依恋。”

“天哪。你太夸夸其谈了，昆汀。真的。放眼望去，没你说的那么高雅，伙计。忘掉什么情感依恋吧。现在真是肉欲横流。你一边和西莉亚……和西莉亚做爱，一边肯定又会想起别的事情——你从广告牌或者杂志上看到的模特、银幕上的女演员……”他捻了一下手指。“你知道这是真的。你会知道的。”

“你好像忘了，马维尔，”昆汀说，“我和西莉亚恰恰是恋爱结婚的。”

“嚯。”洛葛仙妮说。

斯基普轻轻吹了声口哨。

“你知道，昆汀，”马维尔很严肃地说，“有时候，你真的会很心烦。我一辈子也不想再听到这个该死的字眼儿。现在，你来了，我的一位好朋友来了……两年前，你不会这样……”马维尔抬起头。昆汀的绿眼睛闪闪一亮，似乎警告他不要信口开河。马维尔连忙低下头。

“嚯。”安迪说。

“你同意这种看法吗？”洛葛仙妮问。

“不完全同意。爱情不再有什么意义。那是嬉皮士的看法。爱情已经不复存在。爱情把什么都毁掉。”

“是的。没错儿。”

“可是没有毁掉我，”昆汀用不容置疑的口气说。西莉亚的手握住他的手。“我知道爱情是什么。我知道当我恋爱的时候，我是在恋爱。说的还不够清楚吗？”

马维尔又低下头。“过气的东西，”他喃喃着，“陈词滥调。”

38　各得其所

屋子里又响起一阵阵脚步声，人们四散开来。斯基普试探着想和做昂首蹲伏状的贾尔斯说点什么，虽然方法得当，但没有成功。安迪和坐在长沙发上的露西聊天儿。这张沙发暂且当她的床用，早晨起来还没有收拾。黛安娜一个人坐在有扶手的休闲安乐椅里，在心里琢磨，她该和谁做爱。昆汀正在全神贯注地看一篇关于兰波[1]的评论文章。贾尔斯，这屋子里唯一一个可选择的男人，跑到远处窗台下面一把椅子里坐去了。西莉亚腿上放着一本画报，坐在大客厅一个角落里的垫子上，没有逃脱马维尔的注意。他和洛葛仙妮的目光相遇，两个人交换了一个眼神。

贾尔斯实际上在两个地方轮流坐：窗口那把椅子和他自己的书房。不过这儿是他最喜欢的角落之一。椅子上放着垫子，坐上去很舒服。特别是这阵儿，阳光暖洋洋地照在身上，抚弄着他的肩膀和头发。有时候，他脑子里一片空白，贾尔斯便赶快离开一会儿，再回来的时候，轻声叹息，心里充满感激。

1　兰波（Arthur Rimbaud，1854—1891），法国诗人。

“嗨！再来一杯鸡尾酒怎么样？贾尔斯。”是洛葛仙妮。

“不，我喝杜松子酒呢……”他喃喃着说。

“好吧，好吧，我可以在这儿坐吗？贾尔斯。”

“坐吧。”

部分原因是出于需要，窗台前面的椅子和大部分同类椅子一样大。洛葛仙妮紧挨贾尔斯坐下。她离他那么近，贾尔斯觉得，直到此刻，他才懂得什么叫“亲密无间”。没错儿，贾尔斯心里想，我还从来没有和任何人挨得这么近。起初，他觉得她身上有一股很大的味儿。他不情愿地闻出，那是“新鲜的”汗水和“不新鲜的”阴道分泌物混合起来的气味。他还注意到，她胳肢窝和内裤边沿都露出挺硬的、棕红色的毛。她那透明的紧身衣下面，两个硕大的乳房高高耸起。贾尔斯不由得倒吸一口凉气。

“昨天夜里玩得挺好吧？”

“唉，我可没玩，更没什么好……”

“听不见你说什么，贾尔斯。”

是我坐在她腿上，还是她坐在我腿上？贾尔斯想。她对他全方位的覆盖，似乎把他们俩和别人隔离开来。那些人似乎在很远的地方呢喃细语。

“是很好玩，是的，”他改口说，“不过我当初没觉得会那么好玩儿。”

“你怎么没觉得会那么好玩儿？贾尔斯。”

她眼睛微闭，但很清醒，只是说话的声音飘飘缈缈。她那一嘴珍珠般的牙齿离他闭成一条缝的嘴巴只有几英寸远。贾尔斯有点艰难地说：

“只是着急，着急。都是小事儿。”

“你干吗要吸毒？贾尔斯。为什么着急？为什么着急？为什么你非得着急？”

洛葛仙妮现在满脸放光，身体紧紧贴在贾尔斯身上。她的体味儿本身并不难闻，可是先前实在恶臭难闻。现在，贾尔斯不再多想。

“我操你好吗？贾尔斯。”

“……哦，你知道吗？我不怎么喜欢干这种事儿。”

她湿润的舌头舔着双唇，一只手摸着贾尔斯绷紧的大腿。

“那我吃你那家伙好吗？贾尔斯。”

“更不爱干了，真的。”

“你愿意和我一起上楼待一会儿吗？贾尔斯，”她幽幽怨怨地说，“就待一会儿。我想亲你。看看我的舌头好吗？”她伸出红红的舌头，舔了舔她的鼻子。“亲你，亲你，让我的舌头紧紧地包裹住你的牙齿……”

“不！”贾尔斯坐直身子，朝她脸上打了个嗝。

洛葛仙妮脸上的表情没有变。她懒洋洋地、神情恍惚地凑到他耳边，像先前一样含情脉脉地说：

“吃屎去吧，你这个令人作呕的小赤佬。”

“嗨，再来一杯鸡尾酒？西莉亚。”马维尔说。

“不喝了……真的。我喝两杯就天旋地转了。”

“好吧，好吧。我可以坐这儿吗？西莉亚。”

“我不介意。”

“你这儿有什么好玩儿的呢？”

“小人书。”

“不错呀。”

“哎呀，我得看点儿大人书了。”

人们一直说，西莉亚的性格有两面性：温顺常常使得她像少女一样真诚坦率，缺乏想象力也会让她逐步变得天真无邪。现在就是这幼稚无知的一面开始主宰她的行为。尽管这几个人彼此之间有很大的不同，有时候行为举止还十分怪异，西莉亚却没觉得有什么不协调、不一致。她在他们中间乐呵呵地晃来晃去，就像小孩儿换玩具一样，并没有大惊小怪，一切都很自然。马维尔捕捉到了她此时此刻的心情，两个人都压低嗓门儿、兴趣盎然地讨论了五分钟“水手奥利”、“兔子哈利”、“胖猪韦斯利和小斯坦利”以及“河鼠雷金纳德抓山羊”的历险记。然后，马维尔擦掉左鼻孔流出来的鼻涕，说道：

“看见贾尔斯了吗？他和洛葛仙妮谈得挺投机呢！”

西莉亚抬起头看了过去。

“是的，洛葛仙妮知道怎么卖弄风骚。”

西莉亚没有搭话。

“她懂得如何通过她的身体、她的感觉得到她想要的东西。懂得如何让自己的感觉为她服务。她用自己的感觉，就像你用色彩画一幅美丽的图画，西莉亚。或者就像你玩拼图游戏，或者给玩具娃娃穿衣服。她知道画笔用来干吗，色彩派什么用场，画面又会对笔墨做出怎样的反响。这就是她如何看待她的感觉——使得某一件事情充满快乐和惊奇的工具。你愿意这样表现你的身体吗？西莉亚。看到她和贾尔斯在一起那副样子了吗？知道她想和他干什么吗？”

西莉亚摇了摇头。

“不知道？你不知道我想和你做什么吗？”

马维尔用他那只干瘦的右手摸了摸西莉亚的面颊，对着她的耳朵火辣辣地说。西莉亚眼睫毛扑闪着睁大了一双眼睛。

她站起来，又“回归”为那位矜持的夫人，冷冷地说：“我丈夫怎么会认识你这样一个人！”

马维尔看着她跌跌撞撞向门口走去，醉醺醺地笑了起来。

昆汀走进房间，西莉亚坐在床边。他跪在她面前。“亲爱的，亲爱的，别这样。”他很温柔地说。

“哦，亲爱的，我不想让他们待在这儿。”

“可爱的宝贝儿，他对你说什么了？”

“我永远都不会对你说。难以启齿……我不会对你说，永远。”

昆汀的目光中似乎流露出一种宽慰。“哦，一定是和性有关的蠢话。宝贝儿，你必须……他们就那德性。”

西莉亚耸了耸肩。“我不想让这种人待在这儿。我不想！让他们现在就走。你干吗不让他们现在就走？”

他抱着她。“明天。他们明天就走。”

“明天就太晚了！”

“好了，好了。”

她抬起头，抽了抽鼻子。“明天？明天就都滚了？你能保证吗？”

“我保证。”昆汀说。

39 绝 技

“我得告诉你多少遍呀，塔克尔太太。我茶里不放糖。”

“对不起，先生，我……”

“没关系。”怀特海德把一只厚重、潮湿的拖鞋放到旁边一个大坐垫上。“我以为你们已经喝完我给你们带的杜松子酒了。”他说，瞥了一眼餐具柜上放的那个还没有打开的酒瓶子。

“没有，先生。我们甚至没有……”

“我看到了。好了，我现在想喝点儿。你没有冰或者滋补剂吗？”

“恐怕没有。连电也没……”

“那就只好加点水了，看在上帝份儿上。”

“是的，先生，当然。记得代我们谢谢戈尔德先生，好吗？”

“我以前说过，”基思重申，“只要我还记得，一定替你们致谢。”

“谢谢，先生。如果你不介意的话，我打听打听……”

基思挥了一下手。

“如果你不介意的话，我打听打听，这个周末你们那儿来的客人都是谁呀？先生。”

怀特海德伸出手，接过那杯杜松子酒，在脸前小心翼翼地晃荡着。“是时候了，”他说，“哦，我问过那四个朋友。有露西·利特尔约翰，还有一个，老……老朋友。我在伦敦的时候就认识他。那三个美国人是我去年在美国旅游时认识的。”

“我明白了，先生，很有意思。告诉我，先生，你到美国干吗去了？是搞业务，还是纯粹为了玩？”

基思喝了一口杜松子酒。“管好你自己的事儿就得了。”他说。

怀特海德走过草地的时候，不像平常那样精神饱满。塔克尔夫妇刨根问底着实让人讨厌。不过他们说话时的“音色”还不像他自己的粗俗、单调的声音更让他烦恼。好了，他还得再好好想想他和他们之间还有哪些格格不入的地方。就这么回事儿。

小基思眯细眼睛看了看阿普尔希德教区长府邸后面那几扇凸窗，断定那些人还聚集在客厅。他手脚并用从那口废弃的井后面爬过去，等待着，然后像蛇一样，溜进车库。

基思扭动着身子挤进那扇门，随手关上，突然停下脚步，僵在那里。他那张床铺的棕色毯子上面，一张姑娘的脸赫然出现在眼前。基思立刻认出这张脸。她是非常漂亮的歌舞演员希希·戴拉·格尔小姐。她两条腿分开的大照片曾经刊登在他最近特地买来的《绝技》的插页上。此刻，她在那儿干什么呢？那艺术效果真是撼动人心。彩色照片上，发着冷光的、尺寸缩小了的脸“躺”在他的枕头上，下半身“消失”在床铺之上。毯子里面鼓鼓囊囊，好像躺着一个人。基思好半天才愣过神来，走到床边，看见戴拉·格尔怒视着他。他往下拉了拉毯子，希希四肢舒展的身体出现在眼前。他干脆把毯子扯下来，她那两条分开的美腿骤然之间使得这屋里所有淫秽图片黯然失色。那些玩意儿都幻化成一堆彩色纸带，被看起来像精液和别的肮脏的体液污染。

基思怀着激动、焦躁而又决绝的心情，把那些书刊归拢到一起，回转身，决定到车库里取一只麻袋。他几乎想不起来，自己怎么会把那样一张下流的广告贴在门上。他不知道，这些照片怎样才能顺顺利利地销毁。他哭了起来。对于基思·怀特海德，一种生活形态结束了。

40　怀特海德

人们都说，怀特海德是活在世上最胖的一家人。就在我写这本书的时候，你可以在任何一个星期日，下午一点钟，到温布尔顿的帕克大街，亲眼看看这家人如何坐着他们那辆莫里斯牌汽车到布赖顿旅行。

“把你的大肥屁股挪开点！”——“这是谁的大腿，吓死人！”——“谁的屁股？基思的，还是阿姬的？”——“我可不管谁的大肚子，反正得挪开。”——“这不是爸爸的胳膊，傻瓜，是我的腿！”

“这可不行，”老怀特海德说，用他那猪蹄子似的手拍拍方向盘，“‘莫里斯’可装不下这么多人。从现在起，你们轮流去。去不了的就老老实实在家里待着。”

说实在的，怀特海德一家人像挤牙膏似的挤进“莫里斯”之后，轮胎压扁，底盘下沉两英寸。等到弗兰克再坐到方向盘后面，整个汽车好像有一半儿陷到了地里。

“弗洛拉，把该死的门关上！”弗兰克对妻子说。

“关不上，弗兰克。我的腿还在外面呢。”

人行道上已经聚集了好多看热闹的人。邻居们双臂抱在胸前，倚靠在擦了一半的车上，大街两边的房子都拉开了窗帘。

“哦，天哪！”老怀特海德说，“人家都瞧着呢。基思！

帮你妈妈把腿弄进来。”

基思蹲下来，费了好大力气才把妈妈的大腿弄进来。弗兰克侧身，一只手用力拉栓在车门上的一根带子，另外一只手扶住怀特海德太太的屁股往里拽。基思的姐姐阿姬坐在后排座羞得哭了起来。她觉得他们一家变成了一个大肉球。

“坚持一下，快进来了。”

“不行！”

弗洛拉尖叫着。“胳膊还悬在外面呢！”

“进来了。”基思气喘吁吁地说。

车门悄无声息地关上。四个不停抱怨的大胖子在一片充满讥诮的欢呼声中，吱吱嘎嘎开着车驶上大街。

“屁股别压着变速杆，娘们。”车在红绿灯路口停下来的时候，弗兰克大声说。“你屁股压着变速杆，我怎么开车？基思，你往那边挪一挪，你这个小胖猪。你把后面的右轮都压下去了。我能感觉到车身向右面歪呢！”

“啊，闭嘴，你这个老肥猪。阿姬把后座占得满满的，你让我怎么挪？是你压下去的，老傻胖子！”

“我最近减肥减了不少呢！你这么重真没道理。你才是个只有四英尺高的小人儿。”

“住嘴！你这个老胖家伙。老肥猪！”

“基思，”他妈妈说，“别和你爸爸这样说话。”

“闭嘴。你这个老胖荡妇。老胖人渣！”

“基思！”阿姬说。

“啊，住嘴！”

“这样下去可不行，”汽车在高速公路上摇摇晃晃地行驶着，“从下星期开始，饥饿疗法。你也是，基思。大伙儿都一样。从下星期开始。饥饿疗法。再也不能这样下去了。”

一个小时后，他们默默围坐在海边一家咖啡馆的餐桌周围，猪爪一样的手里拿着冰淇淋、果酱和奶油蛋糕，大嚼大咬，加了糖的热茶顺着下巴流淌。

怀特海德一家四口人总共九十英石，比一个橄榄球队的队员加起来的重量还重。一窝不可思议的大胖子。他们家简直是一个漫画世界。压坏了的沙发，吊床一样的床，破烂的扶手椅。他们拖着脚走来走去，互相谩骂指责、讽刺挖苦——完全是因为甲状腺机能亢进的作用，才让他们的身体能够来回移动。

就拿老怀特海德说吧，他是个令人难以置信的大胖子，体重超过三十五英石。他“滚”过大街时，肌肉松弛的拳头晃来晃去，常常无意之中就把从他身边走过的学生“打”倒在地。他要是上公共汽车，踏板会突然被他踩断。如果坐电梯，按了“上”的电钮，电梯吱吱扭扭响着，颤动着，就是原地不动。然后，不管他有没有傻乎乎地按“下”，都会“急转直下”。椅子会被他压得粉碎，桌子只要他把胳膊肘往上一放，就会垮塌。他所到之处，格栅破裂，地板踩碎。弗兰克的体重问题使得他在公共汽车终点站食堂里当厨师的饭碗也成了问题。他在炊具前面一弯腰，后背就把放盘子、平锅的架子撞翻，倒在对面的墙上；他在水池子前面一转身，就发现大肚子把桌子上面摆放的东西碰得东倒西歪；大块大块的面包、半打盒装人造黄油、甚至牛肉都会在他那肥大的臭皮囊里连续几天迷失方向。（据说，老怀特海德趁经理上厕所的当儿，把食堂里的东西吃了个精光。）后来，弗兰克只要走进厨房，身体某个部位就不可避免地要么撞到热盘子上，要么伸到烤架下，要么碰翻烤炉，甚至烤面包机。结果，经理只好让他卷铺盖走人。不管怎么说，弗兰克是个什么活儿也干不了的厨师，甚至连个鸡蛋也煎不了。

为了弥补因为自己被解雇造成的家庭收入减少，怀特海德先生决定扩大自家开的那个很不景气的糖果店。他强迫妻子在霍恩西酒店[1]、温布尔顿和巴伦美术专科学校一天做十八个小时模特，攒了足够的钱装修了客厅，安装了亮光闪闪的不锈钢炉灶，新建了一个多层柜台，挂出“怀特海德鱼和薯片外卖店”的招牌。小店生意兴隆，糖果店最终被淘汰。

这个转折点也是小基思一生的转折点。

他还清清楚楚记得这一变化。基思放学回家的时候，脸红扑扑的，就像四英尺高的盒子外面套了一身六年级小学生穿的运动服。他拒绝吃巧克力，朝父亲生气地嚷嚷着，穿上白罩衫。（他讨厌这身行头，因为穿罩衫比穿校服更难看。）旁边那所小学刚放学，小基思怀着一种敌意，和父亲一起，默默地卖给还没回家的小学生炸鱼和薯片。这个点儿，来买的人比平常多。因为要下班了，“清仓大甩卖”。五点十五分左

1 霍恩西酒店，位于伦敦哈林盖附近的酒店。

右，弗兰克肥胖的手指握着马尔斯巧克力，或者土耳其软糖，津津有味地吃了起来。几秒钟之后，基思从一个挺高的玻璃柜子里取出几盒薄荷冰激凌。弗兰克眼疾手快，拿来一袋“宝宝糖”。怀特海德不甘落后，取来一盒麦提沙巧克力小球。弗兰克用大拇指指甲划开一盒德菲丝原味巧克力，一仰脖，倒进嘴里。基思的脑袋似乎因为喝了柠檬冰冻果子露，咝咝作响。怀特海德先生大口大口地嚼着卡拉马克，嘴唇上沾着的口水噗噗地响着。儿子的牙关被软糖粘到一起。弗兰克技巧娴熟地把一盘紫罗兰色乳酪扔到柜台上，然后像狗一样舔了起来。一块三角巧克力沿着小基思喉咙的“隧道”，穿肠而过。到六点三十分，他们像短吻鳄，左右摇晃，动作缓慢地到楼下上厕所。七点钟，炸鱼和炸薯片小店里，他们被面糊弄得湿润润的嘴巴开始打哈欠。

这家人，五个星期内，体重增加了一百磅。

之后不久，基思疯了一段时间。

没有什么特别的诱因。他一会儿步履蹒跚，从位于伦敦弥尔顿大街的图书馆出来，一会儿又趔趔趄趄地走进伦敦波特斯巴的格雷戈里 · 布里斯诺研究所。这当儿发生了什么，不得而知，反正是肾上腺素起了作用，一阵恐惧，一片混乱，一个电话，一次乘坐公共汽车出行。

倒不是前一个星期风平浪静，什么也没有发生。他来伦敦沃尔森学院读书的最初几天，便开启了被排斥、屈辱和自我讨厌的“新纪元”。不过，他对此还是有思想准备的。所以学校接待人员对他表现出真诚和热情时，他很有点吃惊。除此而外，星期一，他被一个交通协管员、地铁里一个老头和当地一家酒馆的清扫工恶语相向。基思忍气吞声，没有跟他们争执，反而低三下四地道歉。星期二，在食堂里，服务员拒绝为他服务，而且不给出任何理由。在公园里，一些小孩朝他扔石子儿。第二天，他蹲在客厅喝速溶咖啡。星期四，他到沃尔沃思百货商店买一把梳子的时候，柜台上的售货员都歇斯底里大发作。他要上一辆空空荡荡的公共汽车的时候，售票员面无表情地拦住他，不让他上。后来，他在旁边一个广告栏里看到，并且取下一张纸。上面写着："基思 · 怀特海德是个恐怖秀"。辅导老师劝他换个学科——因为个人的原因他还不想立刻披露个中缘由。父亲打电话说，他代表全家人，要求基思永远不要再和他们打交道。你或许会想，这也就是普普通通的一个星期。可是到星期五，怀特海德就开始神志恍惚了。

他坐在研究所弧光灯照耀的前厅等了一个小时。这当儿，一直看着自己的手背消磨时间，尽量不往那条仿佛没有尽头的黄色走廊那边瞅。走廊里，精神病患者沿着墙根儿鬼鬼祟祟地走着。幽灵似的男护士手里拿着钢瓶，从他们身边飘然而过。"怀特海德？请到这边来。"

"你感觉怎么样？"医生问道。

"悲伤，害怕。"

医生十指交叉放在桌子上，俯身向前。"这种感觉有多长时间了？"

基思看了看手表。"一小时二十分钟。"

医生是个斯里兰卡人，说话很慢，耐心地问他一些无趣的问题，试图发现小基思有没有受过外伤，心情是否压抑，等等，等等。基思非常坦率地回答了医生所有的问题。有一点显而易见——他的生活一直非常缺乏情感冲突。

“听我说，”过了一会儿，基思说，“你用不着这样问来问去。我知道问题出在哪儿。很简单。”

医生叹了一口气。“出在哪儿呀？”

“不告诉你。你会认为我得了妄想症。”

“不，我不会那么想。”

“你一定会那么想。”

“不，我不会。”

医生这天上午已经看过二十一个男大学生。六个抱怨说得了阳痿，五个取消了性生活，四个尿床，三个虚假记忆，两个失眠，一个得了嗜眠症。医生给这些就诊的学生都开了诊断书。对那个说自己得了嗜眠症的学生说，回家睡觉去。

“好吧，”基思说，“正如我刚才对你说的那样，其实很简单。没有人喜欢我。实际上，人们，包括我的家人也本能地反感我。我的学习也不好。从来没有过女朋友，也没有过任何可以称之为朋友的人。我没有想象力，没有什么东西能让我笑出来。我胖，穷，秃顶，脸上长了好多粉刺，便秘，狐臭，口臭，阴茎短小，一英寸长。这就是我发疯的原因。说得对吗？”

“对。”医生说。

每一种生活都会有假期。基思在那个研究所待了一个月显然也是他的假期。起初，他的“疯病”没有发展。人们的恐慌和困惑很快就平息下来，只是在他背后悄悄地说点指责他的话。他也发现，在这样一种氛围之下，他能从孤独、孤立的感觉中得到好处。他开始更加冷静地、更加机敏地看待自己的缺点。他弄明白五英尺高的男人平均体重是多少。他到阅览室里看杂志，怀着感激之情记下那些比他还要严重的畸形人、残疾人的例证。《吉尼斯世界纪录》中“人体”部分让他坚信，和那些创了吉尼斯纪录的人相比，自己的问题实在微不足道。从六岁或者七岁起，他就觉得自己不该活在世上。现在，这种想法渐渐淡化。

时间一天一天地过去了。小基思从病友们身上找到安慰和鼓舞。放眼望去，公共休息室里，那些不良少年，坐在电视机前面流鼻涕、打哈欠；病房里，肥胖的四十岁“婴儿”刚服用了镇静剂，躺在床上，被人监视着；走廊里，那几个泼妇喃喃自语着，像垃圾袋一样半躺半卧；草地上，几个女孩儿麻雀一样叽叽喳喳叫着，神情紧张地跪在那里。服用巴比妥之后，基思身上轻飘飘的，在研究所走来走去。看到“同事”们抽搐着歪七扭八，从身边走过时，他脸上不时露出一丝嘲笑，别样滋味在心头。他听人说过，在这个研究所，你的疯病只能加重。因为“这里没有什么东西和你有关”。可是基思本来就不想和任何人任何事有关。他只是对周围那些“变种人”怀着仇恨和轻蔑。如果他希望提醒自己不要忘记生活真正的方向的话，就凝望着研究所的高墙，想象通往伦敦的路，怀着一种愉悦和超然，听大墙外面马路上公共汽车和高跟鞋的响声。这一个月，奇迹般增长了他的自信心。真是活见鬼，他甚至还把一个姑娘弄到了手。

怀特海德的性生活?

八月中旬的一个夜晚，十八岁的基思，紧绷绷的裤子里揣着二十五英镑，在伦敦苏活区车水马龙的大街上溜达。时不时有人朝他喊“晚上出来玩玩？矮子！”，“是不是过了上床的时间了？亲爱的”，“但愿那玩意儿比你还大，宝贝儿”。后来，有个黑人皱着眉头招呼他拾级而下，到地下室一个小咖啡馆。黑人张开两条胳膊，把基思介绍给三个塞壬[1]。那三个女人围坐在一个脏兮兮的热饮机旁。

“好呀，好呀，”坐在中间的一个金发女郎说，“过来，大男孩儿。你带了多少钱？”

“十五镑。”基思说。

那个妓女朝黑人转过脸。“瞧瞧，布吉-伍吉先生。你他妈的以为我们是谁呀？就带来个只揣着十五英镑、两英尺高的小矮子……”

“玛丽，对不起。”黑人结结巴巴地说。

“为什么我要跟他干，莱斯特？为什么，莱斯特，请你告诉我。”

“哦，玛丽，”莱斯特恳求道，“我不知道……”

---

1 塞壬，半人半鸟的女海妖。

"二十五英镑。"基思说。屋子里静了下来。

"你想干点儿什么？吉姆宝贝儿。"

"什么？哦，只是操一下。"

"是吗？不要别的花样儿？"

"不要。"

玛丽朝坐在她右边的姑娘摆了一下头。那个姑娘咂了咂舌头。

半个小时之后，基思已经站在皮卡迪利大街[1]地铁车站涌动的人流中。那个名叫梅丽莎的妓女收了他的钱，把他领到一个臭烘烘的小卧室里。脱了衣服躺在床上，就像一截石膏人体模型。基思爬上去折腾了半天想让家伙硬起来。梅丽莎打开一个硬纸盒，里面放着刺激器各种零部件，电击触发器，前列腺抚慰器，亮光闪闪的震动按摩器，皮手套，卡钳。

"嗨！你已经把你那二十分钟折腾完了。"

"哦，天哪！"基思说。"你能不能用手帮帮忙呀？"

"嚯，宝贝儿。别废话了。你说过不要'别的花样儿'呀！"

"你用手帮我硬起来不算'花样儿'呀！这算什么呢？"

"滚吧！滚！你这个令人讨厌的家伙。"

基思想把钱要回来。梅丽莎不给。基思想让人家给他退一半，梅丽莎还是拒绝。基思没有别的办法，只好求她给个回家的路费。梅丽莎劝他赶快滚，免得把他的狗屎踢出来。怀特海

1 皮卡迪利大街，英国伦敦繁华的街道。

德只好灰溜溜地离开那个是非之地。

可是和莉齐的情况就不同了。

基思第一次在研究所食堂看到莉齐·巴德维尔的时候，自然而然想到她是个瞎子。因为她戴副墨镜，两只手总是向前伸着，吃饭的时候，得由两个很胖的男管理员把她带到餐桌跟前，安顿她坐下。莉齐吃饭的时候，基思仔细观察她。莉齐很瘦，身体两边不对称，胡萝卜色的头发很稀疏，三角形脸上长着雀斑。可是基思觉得她身上有一种他喜欢的东西。他在安定药力的作用之下，认为研究所里不会有人关心正在发生什么事情，他要是被什么人轰走的话，也不会有哪个傻逼看见，于是壮着胆子溜达到莉齐旁边。她正在吃粗粮面包和凝乳。

"嗨，我叫基思。我坐在这儿和你聊一会儿好吗？"

莉齐往长凳那边挪了挪，腾出点地方，让怀特海德在她旁边坐下。

"我是莉齐·巴德维尔。你为什么待在这个地方？"

"这儿不错呀！白吃白喝，免费住宿，免费吃药。就是找个休息的地儿，何乐而不为？你呢？"

莉齐以一种很快的、"高度曲折"的声音说："我斜视，你知道吗？我对这个毛病，有点偏执。我觉得我之所以看不见是因为眼睛长在脑袋两边，看不见前面，只能看见脑袋里面在想什么。"她把手指放到太阳穴上。"像一种鲸鱼。"她说，笑了起来，声音很大。

基思也笑了起来，声音更大。

哦，这就是怀特海德梦中的女人。随后那一周，基思变得勇敢而又顺从。他和莉齐招摇过“所”，护送她去看病，坐在她旁边一起吃饭，在休克疗法室外面等她，听她无聊得不能再无聊的“自我分析”，时不时无声无息地跪下来，往她裙子里面瞅一眼，或者站起来要走的时候，设法从她罩衫领口往里偷偷地看几眼，或者她眨巴着一双瞎眼睛，沾沾自喜、哇里哇啦高谈阔论的时候，朝她做鬼脸，伸出手比划个V字。

怀特海德要离开研究所之前那个夜晚，他们俩来到草坪前那个小树林里。

“尽管The Lunch比One Times Two[1]更有天才，”基思说，一条胳膊搂住莉齐窄小的肩膀，“但他们不够专业。”

“是吗？”莉齐说。这是他们俩第一次肢体接触。

“或者在我看来是这样，”他回答道，一只手摸莉齐的乳房，“你没感觉吗？”

“我一直认为Lunch的首席吉他手，盖里·泰勒，太注重技巧，不能真的放开手脚，纵情演奏。”

“泰勒，当然，”基思表示同意她的看法，热乎乎的手掌已经伸到她两条大腿中间，“不过只是作曲的时候有点保守，表演的时候……”他已经把她的裙子撩起到腰间，开始脱她的贴身衬衣。“……他和别人一样有其自身的局限性。”

“就连唱片集《黑暗的隧道》也有这个问题吗？”

“那个集子还好一点。我同意你的意见，”小基思退让了

1 The Lunch和One Times Two是上世纪70年代英国著名的流行乐队。

一步，把莉齐的内裤一直扯到她的脚脖子，“不过，你得同意，如果有令人满意的期待相伴的话，”他继续说，趴在她身上，十分努力地大动作起来，“他的预测性也是难得一见。比方说……”

很快，他还记得——很快，没什么乐趣，非常疯狂。

五天之后，基思正在学院酒吧里喝水，昆汀、安迪、黛安娜和贾尔斯走了进来。

“没地方坐了。”

“那个小矮胖子那儿还有地方。”黛安娜说。

“什么？哪个矮子？”安迪说。

“我可不喜欢小矮人。倒胃口。”昆汀一边喃喃着说，一边看着自己手上的戒指。

“我来处理。”安迪说。

基思抬起头，看见他们向他这张桌子走来，心里非常害怕。安迪走在前面，用拇指和食指捏着鼻子，鼻音很重地问道：“这儿不会再有人坐了，我们就在这儿坐好吗？”

“肯定不会了。”黛安娜说，四个人都坐了下来。

“喝他妈的白兰地吧。”安迪说。

基思战战兢兢地坐在那儿，不敢离开。因为他一站起来，人家就能看出他个子到底有多高。

“我妈的躁郁症又犯了，”贾尔斯手指放在嘴巴前面说，“又得住院了。她想知道，离她不远的地方有没有研究所。实际上就想在波特斯巴周围找个医院。尽管我不愿意在这附近找。因为，她要让我经常去看她。”

“那个布里斯诺垃圾倾倒场？”安迪说，“我知道。我因为嗑药去过那儿。”

“给我讲讲那儿的情况，”贾尔斯说，“比如，到底在哪儿？”

“好像没人愿意回答这个问题。”

“我可以告诉你，”基思发现自己不由自主地插了嘴，“你要是想听的话，我可以告诉你。”

“真的？”贾尔斯问，“谢谢。这可真是……这可真是……你有钢笔或者别的笔吗？”

“有呀。”基思说，拿出一支笔。

“你他妈的怎么知道那个地方？”

“我上个月在那儿待过。我在那儿住过。”

“哦，是个疯子呀！快走吧。”

“我可不是疯子。我上个月在那儿待过，现在都好了。”

“好。听我说，你他妈的是谁呀？”安迪问，态度友好了许多。

“基思。”

“谁？”

“基思。”

“基思什么？你这个小家伙。”

“哦，一个挺难听的姓。怀特海德。”

“怀特海德这个姓还可以呀，”贾尔斯说，“怀特海德，”他又试探性地念了一遍。

"如果都挂在你脸上，就没什么好了。"[1] 怀特海德说。

他们都笑了起来。

"嗨，"安迪说，"我喜欢这个小矮子。这个小矮子，人挺好，你知道吗？这个小矮子……不错。"

---

1 怀特海德的英文的 Whitehead，意思是"白头"，故有此说。

41　他透明的女朋友们

他看着最后一个透明的女朋友蜷缩在那里，在被拨动的灰烬中满怀渴望地串起来，化作一缕黑烟，收缩成一个烧焦了的球。他用一根棍子拨拉了一下那堆灰烬。现在已经完全死灭了，他的女朋友们……那个美丽乳房上现出一条条淡蓝色“小溪”的姑娘，那个他以前在村子里见过几次的女人，那个穿着短得不能再短的短裤的女孩，那个目光深邃而又不无恳求的女孩，那个朱唇微启好像要说什么的姑娘……不，她们都死了，死了。她们的灰被风吹散。他心里想，现在，漫漫长夜将如何度过？

怀特海德对于谁干了这事儿，没有丝毫兴趣。他面无表情地取下那张约翰尼的招贴画，没有多想便把它扔到火里，和别的东西一起烧掉。不管怎么做，都已经没有区别。羞愧与耻辱的苦果只能自己咽下。他望着半英里外隐藏在薄雾与阳光织成的“尼龙帷幔”后面的阿普尔希德教区长府邸。“不要再凝望了，”他说，开始向田野那边的漫漫长路走去。

“开门，开门，”基思疲惫不堪地站在塔克尔的门前喊着。“是我，怀特海德。”

门闩拉开，板条木门吱吱扭扭拉开一个缝。塔克尔先生冷冰冰地站在门口。

“……打搅了，”基思说，“我想再要点我送你们的杜松子酒。如果你们还没有……”

塔克尔先生一脸冰霜，站在门口。基思不说话了。他穿着拖鞋，就连塔克尔先生也高出他一大截。

“怎么了？”基思问。

“你走吧，怀特海德先生，”塔克尔先生说。“对不起，我们已经决定，不欢迎你再来这里。走吧，怀特海德先生，请！”

基思泪流满面，一瘸一拐地走过草地。一进屋，他就跪下祈祷了好几分钟。然后坐在床上抽泣着。床边小桌上放着一张廉价的白纸和一支圆珠笔，正等待他那短粗肥胖的手指爱抚。“亲爱的露西，”他写道。他写信的时候，那双高底靴子在墙角向他招手。

42　喝醉了的人

“我当然要恢复封建社会。”昆汀宣称。

“好呀。”安迪点点头说。

“好呀？”洛葛仙妮说。“你的意思是，你们这些人不是革命者？马维尔，我们来这儿和这些人瞎混什么呀？那你们他妈的是什么样的人？”

“我们是地地道道的实利主义者，”安迪说，爬到地板那面，举起一个空白兰地瓶子，对着阳光看。“意思是，我们什么东西都他妈的要抓到手。”他拿起一个没人动过的酒杯，喝了一大口。“而且，我们从那些还没有得到许多东西的人身上攫取。明白吗？”

他们的谈话。

“昆汀，”马维尔说，“在这个封建社会，如果你是奴隶，他们是什么？如果你是个奴隶，那会怎么样？”

“好福气，”昆汀回答道，“你没抓住要点。一个分等论级的社会，人与人是互惠互利的关系。上层社会的人满足于发号施令、履行职责，保护下人。下层社会的人则满足于逆来顺受，服从命令，平安无事，不须深谋远虑。一个人的社会角色是类似宗教仪式规定的角色。”

“如果主人是个哑巴，奴隶聪明绝顶，你该怎么办呢？”

安迪说："要是那样，奴隶就倒大霉了。"

"没错儿！"维利尔斯十分赞同。

洛葛仙妮满怀信心地说："你们这些家伙是不是在这儿搞笑呀！喂，贾尔斯，你怎么想？"

贾尔斯抬起头，脸上挂着一丝淡淡的微笑。

"别问他，"安迪说，"他是个……实际上是百万富翁。"

"喂，基思？你怎么想。"

怀特海德的靴子把脚卡得钻心的疼，连气都喘不过来，更别说开口说话了。

"别问他，"安迪说，"他什么都算不上，就是一具残骸。"

洛葛仙妮摇了摇头。"可是你不能倒行逆施。没有别的办法。现在无论做什么，都已经太晚了。你们只能砸烂旧世界，开始重新创造一个新世界。"

"就是在这样的背景之下，"昆汀轻声说，"封建社会会重新建立起来。听起来很艰难，而且没有必要、多此一举，是吗？"

"如果你真能把什么都砸碎，就不是多此一举。文化，书，建筑，所有的行为方式，风俗习惯，所有的……"

"所有的什么？"安迪说。

"所有人们关注的问题。"

"你他妈的真该死。"他说，耸了耸肩。

"人类记忆中所有值得关注的问题。把它们完全消除。完全彻底。然后我们就可以真的重新开始。"

整整一个上午，贾尔斯仿佛被麻醉了的耳朵，只是断断续续听到一些很古怪的词和短语："桥……橡胶靴……我把我的上尖牙给你……都镶上齿冠……毕恭毕敬……钻子在这儿……聪明……"可是听到洛葛仙妮最后几个字，他决定不能再沉默了。他坐起来，挺直了腰板说：

"但是，会发生什么事呢？现代……"

贾尔斯还没有说出"牙科学"三个字，安迪就说："我们这儿会发生什么事呢？喂！会发生什么呢？没酒了！说呀，我们这儿会发生什么呢？"

贾尔斯在身上摸索着，终于掏出他的橱柜钥匙。

"天哪，贾尔斯，"安迪很真诚地说，"还要玩什么花招呢？"

"给我来瓶杜松子酒。"贾尔斯说。

安迪快步走出起居室，洛葛仙妮转过脸看着昆汀。她的声音显得筋疲力尽，还有几分忧伤。"……几点了？"她问。

"离天黑还有多久？"露西说。

昆汀——满怀歉疚的东道主——看了看手表。表停了。"快黑了，"他说，"快黑了。"

此刻，用酩酊大醉形容这帮人酒后的状态，已经恰如其分。就连号称滴酒不沾的西莉亚也已经喝了一升多以白兰地为主调制的香槟鸡尾酒。但是，这几个阿普尔希德人依然十分固执。由于各种毒品已经在他们新陈代谢过程中起了作用，他们的血压和体温都有所下降。就拿怀特海德来说吧，他觉得身体里仿佛有许多蹦蹦跳跳的豆子。黛安娜和西莉亚都觉得她们已经到了荷尔蒙极度紊乱的边缘。马维尔肆无忌惮地打嗝。露西让人觉得她是个幽灵，或者一具死尸。他们身上的细胞和各种腺体都处于激动之中。

马维尔看了看手表。“好了，”他说，“各位都准备好了吗？我们这就出去。溜达一会儿，做你们最想做的事情。还喝鸡尾酒吗……？”

屋子里的空气活跃起来，人们开始向门口走去。

43　残忍的身体

整整一上午，安迪和斯基普都在聊打羽毛球的事儿。安迪注意到斯基普因为口渴，嘴唇都有点干裂，便不怀好意地提出马上和他打一场。

“羽毛球不是你们美国人擅长的运动，”安迪对斯基普说，两个人从大厅一个箱子里拿出球网和立柱，“所以你就别想拿脚踢，用头顶，带球跑，或者玩别的什么鬼花招。你就用它……”他掂量了一下手里的球拍，“把球打过网就行了。好吗？当心点儿。玩这玩意儿，我他妈的可是一把好手。”

黛安娜上楼，从卧室窗户看他们俩玩。她之所以跑到这儿，一方面因为身体不舒服，不想和别人一起待着；另外一方面因为虽然安迪常常让她困惑不解，但是这种感觉还没有完全冲淡看到他时，自己油然而生的快乐。她想远距离地观察他，想知道他认为黛安娜的目光不在他身上时，他会做出怎样的事情。她点着一支烟，胳膊肘子放在木头窗台上。比赛开始。

安迪靠技巧，也靠诡计，很快就领先几分。斯基普因为犯规，一次次被罚。安迪还故意让他出错，任意修改所谓的规则。可是斯基普很快就明白了其中的奥妙，而且对安迪前后矛盾的计分方法坚决反对。打到六比六平的时候，安迪已经管不住他的坏脾气了。小基思步履蹒跚地走过来为这场比赛大唱赞歌的时候，他没好气地让他滚蛋，还举起球拍威胁已经吓得哆哆嗦嗦的怀特海德。

在黛安娜看来，安迪和斯基普同样强壮有力，同样打球没技巧、动作不协调。安迪光着膀子，浓密的头发轻轻飘拂，黝黑的脊背和光滑的肩膀上汗珠闪闪发光，看起来会给人留下很深的印象。除此而外，他只要打了一个好球，就会大叫一声“耶”，一旦斯基普将他置于不利的境地，他就恼羞成怒，嘘声不断。安迪打球的时候吵吵闹闹，看起来就像个十七岁的小伙子。斯基普戴眼镜，穿T恤衫，卡其布短裤，远比安迪镇静。他自始至终都抿着嘴，显得十分刚毅。比较起来，他的身体坚硬，宛如金属铸就，好像被紧绷的绳索勒出一块块结实的肌肉。那是机敏而又不友好的身躯——残忍的身躯。

“约翰尼。”黛安娜说。

好一阵吵吵闹闹的连续对打之后，安迪几次处于败局，最后咔嚓一声，用膝盖把球拍顶成两截，昂首阔步地朝屋里走去。斯基普看着他，一脸茫然。黛安娜向下凝望着，直到安迪上下跳动的脑袋消失。她嘴角挂着微笑，心里很是不爽，向草地中央望去，目光和那几个美国人的目光不期而遇。

44 打　斗

“我无法相信，我听到的是这样一种论调，”马维尔说，“你们都是些什么人呀？该死的花童？”

贾尔斯没有回答。

“听我说，”安迪说，“听我说，”他说，活动了一下肩膀，好像要举起什么非常重的物件儿。“人总是具有暴力倾向。只是那几年我们认为没有。可是现在，又他妈的开始打仗。越南战争和别的什么狗屁战争。暴力与生俱来。所以那是一种能够感觉到的自我、能够意识到的活力。它以一种巨大的创造力展示生命的光彩——事实上，那就是一种创造。”

贾尔斯皱了皱眉头。“可是，如果你在大街上撞倒一个穷老太太，而且正好撞在……”

“天哪！嬉皮士，”安迪说，“多么蹩脚的例子。这更像是折磨，或者别的什么玩意儿。”

贾尔斯又皱了皱眉头。“可是，你想要的是……无政府主义吗？我的意思是，按照你的说法，法律、警察、消防车、牙医……还有什么用呢？”

“哦，这些你当然都还需要，”安迪双臂抱在胸前，说道，“可是，如果我现在把你拖出去打个屁滚尿流，你可别跟我说，要去找村头的猪，明白吗？”安迪弯下腰，声色俱厉地说。

贾尔斯咽了一口唾沫。“不，我答应你，不会的，安迪。”

“那么，好吧。”

这就是他们的谈话。

“喂……哦，特里普，弗兰普，不管你他妈的叫个什么普……”

“斯基普。”斯基普说。

“斯基普，听我说。你喜欢打鸟，把那些小动物打得粉身碎骨，是吗？”

“没错儿，为了让你们感觉良好。”

“听我说，马维尔，是不是我错了？”

“不，你没错。”马维尔说。

“‘听我说’。去他妈的‘听我说’吧。”安迪往后靠了靠，傲气十足地转过脸，看着贾尔斯。“好吗？”

贾尔斯是个爱烦恼的人。他时常为这幢房子里可能发生的事情，以及偶尔清醒时感受到的那种不切实际的氛围和某种威胁而担忧。眼下的心情和这种担忧倒很一致。他不知道，不曾预料的暗影在楼梯上攀爬，未曾谋面的人细语呢喃。那是一种没有一个活人在这里的感觉，一种没着没落、悬浮着的感觉。贾尔斯想起有一天夜里，他听见安迪自言自语，他要杀死塔克尔先生和塔克尔太太……“我要找到那把劈肉用的大砍刀，”安迪说，声音低沉，“用钳子拔出他的牙齿，用订书机订住他的嘴唇。‘你抱怨也没用，塔克尔先生。坐下，先生，请。我先看看哪个挂肉的钩子更适合你。’”颤抖，颤抖，颤抖。贾尔斯吓得爬回他的房间，整整五天没敢出来。

“安迪，”他说，“如果你真的要打我，千万别打我的脸。好吗？打哪儿都行，就是别打脸。我给你钱……”

安迪弯腰摸着贾尔斯的头发。“别着急，胆小鬼。还没轮到你呢！”

“谢谢，安迪。”贾尔斯说，站起身走了。

“喂，安迪。”

“你要干什么？瑞普？”

“斯基普，”斯基普说。

“说吧，”安迪说。

“为什么……为什么你不让我踢那头小牛？”

“什么小牛？”

“昨天那头小牛。”

“哦，那头母牛。因为……那会儿乱作一团。它攻击我们，你应该对它表示尊重。”

“我真他妈的想好好收拾那个家伙！”

“哦，我可不愿意让你去收拾它，明白吗？”

“我想宰了它。”

安迪狠狠地瞪了他一眼。“那你就等着瞧他爹杀了他妈的那个家伙会做出什么事情吧。”

“……对不起，你再说一遍？”

安迪还是用那样的腔调说：“那你就等着瞧他爹杀了他妈的那个家伙会做出什么事情吧。”

好像经过剪辑的影片，瞬间换了一个场景。安迪躺在地毯上，斯基普骑在他的身上，手掐住他的喉咙。

“啊……抓住他……”

仿佛是天意，昆汀正在旁边那个小客厅里看卢梭的书，听到那两个家伙打斗，一个箭步跑过中间那扇门，在马维尔的帮助下，把斯基普从安迪身上揪扯下来，让他在沙发上坐好。

“瞧他说的什么话！瞧他说的什么话！”斯基普叫骂着。马维尔跑到小餐厅，回来的时候手里拿着一个皮下注射器。

“天哪！”马维尔说，把针头扎到斯基普不停拍打着的胳膊上。“这个安迪，真他妈的！”

“他说的什么话呀！”斯基普呻吟着，泪水从紧闭着的眼角流了下来。“什么话……”

“最好给他也来点儿氟硝安定，”马维尔从牙缝里挤出一句话。斯基普的意识渐渐变得模糊。

“出什么事儿了？”昆汀问。

安迪从地上爬起来的时候，马维尔做了一番解释。看到没有别人在场，他松了一口气，气咻咻地拍掉身上的土。

“现在，我们他妈的最需要做的事情，”马维尔说，“就是不要让他发现那封信。”

“信？”

“他那个该死的父亲写的信。在我们房间里。我对你说过。现在看到那封信，会毁了他的。”

“哦，是的。我想起来了。为了安全起见，给我吧，”昆汀说，“你们离开之前我再还给你。太吸引人了。告诉我……”

他们这样协商的时候，安迪走到沙发跟前，背对着别人，把手掌放到斯基普的脑门儿上，就像人们看你是不是发烧那样。“但愿他没事儿，”他喃喃着说。安迪说这话的时候，声音轻轻颤抖，因为他在使劲捏斯基普受了伤的耳朵。“他会恢复健康的，”安迪说，在斯基普的卡其布衬衫上擦了擦自己带血的大拇指，“我想他会恢复的。”

45 情书

与此同时，小基思在后面走廊的隐蔽处大声哭泣。经过这一番折腾，他的两条腿现在全方位地肿胀。怀特海德紧咬牙关，回到他那个小房间，开始脱靴子，可是怎么也脱不下来，只好用钳子、凿子和小锤子，一点一点地往下撬，往下凿。他靠墙坐着，极力忍着剧痛，不让自己大声叫喊。黑血顺着小腿流了下来。

怀特海德旁边，地板上扔着他为了让露西高兴而写的那封情书。基思捡起那封信，看了一遍，并不觉得尴尬。他写的情书毕竟没有此类信函常见的瑕疵。没有火热的激情，没有华丽的辞藻，也没有什么不准确的地方。恰恰相反，这封信毫无想象力，几乎是打官腔。是他目前艰难处境的一个大纲。他还附带说了一句，如果露西不能和他睡觉，以减轻他的痛苦于万一，他就要自杀。情书以“亲爱的露西”开始，“你的真诚的”结束。

“‘这十九英镑七十便士，请你务必收下，’”基思大声读道，“‘请你在二十四小时内告诉我你的决定。谢谢！你的真诚的，基思（怀特海德）’。”

“她会动心的，”他说，摇摇晃晃地站起来，“哦，是的，括号里这几个字就会让她动心。”他在床边跪下，以一个祈祷者不拘礼仪的态度，双手合十，说：“有信心就能赢得今天女孩子们的芳心。”他抽了抽鼻子。

“求求你，上帝，”他对自己说，“别让所有这一切都发生在我身上。所有这一切都发生在一个人身上，别人可以，我却吃不消。我依然无法相信，会有这么多可能发生的事情。我想，正是这一切使得我继续活下去。哦，了不起，让人难以置信。为什么有的人就不能不吹牛？这是我想知道的。”基思朝四周瞥了一眼。“我无法应对这些事情。”基思又看了看他的脚。连他自己也吓了一跳。“我要散架了。我应付不了这些事情。谁对我做了这一切？哦，谁？”

啊，我们当然对此表示遗憾，基思。可是谁都无能为力，恐怕你只能这样了。请理解，这里面没有个人的因素。只是为了这个特别的故事设计的情节。事实上，故事发展下去，你的处境会更糟，更糟。那时候，你或许会想到再回研究所，甚至再回到温布尔顿帕克大街你讨厌到极点的那个家。让我们为了你的利益斡旋，实在是太难了。忍着点吧。最终，一切都会好的。现在，躺在床上睡觉吧。

基思在他的小床上躺下，就像软软的奶油躺在热乎乎的面包片上，他的身体融进毯子和床单的皱褶里。听到外面传来女人的声音，他往墙壁靠了靠。床头柜上那罐香烟旁边放着一个皱巴巴的马尼拉纸信封。信封里面装着高级膳食研究委员会寄来的一份“温馨提示”。“哦，去他妈的，”他说。划掉基思·怀特海德，写下露西·（利特尔约翰）。

46 苍白的窗玻璃

贾尔斯目光迟滞，朝四周凝望着，发现自己是在卧室里，多多少少心里有一点喜悦。他哼哼着，慢慢走到冰箱前面，从结满冰霜的冷藏柜里拿出一大杯杜松子酒加金馥力娇酒[1]。这酒他以前没喝过，甚至听都没听到过。他甚至吹起口哨，似乎有绰绰身影从他这间卧室的角落走了出来。

他呷了一口，举起杯子对着阳光看了看。“嗨，这玩意儿……”他又呷了一口，举起杯子。“这玩意儿……不错。”又喝了一小口。

贾尔斯刚走了几步，突然想起每天都得写给科德斯特里姆太太的信。他停下脚步，膝盖不由得打起晃来，脸上现出疑惑不解、神情迷乱的表情。

她想让他写什么呢？今天会发生什么事情呢？会有什么变化呢？你怎么能编出点新鲜事儿呢？现在还有什么可告诉她的呢？

“亲爱的妈妈，”贾尔斯说，“我快走下楼梯，出门了。我的事儿办得一点儿也不好！亲爱的妈妈，路易吉不知道回去的路，不得不问正在大街上走路的一个人。他还挺走运！亲

1 金馥力娇酒，是酒精度较高的桃子利口酒，调配简单，风格千变万化，无论加冰、配各种果汁或汽水，皆尽显潮流品味。

爱的妈妈，我回去的时候，谁都起床了。该干什么活儿，都开始干了。亲爱的妈妈，我一天到晚醉醺醺的。为什么？亲爱的妈妈。我快死了。亲爱的牙，我需要钻孔，镶齿冠。”

贾尔斯在桌子旁边坐下来，懒洋洋地拿出装15B铅笔的笔筒，一摞A4纸和酒杯。十五分钟后便写完了给妈妈的信。信里写了那么多典型的孝顺老人的美妙言辞，还写了自己的郁闷、麻木，渴望被理解、被同情，冷嘲热讽、自哀自怜、嬉笑怒骂——像巨人的阅读图标在巨大的空间铺展开来。贾尔斯把写好的那几张纸装到信封里，对自己干的这点活儿很满意。窗外，阳光渐渐向大山那边退去，在仓库和远处农场苍白的窗玻璃上闪光。

贾尔斯朝四周张望，发现自己是在浴室里，心里不太舒服。那洁白的瓷砖和坚硬的钢管、水龙头都让他有一种被威胁的感觉。他睡眼惺忪地凝望镜子里的自己，没有注意到镜子上有人用剃须膏写了什么。“治愈我，治愈我，”他悄声说。然后注意到镜子上的字：约翰尼。他又看见洗脸池旁边的小桌上放着被打碎的他的嘴巴的模型，上面抹着什么人的鼻涕、口水和血。贾尔斯往旁边挪了几步，晕倒在厚厚的地毯上。

47 露西的话

“我想，到时候你什么都会习惯，”露西说，像一块塔夫绸一样，“飘落”在草地上。“不过我还是希望早一点让自己的感觉更好一点。”

“我也是，”黛安娜说，“我觉得自己就像一个鬼似的。”

“……你这件衬衫可太漂亮了，露西，”西莉亚说，“是泰国的丝绸吗？”

“哦，从 La Soeur 买的。”

“天哪！”黛安娜说，“你哪儿来的那么多钱呀？”

“卖淫赚的呗！”

“卖淫，”洛葛仙妮说，“我以前也去跳脱衣舞的地方和别的场所干过。那些家伙往往会犯愁，因为我不收现金。”

“为什么？”露西问。

“我自己有的是钱。”

“跟你干的都是些什么男人？”

“你懂的，就是男人呗。我想，这是马维尔研究的课题的一部分。”

“很聪明，”黛安娜说，“那你为什么去干那事儿呢？”

“玩呗！”

西莉亚皱了皱眉头。“我无法想象跟自己一点儿都不喜欢的人做爱。”她皱着眉头停了下来。“你知道吗？我从来不和自己讨厌的人上床，”她撒谎道。

“我也是，”黛安娜也撒谎道。

“哦，干我这行的，不想干也得干，”露西说，“你不喜欢的男人要求你干什么，你都得干。玩呗？那是噩梦！有时候我躺在那儿，数壁纸上的图案，心里想着……猪肉馅饼，或者别的什么东西，任凭嫖客在我身上像蛆虫一样蠕动。我知道，我知道：这是地狱。这儿是地狱。你想，只要他的头发不一样，眼睛是另外一种颜色，脚指头不是那个样子，你就不介意。实际上，你介意。我有一颗金子般的心，这他妈的也真是件好事儿。”

“没错儿，”黛安娜说，“如果有个男人带你出去吃一顿四十英镑的大餐，再享受点别的什么，和你献身于他，二者之间有多大的区别呢？我的意思是，如果你不那样做，才真正觉得自己一钱不值。我这样说是有一定道理的。大多数人都讨厌自己的所作所为。他们穷尽一生痛恨自己所做的工作。对于喜欢做的事情即使注入资金，并且最终带来厄运，也觉得合情合理。至于这种‘原生态’的活儿……不会发生什么更糟糕的事情了。”

“没有什么更糟糕的事情，”露西说，“你真的需要一点儿比‘没有什么更糟糕的事情’还要糟糕的东西。”

“这也没什么难，”西莉亚温柔地说，“我就有过这样的经历。有一段时间，我以为自己再也达不到高潮了。可是，事实上，我现在还能。”

“我认识的人没有一个还能，”露西说，“如果我能，我早就被他们玩死了。”

她们的谈话。

“我也是，”黛安娜说，“要是女人真的对性厌烦就好了。只不过，女人兴奋的方式和男人不同罢了。你不能和不喜欢你的人待在一起。”

“不喜欢你的人？”洛葛仙妮心事重重地问。为了活动胸部的肌肉，她掌心朝上做一个恳求的手势。“再聊一会儿，你该说，女人就喜欢一夫一妻制、只和一个男人干了。”

“我就是，”西莉亚说，“现在。”

“对不起，西莉亚，”洛葛仙妮说，“但我认为，你这样做，才是陷入了真正的麻烦。婚姻这玩意儿……我的意思是，只是为孩子考虑，为……”

“我可不是这个意思。我只是说，性爱要更严肃一点，更长久一点。”

“我何尝不是这样想？”露西说。

黛安娜向远处的草地望去，脸上现出一丝懊悔，但她耸耸肩，又恢复了平静。再回过头的时候，露西正对她微笑，她也嫣然一笑。

“我和大个子操过，”露西·利特尔约翰说，随手带上卫生间的门，“和小个子操过，和胖子操过，和什么人都操过！我操他们……”

怀特海德已经很机灵地站到大厅第一级台阶上，一只手抓着楼梯扶手，另外一只手举着那个皱巴巴的马尼拉纸信封。

“喂，基思。你做什么呢？”

“露西，我给你写了封信，”基思说。

“是吗？”露西说。

“你看看好吗？求你了。”

“好吧。”

露西看信的时候，小基思眼巴巴地看着她。她很快就把那封信扫了一遍，哼了哼鼻子，强忍着没有笑出来。渐渐地，她的脸色变得忧郁起来，还平添了几分谨慎。

“怎么样？”基思问。

露西往基思身边凑了凑，把他那只猪蹄子似的手抓在自己手里。

“不行？你不愿意？”他鼓起勇气说。

她摇了摇头。

“好吧。可是为什么呢？只是因为没兴趣？钱不够？还是因为我让你恶心？”

露西弯下腰。“谁都不知道，”她轻声说，“海洛因。一年了。我快死了。”

“可是你的……并没有……”基思凝视她光溜溜的胳膊。

“不行了。我的屁股就像月亮背面，见不得人了。”

基思感觉到一种极大的快乐。“为什么？你现在不能把它戒了吗？”

“戒不了。所以你瞧，没有性，失去了性。也是好事一桩呀！”

“啊，真该死！”基思说，“我的家伙也没用了。”

他们俩都笑了起来。

“我就是这个意思，”露西说，“这些事……”她做了一个含糊的手势。“对我来说太多了。瞧瞧我们现在的样子。你能想象我们都老了吗？”

基思似乎想了几秒钟。“一点也不，”他说。

“根本就不，”露西说。

48 这些天

黛安娜走到汽车道尽头的时候，回过头看安迪是不是跟了过来。她听见前门砰的一声关上，安迪快步走了过来。黛安娜的目光越过他，投向阿普尔希德教区长府邸。在这个夏日雷雨将临的下午，风雨剥蚀的墙壁更显出它的破败。“好了，好了，”他说。

在过去的几个星期里，安迪和黛安娜很少有时间同时单独而又头脑清醒地待在一起。此刻，他们好像一起沿着村街的卵石路走着，感觉有点茫然。黛安娜低着头，双臂抱在胸前，慢慢走着。安迪心里觉得很憋气。羽毛球比赛冲淡了香槟鸡尾酒的酒劲儿。而他这几天抽的那些混合到一起的“烟叶子”对于他疲惫不堪的身体，像氧气一样，须臾不可或缺。几分钟过去了。为了预先阻止，或者至少让黛安娜延迟说出什么烦人的话来，安迪说：

“那几个美国人让我生气！但凡有半点机会，我就要揍他们一顿。我是认真的，我真的要揍他们一顿！”

“就像你真的操了洛葛仙妮一样？”

安迪吃了一惊。他忘了黛安娜知道这件事情，只好不接她的话茬儿。“尤其那个高个子……名字难听的那个家伙。拉普，还是什么玩意儿。是。哦，我估计你那个条子——床上那张——就是他们写的。你怎么看？如果我能证明，我可以真的到城里的话，你怎么想？”

安迪似乎醉意未消，无精打采，黛安娜继续往前走着。

“真该死！黛安娜。你说你要跟我谈谈。”

“对不起，安迪。等一下。不会让你久等。”

安迪嘟嘟囔囔站在小便利店外面。两个月前，他喝多了酒，跌跌撞撞走进这个便利店，撞倒了足有六英尺高的、豆饭罐头“金字塔”，而且自己也说不清楚，因为什么还打了店里那位年长的副经理。打那以后，这家便利店就拒绝他入内。他的目光扫视大街，看有没有村子里那几个穷困潦倒的家伙，特别是戈弗雷·德·陶顿。陶顿是个没有了腿的流浪汉。最近因为在阿普尔希德煤棚里睡觉，被安迪他们发现后，好一番辱骂（阿多诺还颇有技巧地揍了他一顿）。“德·陶顿，”安迪喃喃着说，“今天下午，你最好别在这儿露面。”他手搭凉棚，朝大街那头张望。“让我看见，你就完了。”

黛安娜从便利店走了出来。安迪看见她还是那副心事重重、缩头缩脑的样子，心里老大不痛快。他们开始往回走。拖着脚不慌不忙地走着，那样子就好像马上就要把心里话说出来一样。安迪却想奔跑，翻筋斗，跳跃，叫喊，去酒馆。

“宝贝儿，我们能不能在这儿坐一会儿？”黛安娜说，转过头朝离马路几码远的一张木头椅子努了努嘴。椅子上方，一棵正在枯死的老榆树撒下一片阴凉。他们注意到，椅子上到处都是当地小青年们胡写乱画的污言秽语：比利操简，苏珊操艾米丽，汤姆操辛西娅，克里斯操彼得……安迪很厌恶地叹了一口气，后来又辨认出已经模糊不清的几个字：彼得爱安妮。

“这些破玩意儿让你想起了过去的时光，是吗？”黛安娜说。

“什么？想起什么时光？这破玩意儿能让我想起什么吗？”

“我不知道……想起你在椅子上刻这种东西的时候。”

安迪耸耸肩。“我从来不干这种事儿。”

“哦，想起你受累去想这种事情的时候。那时候，你有的是时间。”

安迪耸了耸肩，掏出一把多用刀，心不在焉地削椅子上彼得爱安妮那几个字。“我从来没有那种闲工夫。在你眼里，我大概从来都是现在这个样子，从来过的都是这种生活。哦，不管怎么说，我现在就是这样一种状态。”

“你不再在乎我了，对吗？宝贝儿。”

安迪没有转过身来。起初，他很高兴她管他叫“宝贝儿”。这些日子，这个称呼让他听了就颤抖，好像害怕一样。他犹豫了一下，终于下定决心，使劲儿把刀子往深扎了扎。“有点儿。到什么程度，我也不知道。你对我有什么感觉？”

“不知道。我从来没有和谁在一起待这么长时间。”

“我也是。”

“你愿意忘掉这一切吗？”

安迪耸了耸肩。“那就看你的了。”

“这可不是我说了算的事呀。”

安迪又耸了耸肩。“再继续下去，我也不介意。听其自然吧。”

“天哪，仅仅是听其自然？我们俩之间还会发生什么事情呢？”

“听天由命吧，”安迪说。不相信自己会有什么好运气。他从来不知道黛安娜会有这样沮丧、这样不自信、这样不具攻击性的时候。

“昆汀和西莉亚有更长的未来。”

“是的，哦……给我一……”他不经意地捻了一下手指。“真该死……一支香烟。昆汀和西莉亚，他们的问题是，就这样继续下去，直到彼此烦得都不想做任何改变。你无法面对孤独。街头的悲凉和虚假的记忆变得更糟。当这些事情发生的时候，你就委身于那个和你待在一起的人。全然不在乎那个人是谁。”

“你不再和我做爱了。你甚至都不想碰我了。”

安迪弯下腰越发使劲削椅子上的字。“是，哦，这就是我说的‘厌烦’的意思。厌烦屄。”

“我的屄？”

“不是特指某一个人的，黛安娜。就是屄。这几天，我谁也不想操。哦，都削完了。”他削掉最后几个字，在椅子上坐了下来。“也许我们会一起结束。现在这些事，对我而言变慢了。我好像已经没有多大的精力了。”

“我想要更多。”

“更多的做爱？”

“不。只是更多。不是很多，只是更多。”

安迪耸了耸肩。

黛安娜把香烟扔到地上。尽管她在哭，但声音很坚定。她看着被安迪削掉的那些涂鸦。“你是不是认为，这种结果，说明我们很早以前的相爱，一定是一个错误。什么事情上出了错，所以我们现在才这么死气沉沉……宝贝儿？”

安迪吃了一惊。

“回去好吗？”

“回去？哦，回那幢房子。哦，是的。走吧。”

49　他们的谈话

安迪回来的时候，正赶上他们在谈双性恋。马维尔问小基思的性取向。小基思看见安迪趾高气扬地朝草地这边走来，便把想说的话咽到肚子里，没敢说出来。

“所有那些野外露营、男女皆宜，”安迪说，“都是过了气的玩意儿。我还是个孩子的时候，他们都玩那些花样。都是同性恋者搞的鬼名堂。太讨厌了。”

马维尔哈哈大笑起来。“你能……你能老老实实承认自己是‘异性恋’吗？”

“双性恋有两种，”昆汀说，“同性恋者和丑陋的异性恋者。”

“是的，我他妈的是异性恋者，”安迪说。

“安迪，你这样说，就是意识到，你把你和这个世界的关系只限定于人类的一半。”

“伙计们，伙计们。这纯粹是嬉皮士的论调。”

“你真的愿意以这种方式限制自己吗？”

“是的，”安迪说。

“你还记不记得在讨论‘概念论者’时你说的那些话？想想看，安迪。我们都认为，性不再是声色口腹之乐，只是与几何图形和感觉器官有关的、概念化了的肉欲。”

“……是的。”

“而别的性行为，只是与冷静的选择而不是强烈的愿望有关。”

“……是的。”

“所谓性变态，完全是被人为的环境，而非从生物学的角度证明是合乎情理的。不，是根据需要证明的。”

“……是的。”

“既然如此，”马维尔一言以蔽之，“为什么你要否定自己合乎理性主义的‘单一性’呢？”

“……我只是不喜欢同性恋者，就这么回事儿，”安迪说，陷入沉思。

马维尔往草丛里擤了一股血鼻涕。他用手背擦了擦鼻子，醉醺醺地笑了起来。

他们的谈话。

马维尔摇摇晃晃，站在厨房门口。“好了，”他说，悄无声息地关上门，向站在饭锅旁边的斯基普走过去。马维尔递给斯基普一样不大的东西。“橘子”——那只猫——在他们脚边一边呜呜呜地叫，一边吃装在一个大碗里的猫粮。

“对，”马维尔说，“倒到那个碗里，让它都吃掉。”

斯基普蹲下来，咯咯咯地笑了起来。

“吃了吗？”

“吃着呢……没问题，”斯基普说。

“该死的猫。先把它们踢得屁滚尿流，紧接着再喂它们，它们会以为你是他妈的上帝呢。怎么样？”

“对。”

“好了。来吧。等着看预演吧。”

“谁的猫？马维尔。你知道吗？”

“把门开着。好让它一会儿出去。我想是西莉亚的。是的。我想，西莉亚是它的主人。”

50　西莉亚

西莉亚十七岁那年，她的继母阿拉曼莎·利奇夫人把她拉到她那幢罗马公寓壁画满墙的壁龛里，对继女许愿，给她买一辆捷豹，在切尔西[1]夏纳步道[2]买一套公寓，一年给她一万英镑，条件是，她不要再挑逗那位滑水教练。利奇夫人最近一直和教练在露台上的遮阳甲板上喝酒。西莉亚有点迷惑不解地看着继母，两只手插在牛仔裤的口袋里。

“你怎么就认为我想跟他好？”

“亲爱的，我只是想让乔方尼和我两个人待着。”

“你怎么认为他会跟我好？”

“天知道，不过我确实这么认为。”利奇夫人把一支香烟放在鼻子下面。她问西莉亚为什么不化化妆、不注意自己的行为举止、特别是不收拾收拾头发的时候，那支香烟一直在上嘴唇上面微微颤动。“你怎么这么胖？”

“吃得多嘛！我这么难看，你就更不要担心乔方尼会看上我了。”

“你十六岁了。不是说他想和你干什么，而是他知道，可以和你干什么了。”

1　切尔西，英国伦敦市西南部旧区自治市，许多艺术家和作家居于此地。
2　夏纳步道，切尔西的一条老街，因艺术家聚居于此闻名于世。

“那你呢？”

“不和你说了。快走吧，走吧，走吧！”

整整两年，西莉亚都和伦敦颓废的年轻人混在一起，举行派对，请那些穿丝绸灯笼裤的小混混和只穿个小背心的荡妇参加。在“美味餐厅”和卡萨·阿里吃饭，旁边坐着头发上喷了发胶的嫖客和穿条纹三件套的妓女。挎着穿高跟靴的私生子和穿织锦连裤袜的坏女孩儿到塞丽娜斯和普尔去玩。她上午十一点才醒来，旁边躺着个男妓，或者皮条客。然后，随便穿件衣服，不管好看不好看，十二点半，赶到切尔西一家灯光昏暗的饭店和几个胖美发师、令人讨厌的古董商一起喝血玛丽酒。然后和不上档次的摄影师、名不见经传的模特儿、已到中年毫无建树的时装设计师、心地丑恶的流行歌手经纪人一起吃精挑细选的午餐。下午，她就到富勒姆路找那些尚未成年的小青年玩。逛马路市场、咖啡馆。那帮公立学校的男孩子穿着有生以来第一件天鹅绒外套，郊区来的小玩闹留着蓬松的发型，初涉爱河的同性恋者穿着半透明的衣裤。她和那帮骗子、傻子、妓女在公园或者河边野餐，然后就“潜入”事先选好的某个夜总会沉闷、昏暗、寂然无声的地下室。在那里，卑鄙的外国人以旧的模式和新来的、狡猾的妓女谈生意。这些家伙上厕所的时候，屁股和马桶之间总要留出几英寸的空隙。吸食可卡因到三点，任何形式的性活动到凌晨四点。

在昆汀闯入她的生活之前，西莉亚从来没有意识到，这样的生活方式，对于她喜欢抱怨、容易被震撼的秉性，本该格格不入。她除了钱，什么也不知道。她的生存状态之所以能维系下去，就是靠钱。她被那些社会渣滓欣赏、认同靠的还是钱。总之，她所得到的一切，都是钱买来的。

西莉亚不知道继母已经来到伦敦，直到她从康纳德酒店打来电话。阿拉曼莎是从罗马飞来，了结她离婚的事的。一个月前，她万分惊讶地发现乔万尼和那个男服务员在床上胡搞，盛怒之下，举起一个全是玻璃碴的芬达汽水瓶在他吓坏了的脸上拧。现在，她名叫阿拉曼莎·戈姆兹夫人。

“亲爱的，来和我吃午饭，”戈姆兹夫人劈头就是这样一句，好像西莉亚头天晚上刚和她吃过饭一样。西莉亚说她会去的，然后把电话放到床头柜上。她凝视着对面壁柜里的衣服，不知道该穿哪件，不知道这两年，继母有什么变化。

“我再也不回罗马了。巴塞和你那个阿尔赛[1]也不会再去了。”她是指她在巴塞罗那的那套顶层公寓。“我受不了那些外国佬发情叫春。弗朗茨和我更想去瑞士。我得说，亲爱的，”戈姆兹夫人对着脸前的葡萄柚说，“你的进步可是太大了。”她抬起头。“不像以前那么胖……皮肤好了，头发也有光泽了。你一定很适合在伦敦生活。”

西莉亚把头转过去，心里想，她也许再也不想见这位继母了。

---

1 阿尔塞，法国地名。

让我们斜着眼瞅瞅西莉亚的性生活吧。

西莉亚在碰到昆汀的前一天，在她夏纳步道的公寓里举行了一个小小的社交晚会。两位女演员（她的好朋友）、一位长得很英俊的室内装潢设计师，一个大踏步倒退的流行乐队的低音吉他手。这个家伙看起来很粗野，仿佛总是侧身而行。西莉亚从垫子上吃力地站起来，谢绝了设计师递给她的大麻卷烟，挽起吉他手的胳膊说：

“你能到我房间里待一会儿吗？”

杰夫站起身，跌跌撞撞地跟在她身后进了她的卧室。

西莉亚罩衫下面显然一丝不挂，老杰夫一把把她抱上床，揪扯下她的罩衫。两张嘴巴脏兮兮地贴在一起。然后西莉亚用两个胳膊肘子一拐，老杰夫的脑袋沿着她的双乳、肚子，顺势而下，一直滑到她两腿之间。这是她最希望他的脑袋待的地方。

五分钟过去了。

楼下，室内装潢设计师就像一只猫，夜里听见远处有喵呜的声音，立刻行动起来。杰夫从楼梯上摇摇晃晃地走下来，边走边用牛仔外套的衣袖擦着嘴巴。

“天哪，伙计，我这是做什么呢？”他在屋子中间停下，两只手捧着脸。“你为什么让我干这种事儿，伙计。你怎么教唆一个女孩儿这样干。我的头发……头发一定都乱了。”

“哦，下一步该干什么？伙计！”一位女演员问。

“真该死！我也不知道。喂！”

另一位女演员举起一杯白兰地。

“耶稣基督，我们走吧！”

“可以去我那儿，”女演员说。

“好，”设计师说。

西莉亚还躺在那儿，觉得身体有点僵硬。“橘子”跑过去嗅着她的大腿。她听见楼下砰的一声，门关上了。

第二天上午，西莉亚尽可能不加删节地把那件事情讲给继父听。“你接触的人太多了，宝贝儿，”继父说。他要去看望住在滨河堤坝的一位情妇，顺道来继女这儿，要了一杯龙舌兰酒，还想博得她一点同情。“也许你不应该这么广交朋友。这只是我的建议。”

“此话怎讲？”

“哦，如果你和谁都这样交往，总有一天，你会发现，你自己所剩无几。明白吗？”

西莉亚说：“照这么说，你早就把自己耗干了。”

他宿醉未消，笑了起来。“不，别误解我，宝贝儿。我一直认为，性行为对于我们这些老年人是天赐之物，对于你们这些乳臭未干就总想做爱的年轻人是一剂毒药。太不可思议了！所有的人都突然想干那事儿，而且毫无歉疚之意。对我们来说，这可是新鲜事儿。”他使劲咳嗽起来。

“是的，”西莉亚说。

“哦，性欲是人的天性，所以我们永远都不会对性厌倦。我想，这就是为什么我们允许你对自己做那些事情。解放我们。但是你们这些人，宝贝儿，你们是妇女解放论者……你们以为，你们会得到自由。可是你们得不到。”他拿起香烟盒。“我得走了。苏琪等我呢。那个老荡妇在这儿期间，假如你见到她，替我问候。她现在跟谁在一块儿呢？九岁大的印度尼西亚人？回头见，宝贝儿。保重。”

那天下午，西莉亚本来没想给她的“性爱学分”再加几分，可是一看到昆汀，她就知道，这分非加不可了。他步履轻捷地走过比彻姆广场的时候，微风吹拂着他软软的卷发，马路上的车辆仿佛都停了下来，连空气都不再流动。如果需要，她心里想，可以给他开一张空白支票，还可以采取更高明的策略，打破最后一道防线——送他一台磁带录音机，或者缎子睡袍，一把十英镑大钞呈扇形放到门厅桌子上。

但愿他不是同性恋者，她在心里祈祷，把刚买的东西放到“捷豹”里，斜倚在银光闪闪的汽车上，等待着。

“你好！”昆汀擦肩而过时，西莉亚问道。“我们是不是在奥蒙德斯见过？”

昆汀停下脚步，脸上露出淡淡的微笑。“我在奥蒙德斯见过好多人，”他说，“不过，我想，你不会是那个非常棒的乐队的成员吧。”

“哦，天哪。真遗憾，”西莉亚说。

“是呀，是挺遗憾，”昆汀说。

她本来想带昆汀回公寓，将他立刻拿下。可是，随后的几个小时，她经历了一生中最令人陶醉的美好时光：他带她散步。他们非常悠闲地走过肯辛顿花园，走过蛇形画廊，来到民主讲台[1]，然后穿过公园，走了回去。对于西莉亚，那是一个甜蜜的、仿佛吸了可卡因的下午。她飘飘然，走在他身边，心弦被他洪亮悦耳的声音、风流倜傥的身影拨动。六点钟，昆汀谢绝了西莉亚的邀请，没有到她在夏纳步道的公寓看她那只名叫“橘子”的猫，喝一杯贝里尼[2]，而是轻轻地吻了一下她的额头，约好第二天一起去吃午饭。那天，西莉亚在索尔餐厅喝了太多的酒，性冲动被冲淡了不少。昆汀也说，他不会乘人之危，占西莉亚的便宜。他言而有信。等西莉亚喝完第二杯绿荨麻酒，就带着西莉亚直奔婚姻登记处，和她结婚。

“我愿意，”西莉亚说。

1 民主讲台，在英国伦敦海德公园内。经常有人聚集于此，议论时政，发表演说。
2 贝里尼，带有气泡酒及桃泥制成的鸡尾酒。

51 只是检查一下

“瞧！”她大声说。“我的朋友‘橘子’来了。”

西莉亚转过头，面带微笑看着丈夫的绿眼睛。在场的人都目光迷离、困倦无神地抬起头看她。

“它是不是心情极好呀？”

它看起来心情确实不错。“橘子”从厨房里蹦出来，绕着圈儿奔跑。尾巴上的毛都扎煞起来，整个身体都绷得很紧。它往空中跳着，发出嘶嘶嘶的叫声，然后又像一个猎手，趴在地板上。起来之后，像通了电一样，在屋子里跑来跑去，一会儿跳到沙发上，一会儿蹿到椅子上，一会儿撞到墙壁上。它在地毯上用爪子拨拉着一个香槟酒瓶子上的软木塞玩。要么就仰面朝天躺着，懒洋洋地装熊。它追自己的尾巴玩儿，伸出爪子在踢脚板上抓挠。它还做出连续跳跃的动作，在地板上，小心翼翼地闻来闻去。最后闭着眼睛，爬到一个垫子像两个膝盖一样凸起的缝隙里，蜷缩着而且……

“它蜷缩在那儿，我们都以为它死了，”洛葛仙妮解释道。

安迪跪在“橘子”旁边，扶起它的脑袋，看见它眼帘上有一道折痕，弓着背，耳朵像狼一样竖着。他松手的时候，立刻软绵绵掉在地上。

“它是吓死的，”马维尔说。

“没错儿。”

安迪走过去，抓住西莉亚颤抖的肩膀。昆汀——西莉亚的头埋在他的怀里——看着他的朋友，说不出话来。

“它已经很老了，”安迪说。

“是的。”

安迪回过头最后看了一眼“橘子”的尸体。“我喜欢这只猫，”他恍恍惚惚地说，“真的很喜欢。”

“只是检验一下，伙计，”马维尔说。

“是的，”安迪吸了一口气说，“可是，耶稣基督！我恨死了他妈的这个狗屁周末。”

52 泪　痕

“晚上好，先生。来点儿什么呀？今天可是棒极了，先生，是吧？”

安迪拿出两张一英镑的钞票，放在吧台上。“白兰地，”他说，“两杯双份儿的。”

“没问题，先生。您要御鹿……？还是马爹利？”

“马爹利吧。”

“您要三星的，先生，还是四星的？”

“无所谓。”

半分钟后，两杯白兰地已经摆在安迪面前。他把第一杯倒到第二杯里，一饮而尽。然后又拿出两英镑放到吧台上。“再来两杯。”

“没问题，先生。”

老板又把两个杯子倒满。安迪装腔作势地叹了一口气，把一杯倒到另一杯里。“老板，”他端着酒杯走到窗户前面。“你这个家伙挺惹人讨厌。”

安迪觉得心里很不舒服。不是因为“橘子”的死。他想，那不过是个突发事件。他也就是生生气罢了，并没有什么特别的情绪波动。不，真正让他心烦意乱的是那些“虚假记忆”。这天下午，他就忍受了一次这种记忆的“袭击”，也是一星期的二次。他在床上躺了十五分钟，一直想着父亲——一个头发灰白的老人，看起来像一个成功的医生。举止矜持、办事高效、脸上挂着从不设防的迷人的微笑。后来才意识到，他已然没有父亲。他没有父亲，但是，让他倍感压抑的还不是这一点。他不可能理解这样的损失。像以往一样，那来袭的记忆，不是零零碎碎、模模糊糊的白日梦，而是弥合在一起的、十分清晰的往事。只不过，都是“虚假记忆”，不是他的记忆。那些图像！仿佛是别人被置换了的记忆，是另外一个人过去的照片。悲伤掠过心头。他觉得自己好像是被人用过的“二手货”。

“我觉得我是个‘二手货’，”安迪喃喃着，“虚假的记忆。私生子虚假的记忆。”

“对不起，先生？您说什么呢？把杯子倒满？先生？”

安迪朝吧台那儿挥了一下手。“啊！闭嘴，”他说，“闭嘴，滚蛋！”

斯基普请安迪到起居室和大伙儿一起闲聊。安迪没理睬他，径直跑到厨房，在桌子上卷了一支很长的大麻烟，到花园里抽去了。挎在肩上的气枪在身边晃来晃去。他在山坡上几株树下坐了下来。已是傍晚时分，那群很“酷”的鸽子，在空中飞过，画出一道风景。

安迪点燃大麻烟，仰面朝天躺着，想起几年前度过的一段假日。他开着一辆破旧的路虎[1]到了意大利。那时候，他爱上

1 路虎，一种英国制造的多用途越野车的商标名。

妹妹的朋友——一个名叫安娜的身材娇小的犹太女孩儿。他和她只见过两次，吻过一次，可是以年轻人的执着和热情每天给她写一封信，海誓山盟，喷发的热情愈来愈猛烈，直到……

安迪睁开眼睛。一群鸟儿突然叽叽喳喳落到树上。“多长时间……？”

安迪坐了起来。他压根儿就没有过妹妹，从来就没去过意大利，更没有和一个名叫安娜的犹太女孩谈过恋爱。又是“虚假记忆”。他用手掌按着太阳穴，长长地呼了一口气。“又是‘虚假记忆’，”他对自己说，“又是狗娘养的‘虚假记忆’……真他妈的该死！”

“安迪？是我。”

安迪睁开眼睛。贾尔斯正在他身边转悠，不知如何是好。

“哦，你好！小伙子，”安迪说。

“你一直在哭，”贾尔斯说，注意到他脸颊上的泪痕。

“……哦。”

“怎么了？”

“‘虚假记忆’。”

“我没有这种体验。我有‘街头悲哀症’。即使离大街很远的时候。为什么会这样呢？”

“只是因为它一再复发。”

“哦。很可笑，是吗？估计和毒品有关系，”贾尔斯说，“人们总说吸毒会损伤大脑，出现这样的情况。不过也不全是这样。只是悲哀。悲哀。”贾尔斯吸了吸鼻子。“马维尔让我来找你。他想让我们再来点儿。我们还来吗？”

“毒品把我引进这种状态，”安迪喃喃着说，“就得把我再引出去！”

“对了，安迪。这几个美国人里是不是有一个叫‘约翰尼’？”

安迪摇了摇头。

“我想也没有。安迪，你干吗来这儿呢？”贾尔斯问，抬起头看树枝上落着的白鸽。“杀这些鸟？”

“不。我……它们不是……”

“我来试一下好吗？”

安迪动作迟缓地拍了拍那支枪。

“……我……你……不行……拉这个……就……”

安迪还没把话说完，砰的一声枪响，树枝上闪过一团火光，鸟儿惊叫着飞上蓝天。一只白鸽像转轮烟火，旋转着，从天上跌落下来。

安迪抬起头，从颤动着的树叶望过去。“贾尔斯，你他妈的这个傻瓜。那是鸽子，是鸽子！”

贾尔斯步履蹒跚，从那只受伤的鸽子旁边走开。“打死它，安迪，”他哀号着，“打死它。”

53　教区长府邸

阿普尔希德教区长府邸里，第一盏灯亮了。他们都各怀心腹事，从不同的角落静悄悄地走向那个大屋子。正是日夜交替之时，这几个人的病态和焦虑暂且平和下来，融入正在变化的气流之中。很快，一扇扇窗户将变黑，只留下阿普尔希德教区长府邸和他们自己。

“中枢神经系统是加了密码的时序表，”马维尔说，“每一次神经元的重叠，每一次脊柱的活动，都标志着一个神经元的时间单位。越往神经系统下面走——从后脑到髓质到脊柱——基因活性越强烈、越集中。你会进入自己过去的神经元的‘画廊’，好像在静态中经历了整个变化着的生物体的个性。麻醉剂进入羊膜“通道”之后，促使你穿越脊柱，回到自己的‘远古时代’，在你大脑的屏幕上复活了你一生中经历过的风景。而每一道风景线都清楚地反映出你精神与情绪的变化。细胞质的释放机制将被激活，你将进入一个全新的心志迷幻的领域。这就是你真实的处境。完全是生物心理学角度的回忆，腰神经的传导。过来吧，一次一个，请。”

是的，已经七点钟，电闪雷鸣，乌云笼罩教区长府邸的玫瑰园。先前风清气爽，现在却是天低云暗，好像有水要从天花板渗下来。远处，黑暗在涌动，暮色像黑色的探照灯掠过群山，向他们射来。

可怜那些已经过气的孩子们。在这一切开始之前，他们不知道身后都发生了什么？也不知道即将发生什么？过去？他们好像压根儿就没有什么过去。就像经过一天长途旅行的孩子，他们的生活是已经消失的上午、失去的下午和许多个昨天连缀而成的“大杂烩”。

54　太好了，不能浪费

“基思！”安迪大声喊道。他正推着放在小车里的录像带往屋子中间走。“躺下，把那个插头插到下面。你他妈的傻瓜呀？不是那个！天哪！马维尔说要放多长时间？一个小时？洛葛仙妮……黛安娜……给我拿杯白兰地，好吗？我这儿没酒喝了。”

“这玩意儿真的很重，”洛葛仙妮迫不及待地说，“我们出来之前才拿到这些带子，还没看过呢。”

“也没多重，”斯基普说，“这种狗屎不如的玩意儿，也没什么好看的。”

“不言自明，”维利尔斯说，“描写性的电影很容易让人疲劳。如果不是色情的，也是性感的。哪一种更让人厌烦？”

“这话从你嘴里说出来很好，”马维尔说。

“我从来没看过色情电影，”贾尔斯端着酒杯，悄声说。

“基思！你他妈的能不能从那儿出来？”

怀特海德正爬到书橱最下面那格，插录像机的插头。可是他胳膊太短，够不着插座。安迪踢了他一脚，又踩了一下他露在外面不停颤抖的腿。

“给我吧。”他从基思手里夺过插头，自己在地毯上跪下，喝了一口酒。“说来说去，你他妈的就是太胖了！”

安迪终于把录像带放到录像机里，打开电源，坐了下来，揪扯了一下腰带和裤裆，怀着一种敌意，朝屋子四周扫了一眼。

“好了。如果我这番努力得不到回报，”他说，“就得有人付出代价。”

二十分钟后，屋子里一片因为厌倦而发出的喘息之声。

各式各样不堪入目的动作和行为在屏幕上纷呈异彩，大加描绘。一头公猪和一个年轻女士野合，一个男孩和猴子家族的代表交媾。大份儿粪便被享用（“哦！太卑鄙了！”昆汀喊了起来），在尿里“淋浴”。屏幕上还出现了真正的性猝死的镜头。

“真该死，马维尔，”安迪说。“你他妈的什么玩意儿！这种恶心事，你让我过马路就做，我都不会，别说看了。真不知道我他妈的还坐在这儿干吗！不知道我他妈的干吗！”

“为什么不放点儿真正色情的？”露西说。“就像《傻瓜》那样的东西。”

“什么，怎么回事儿？”斯基普问。“这不挺好看吗？”

“换一个，我不爱看这玩意儿……”贾尔斯闷声闷气地说。他觉得天旋地转，一直把脑袋埋在垫子里。

马维尔在椅子里动了动。阿普尔希德人如此冷淡的反响似乎真让他难过。“喂，斯基普，去把阿奇给我们的那盘带拿来。那盘新的。”斯基普拆开那盒录像带的时候，他转过脸，对昆汀说：“是的，我知道。不过，这盘不一样。是加拿大人搞的。应该很新。”

“不会是这种破玩意儿了吧？”昆汀冷冷地说，两腿交叉，双臂抱在胸前。

背景是郊区毫无特色的客厅。正对摄像机只有一张矮矮的沙发。沙发和远处没有任何装饰的墙壁之间没有别的家具。从一扇侧门，同时走进一个年轻男人和一个年轻女人，两个人并排在沙发上坐下。他们穿着白衬衫、黑色正装，看起来虽然没有过人之处，但也顺眼。程式化地停顿了一会儿之后，那个年轻男人把右胳膊搭在女人肩膀上。女人转过脸，脸上的表情很有点矜持。他们接吻。年轻男人往近靠了靠，想和她亲热点。女人却没有积极回应，两只手仍然掌心朝上，放在两边。半分钟后，他开始吻她的脖子和耳朵。她微闭的眼睛里两点火花隐约可见。他用左手捧着她的脸颊，然后滑到她的肩膀，滑到衬衫最上面那粒纽扣。女孩耸了耸肩，把他的手甩开。这个动作重复了好几次，但女孩的矜持和决心似乎正在土崩瓦解。男人的手掌无声无息地滑到女孩的胸口。两个人亲吻得更加热烈起来。

“真他妈的。这个阿奇是要……”

“闭嘴，”安迪说，朝马维尔挥了一下胳膊，“闭嘴。”

这时候，女孩衬衫上面两粒纽扣已经解开。男人开始斜着眼睛瞅她的大腿，搂着姑娘脖子的右胳膊，继续往下，摩挲她的胸脯，左手不失时机地抚弄她很整洁的黑裙子。姑娘两只手抵挡着新的威胁。又一粒纽扣开了。

“天哪！”安迪轻声说。“她还戴着乳罩！”

到了这一步，女孩已经顾不得保护被那个男人强行抚摸、几近全裸的乳房，半推半就的拒绝已经完全集中到她的下体。男人增加了亲吻女孩的频率，同时把手腕伸到女孩膝盖中间。两条腿依然紧紧地夹着。男人改变策略。他一边抬起左手摸她的乳房，一边用胳膊肘子去捅她的腹股沟。女孩的裙子被他撩起几英寸。

“长袜，”安迪着迷似的说，“真该死！”

究竟是因为欲火中烧，还是因为焦躁不安，不得而知。反正他们的动作变得更紧张，也更具攻击性。他的脸紧贴着她的乳房，左腿插到女孩两腿之间。女孩的腿终于松动了。现在，他趴到她身上，嘴巴和两只手都聚拢到她的乳房上。两条前臂和身子紧密配合，撩起她的裙子。他这样做的时候，女孩似乎已经完全置于他的控制之下。可是她扭动着，突然从他身体下面钻出来，裙子被揪扯到大腿之上。长袜、白色吊袜带、粉红色的内裤，推到镜头前面——年轻男人的手指抓住那微微凸起的神秘之地。

“……好！”安迪叫喊起来。

女孩打了一个趔趄，站起身，朝那个男人的面颊使劲扇了一个耳光，从屏幕上消失。画面定格在一张因淫欲而挨揍的脸。

贾尔斯僵在了那里，举着个酒杯，离张开的双唇几英寸。怀特海德脸上充血，使他那张原本苍白的脸上一时显得红润。维利尔斯夫妇俩彼此抓着对方，黛安那和露西慌乱地打量着屋子。

“她……她……”安迪在椅子上扭动着。“她没操他……她没操他，”他用嘶哑的声音说。

只有那几个美国人没有什么反应。他们有一搭没一搭地相互议论着。随后洛葛仙妮说话了：“如果那是……听我说——”她提高嗓门儿，声音压倒那些人喋喋不休的谈话。“听我说。如果这样的录像能让你们都兴奋激动，为什么我们不能在这儿办点儿实事呢？”

“……打他，就因为他……”

“……差点儿就得手了。以为他要……”

“……放在乳罩上了……该死的长袜……”

洛葛仙妮不高兴地看着马维尔。马维尔摊开两只手，说道：“昆汀。嗨，昆汀！听我说。我们……洛葛仙妮生气了，因为什么也没有发生。”

昆汀两条好看的眉毛皱了皱。“什么样的事没有发生？”

“你们难道不想在这儿操吗？”

安迪爬起来，有点头晕眼花地看着裤裆。“……我的家伙，我几乎连眼睛也不能眨了。”

“嗨，安迪，”马维尔喊道，“你为什么不能开个头呢？”

“是呀，”洛葛仙妮说，“你已经忍不住了。”

“我？”他抬起头。“不，不，都他妈的混蛋。你们自己干吧。”他踉踉跄跄向门口走去。“我自己手淫。这感觉太棒了，不能浪费！啊，我的蛇呀，”安迪断断续续叫喊着，跌跌撞撞跑到门外。

“我已经开始要看看你们这些人到底怎么回事，”洛葛仙妮说，“你们真他妈的没用，连……也不能。现在我要做的是，所有的人，开始吧。走吧，换个地方。”

她看看昆汀，看看贾尔斯、西莉亚、黛安娜、露西，又回过头看看昆汀。“所有的人。走吧。让我们干点儿什么事。”

“我呢？”怀特海德问。

55 别恶心

基思一辈子也不会忘记那天赐的快乐——缓慢地爬上教区长府邸阁楼。当然，他对周围环境仍然充满“训练有素”的担忧。比方说，离开大客厅的时候，他心里还是被一种非常怪诞的感觉所左右。洛葛仙妮只是回头看了他一眼——实际上是面带微笑看着他——然后颇为潇洒地走了出去。怀特海德跟在后面，万分尴尬地择路而行。屋子里的那些人没有嘲笑，没有反对，也没有下意识地去干涉。他踏着楼梯上变薄的地毯向上爬的时候，心灵的另外一个部分——尽管仍然属于自我意识的领域——充满欢乐和敬畏。又往上迈了一级楼梯。看着洛葛仙妮两条强壮有力的腿在他眼前攀爬，他觉得，不管发生什么事情，不管那场景将是多么怪诞、让人伤感，他都会从中捕捉到真实、并且具有长远意义的东西。又上了一级楼梯。他将让自己的生活转向，沿着绝无荒谬可笑而言的道路前进，战胜自己口齿不清、不善言辞的毛病，超越自己畸形的身体，去触摸那凝脂软玉般的肌肤。又上了一级楼梯。走过安迪吱吱嘎嘎直响的房间时，一种预兆在他脑海闪过。又一级楼梯。平安无事。走过最后一截楼梯时，他心里充满感激。他想停下来，把她抱在怀里，满怀柔情地亲吻她。再默默地回到朋友们中间。又一级楼梯。

可是后来，事情的发展突然加快了速度。

她快步走进房间，回转身，脱下衬衫，脱掉牛仔裤，没有内裤，两只手捧着乳房。上床。“过来。”他走过去。在床上跪下。她把嘴巴贴在他的嘴唇上。她把他推倒在床上，然后骑在他身上，两条腿放在他肩膀两边，揪住他的耳朵，贴在她的阴阜上。然后又骑在他的膝盖上，脱掉他的衬衫、褪下他的裤子。他突然坐起来，脱掉靴子。她舔他的脊背，舔他的腋窝。他躺下，她又趴到他身上，揪他的头发，抬高身子，贴着他的脸。她在他身上转了一圈儿，弯下腰来，舔他的大腿，用手指揉搓他的屁股，捅他的屁眼儿。他拉出一点屎。她用指甲掐他的屁股，乳房蹭着他的大腿，他脑袋向后仰着，发出一阵悠长而又无声的叫喊。

安迪向楼下走去的时候，昆汀突然出现在走廊的阴影下。两个人一起溜进厨房。

“情况不错？”

“他妈的，妙极了，”安迪说，拍了拍手上的尘土。“我真不知道人们为什么还会为别的事情费心劳神……真不知道。我实际上连腰都直不起来了。”

“猜猜看发生什么事情了？”

“让我想想看。斯基普操塔克尔太太？”

“错。洛葛仙妮操小基思呢！”

“昆汀，”安迪说，“叫警察吧。”

“逮捕基思？”

“逮捕洛葛仙妮。我们这儿怎么能发生这种卑鄙下流的事情？ 基思！”

“是呀，没错！”

“不要觉得恶心，伙计。我的意思是，我并不是感到震惊。我只是觉得太可笑了。”

“可不是嘛，安迪。谁能这么干呢！所以小基思是自愿的。”

安迪脑袋往后一仰，肆无忌惮地大笑起来。“基思！瞧他那副模样！”

“如果那也叫‘模样’的话，这个世界就没‘模样’了。”

“不过，你知道，你还是得表扬她。走吧，伙计。你得表扬她。不管怎么说，最终能有什么不同呢？你得习惯所有这些狗屁玩意儿。”安迪朝客厅摆了摆头。“那里面在做什么呢？”

“也没有什么大不了的事儿。斯基普想和露西干。露西想和贾尔斯。至少对他是个安慰。哦……马维尔想勾引黛安娜……我不该说这事儿。他已经取得小小的成功。”

“我他妈的才不在乎呢！今天下午我和黛安娜谈过了。我们正在忘记过去那些事情。”

“不会吧，真的？”

“真的。我都对她说了。都谈了。没费什么力气。”

“她的态度怎么样？”

“自然很崩溃。不过这种事儿，你知道吗？迟早得发生。”

“听到这些，我很难过，安迪。”

“放松点，没什么。”

“告诉我，你那花花肠子里现在又有什么鬼主意？”

“没有……”安迪正想不以为然地耸耸肩，但脸上随即现出一副古怪的、令人发笑的表情。“我……”

“有感觉了，是吗？”

“是的。真有感觉了。”

“很难描述，是吗？”

“是的。是很难描述。”

56 奇妙的开始

一切开始得非常奇妙。没有什么不同凡响、惊人之处。平平淡淡，好像一直是这个样子。厨房里的红木桌子褪成柔和的棕黄色，屋顶蓝黄相间的瓷砖变得模模糊糊，图案不再清晰。就连墙壁朴素的白色也变得灰暗。色彩已经从这幢房子里褪去。

安迪刚在沙发上坐下，给自己倒了一杯汤姆利乔酒，洛葛仙妮就走进客厅。安迪砰的一声放下酒杯，快步向她走去。马维尔和斯基普也都站起身来。

“很好吗？”

“什么很好？”

“事儿都办了吗？”

“什么事儿？”

安迪的肩膀耷拉下来。“哦，我是问你，你操他了，还是没有操？”

“我没操他。”洛葛仙妮朝马维尔和斯基普点了点头。他们向门口走去。斯基普卷起右边的衣袖。马维尔的手指玩弄着腰带的搭扣。

安迪回转身。“这是怎么回事……？”

洛葛仙妮一边招手让马维尔和斯基普过去，一边对安迪说：“他硬不起来。他还呕吐。他不喜欢女孩儿。”

“咱们俩进去之后，”离开客厅的时候，马维尔对斯基普说。“……不要胡闹，只是帮帮他……”

安迪犹犹豫豫地朝已经关上的房门打了个手势，转过脸看洛葛仙妮。“他们干什么去了？”

洛葛仙妮坐了下来。她看起来真的很生气，但是说话的声音仍然很平静，甚至很好听。“关于你们这幢房子，我发现一个新理论：住在这里的人，没有一个懂得如何正确做爱。”她叹了一口气。“他们要干的事情是，安迪，马维尔要操他。不过操之前，斯基普先用拳头干他。明白吗？”

“拳头……干……你是说用拳脚……？”

洛葛仙妮把右手放到左胳膊弯里。“拳头操，”她说。

“是吗？直到……就在他的……”安迪把胳膊斜着放在肚子上。从髋骨到心口窝。他凝望着露西和黛安娜。“不行。他个子那么小，会一直捅到他的……会把他整死的！”

洛葛仙妮伸手去拿酒瓶子。“斯基普对我说，起初很紧，进去就宽松了，”她一本正经地说。“有弹性……你知道吗？不会造成长久的损伤。真让人吃惊，人们现在怎么都能侥幸成功。”

安迪望着那扇门，不由得向后缩了缩。从楼上传来一阵打斗声和一声微弱的尖叫。

“那个小胖子被操了，”洛葛仙妮说。

马维尔弯下腰，拉好靴子拉链。“那个杂种阿奇，”他说。

“是的，”斯基普说，T恤衫套在头上，“他想要什么花招呢？”

“上次我去找那盘吃屎的带子。他不给我，明知道有。他干到头了。该退休了。”

“也许，”斯基普一边系裤带，一边说，“也许是开玩笑。我的意思是，别的电影可都没有问题呀。”

“去他妈的也许。一百美金。和别的一样。那个混蛋。我到电影资料库去找秀兰·邓波儿[1]。”

斯基普在前面一个箱子上靠了靠，突然惊恐、愤怒地叫了起来。马维尔不由得打了个寒战，想起斯基普父亲的信还在昆汀手里。

“怎么了？”

“真讨厌……过来，马维尔。你他妈的看一看。”

马维尔走过去，扯了扯衬衫领子。斯基普朝箱子懒洋洋地指了指。一堆衣服里，躺着一瓶开了盖儿的黄颜色指甲油。

“还好。没什么特别的颜色，”马维尔说。

“我他妈的跟她说了多少次！多少次！”

马维尔咂了咂舌头。“哦，不过你现在别和她为这事儿吵吵。我了解洛葛仙妮。我知道她不耐烦的时候会是副什么

1 秀兰·邓波儿（1928—2014），美国著名小童星。

德行。”

斯基普转过身。“是吗？下一步有何打算？”

“有点想法。”马维尔拢了拢头发。“有点想法。麻醉剂的作用怎么样？”

“有点儿吓人。我喜欢。”

“好了，我们走吧。”

房间最里面，床和衣柜中间，堆着一堆毯子、床单和衣服。里面有什么东西，一动不动。那是怀特海德。

57　可怕的人

那几个美国人离开客厅的二十分钟里，西莉亚和她的丈夫都为成功地恢复了这个房间的平静、摆脱洛葛仙妮令人讨厌的纠缠，平息安迪直往上蹿的怒火而高兴。并不仅仅是维利尔斯的外交手段高明造成这种氛围。房间里和缓下来的气氛还是大家不断反思、自省的结果。

西莉亚自个儿玩得很高兴。渐渐地，她又一次体会到这几个月和昆汀在一起的那种快乐和安全感：这位颇具喜剧色彩的“哈姆雷特”在她身边，重新演绎了如何释放充满柔情的爱。不过，一切都在进行中，所有这一切。她正从眼下的情景中慢慢地、跌跌撞撞地离开。而这情景正是昆汀特别喜欢的。她要到一个没有他的、不会有突发事件发生的“与世隔绝”的地方。西莉亚觉得她从眼角看到了什么，转过脸想看清楚到底是什么，思想却又回到……回到——我确实把他拖了上来，但是没能和“橘子”自由自在地相处，作为好朋友告诉它，钱可以做什么，那些狗杂种、狗鸡巴、狗屎吃很多，独自待着，你是西莉亚。

她转过脸看着沙发上坐在自己身边的那个人。他可以随便是什么人。他已经失去昆汀·维利尔斯的相貌和轮廓。他转过身，面带微笑——那微笑衬托了她的困惑和恐惧——看着她那双神情迷乱的眼睛的时候，她忍不住打了个寒战。

西莉亚道了一声“对不起”之后，爬上楼梯，向她的房间走去。脑子里虽然很乱，但并不害怕。她找到了旧日的力量，也伴随着旧日的忧虑。她随手关上门，确信现在楼上已经真正安静下来。那些熟悉的物件儿，切切实实就在眼前——她的化妆品、鞋，他的书、吹风机。所有这一切越发让她放下心来。现实生活尽管曾经暂时离她而去，但此刻又回到身边。她听到过的那些短语是什么呢？那些并非从她的脑海里跃然纸上的短语。

西莉亚耸了耸肩，朝还没有整理的床铺微微一笑，弯下腰来，吻了吻丈夫的面颊贴过的、散发着香气的枕头。过了一会儿，她看见靠枕上别着一张小纸条。她以为一定是昆汀写的那些爱情诗里的“名言警句”，便在床上跪下，想一探究竟。纸条上潦潦草草画了一个箭头，直指毯子下面。旁边写了几个字：“约翰尼的宝物在此！”西莉亚想收拾一下床铺，扯下被子，露出下面的床单。眼前的情景让她嘴巴大张，迸发出一声尖叫。

基思从一场虚幻、痛苦的梦境中醒来。感觉到毯子上的粗毛和黑暗中的闷热之后，他起初以为是在自己的房间里。他发现自己满脸泪水，鼻涕流得到处都是。不过，他以前睡梦中醒来也经常是这个样子。他紧紧地蜷缩在那儿，不知道漫漫长夜什么时候才是个头，记忆又像一股恶浪把他拖回到黑暗之中。

基思坐起来，扔掉黏糊糊的衣服。阳光刺眼，他突然看见自己一丝不挂，胃里一股空空荡荡的感觉像火，一直烧到麻木的后背。他低下头，看见不知道什么时候射精了，于是又哭了起来。

他跌跌撞撞，把散落在屋子里的衣服归拢到一起。他浑身虚肿，既像婴儿又像死尸，不健康的皮肤在晃动的阳光下斑斑驳驳。他一次又一次跌倒，因为悲伤喘不过气来。马德拉斯棉布[1]衬衫被撕破，裤子也被扯得一塌糊涂，大腿里侧留下一道伤痕。他穿上那几件破衣烂衫，把靴子套到脚上，琢磨该怎么办。

出于本能，基思第一个也是唯一的想法是赶快藏起来。“藏起来，”他说。对于已经发生的事情，他没有自哀自怜。一点儿也没有，只是觉得羞愧难当。现在他只是不想被人看见。除了他们说的话和他们的眼神，别的都可以原谅。

他知道到哪儿为好。现在，除了那个地方，无处可去。基思穿着破破烂烂的衣服，神情紧张地打开门，惊恐之中，飞也似的冲下暗影重重的楼梯。

1 马德拉斯棉布，一种薄棉布，可做衬衫、窗帘等。

58　什么都要发疯了

安迪一直在想，马维尔和斯基普终于再出现在眼前时，会掀起怎样一场轩然大波。但是随着时间的推移，想象中的打斗、争吵越来越淡出“视野”。他的身体仿佛以一种他并没有完全意识到的奇妙、和缓的方式，变成一个更柔弱的他。他一直用冷峻的目光凝视坐在沙发上聊天的黛安娜和露西。她们俩看起来虽然赏心悦目但没有性感，只是在那儿喋喋不休地说些无关紧要的话。现在他真正想做的事情只是走过去躺在她们俩中间，他不会打搅她们。他长这么大，第一次不想被人关注。

门开了。斯基普和马维尔走了进来。

安迪动了动，好像要站起身来。“……你们这两个混蛋对他干什么了？”

斯基普在那个壁龛似的小餐厅里坐下。马维尔溜溜达达，坐到洛葛仙妮那张椅子的扶手上。

“喂，你们这两个该死的‘同性恋’……”安迪的心仿佛在震荡。屋子里一片寂静，充满期待。但是似乎谁也没有听见他在说话。安迪费了好大劲儿在沙发上坐直。“马维尔，”他慢吞吞地说，“你操了小……”

“嗨，”马维尔轻声说，“安迪怎么啦？”

“安迪，”昆汀仿佛从世界的尽头喊道，“你怎么啦？”

“我……”

安迪从椅子上跌落下来。他在屋子中间踏着气浪而行。他看见那些落地长窗，麻木地朝它们走去。他使劲推开一双双想要帮助他、或者阻止他的手，纵身一跃，飞向五彩缤纷的夜空。

种种念头闪电似的从他脑海里划过。不要去想，不要去想！这句话早就在他的心里。现成的，用不着再费心思。他最后一次挣扎着想呼喊，但是脑子里那些想法不停地向后飘动，飘动……跟我来，不要发疯。你生得恰逢其时。她目光迷离的眼睛看到的是一个旧日的安迪。那时候，他性欲尚且旺盛，但是听到这座城市睡梦中波涛汹涌。病态的吸毒者寻觅哭喊着的茅草铺成的黑魆魆的褥垫和安迪温暖的怀抱。

几分钟之后，安迪从草地上爬起。两行清泪已经从面颊蒸发。他已经回来。回到哪里？回到一片虚无和心痒难耐之中。

“杂种，”他说，“又聋又哑又瞎、该死的杂种。”他回转身大步向那幢房子走去。

“……安迪……”

安迪向汽车库望去。那是一种无法想象的声音。像什么动物，又像受伤的婴儿的叫声。

“安迪。”

那声音近在咫尺。安迪突然低头看去——，透过他的房间一扇小小的窗户缝看见了他，楼上一缕微弱的光照在他的脸上。

“基思……？”

"安迪，我已经做了。我要死了。"

西莉亚在客厅门外站着。她气得浑身发抖。"昆汀！"她大声喊着。"昆汀！"

门开了。"亲爱的……？"

她好像要扑到他怀里，但突然又往后退了两步。昆汀伸出手想要抓住她。"宝贝儿，宝贝儿，好了，好了。"

她回转身。"过来，"她说，领他向楼上走去。"有一样东西你必须看看。有一件事情你必须知道。大家都应该知道。走吧！"

"亲爱的，什么事呀？我的最亲爱的。你这是……"

她在楼梯平台上站定，举起手不让他说话。"听着，有人……有人在我们床上拉屎。在我们床上！"

"真恶心！恶心得难以启齿。"

西莉亚浑身颤抖，往昆汀身边凑了凑。"住嘴。听我说。不是人粪。里面还有别的什么东西。恶臭。不知道是什么玩意儿。让人觉得那是个活物。"

他跟着她走进卧室。西莉亚走到床边，转身面对他，掀开床单。他举起手掌，屏住呼吸。"像是人类的精华，"他说。他们兜着四个角，把床单叠好，又折叠了一次，又折叠了一次。

"你看到了吗？亲爱的，"西莉亚说，"什么都变了。我们必须采取措施了。再不采取，我们这儿可要翻天了。再不采取，我们这儿什么都要发疯了。如果我们现在下楼，假装什么都没有发生，那我们成什么人了？”

“你当然说得对，亲爱的。”“我们这就下楼去，看看到底是怎么回事。”

“是的。”

他们匆匆拥抱了一下。他捡起折叠好的床单。他们正要向门口走去，听见楼下响起一阵窸窸窣窣的声音。安迪的声音顺着楼梯传来：“喂，昆汀！赶快下来一趟。小基思要死在我们这儿了。”

昆汀把床单扔到洗衣篮里，匆匆忙忙向楼下跑去。西莉亚看着他铁青的脸，明白自己又输了。

59　采取措施

怀特海德要死了的消息最初在阿普尔希德教区长府邸激起高昂的情绪，这和后来发生的事情绝不矛盾。首先，它标志着马维尔·布扎德博士后来称之为“下水滑道因素”的破产。吸毒的人最后都会有这样一种感觉，无一例外。而此刻，阿普尔希德人头晕目眩，进入那种飘忽不定的状态之后，看到这个濒于死亡的大男孩儿更为形象、清楚、具体的痛苦之后，突然觉得自己的痛苦减轻了许多。此刻，他坐在大客厅的扶手椅里，穿一件便袍，围在周围的观众都是男人。基思会不会让这帮心情不错的家伙扫兴呢？一点儿都不。怀特海德一辈子也没有过比现在更好的感觉。

“好了，”安迪说，搓着一双手，“现在，依我看，我们一定不能让这个杂种昏过去，或者出别的什么事情。对吗？”

“显然不能惊动当局，”维利尔斯喃喃着说。

“我们能……能让他都吐出来，”斯基普说。

“是的，”马维尔说，“把他放到澡盆里，泡在热水里。多拿点杜松子酒。让他都他妈的喝了。”

“我自个儿就这样干过，”贾尔斯说，“那感觉简直糟糕透了。”

“你们知道，我又没怀孕，”基思愤怒地说，双臂交叉放在胸前，“我的意思是，你们谁也没问过我到底吃了什么。”

“哦，没错儿，”安迪哼着鼻子笑了笑，“这才说到点儿上了。好了，基思。你到底吃什么了？”

“昨天早晨你给我的那八十粒镇定剂。”

“给你……镇定剂？可是那药不是没效果吗？”

“有呀。我骗你呢！”

安迪坐了下来。“他妈的！”他说。

“什么镇定剂？安迪，”马维尔用一种辩论的口吻问，欠身去取一支圆珠笔和一沓便签。安迪结结巴巴告诉他。马维尔边听边点头，然后对基思说：

“小伙子，你差点儿死了。再过二十多分钟，你就想睡觉了。你要是睡着，可就完蛋了。最好把那些玩意儿都吐出来。要不然，你就得站着。站一整夜。洛葛仙妮，拿白兰地来。我最好试试看。反正我们一会儿也得喝。”

“‘事情紧迫’，”露西读道，“你务必在二十四小时内告诉我你的决定。谢谢！你的真诚的基思（怀特海德）。”

“明白我的意思了吗？”西莉亚说。

“哦，很色情的玩意儿。能言善辩。西莉亚，堪比‘约翰尼致黛安娜的信’。”她拿起第二张纸。“顺便问一句，什么叫‘会阴’？”

“外阴和肛门之间叫会阴，”黛安娜说。

“啊。”

“听我说，”西莉亚说，“基思进过收容院。我们还知道，他一直病得很厉害，好像是肠胃不好。所以，也许是他……”她朝洗衣篮指了指。“再看看这个条子。他显然已经绝望……”

“听我说，西莉亚，”露西乐呵呵地说，“别傻了！如果基思就是约翰尼，他就不会……基思不会干那种事儿。真的！这个可怜的小家伙昨天夜里在我的房间待了半夜，琢磨怎么吻我，道一声晚安。他也许有点精神不正常……我的意思是……我们谁都会有不正常的时候。但他不会干那种事……你应该知道。”

露西看了看黛安娜。她们三个人坐在西莉亚的房间里。露西和西莉亚坐在光溜溜的床铺上。黛安娜往旁边的沙发上苫一块布帘。她们三个人正自由自在地喝一瓶两升装的龙舌兰酒。酒是露西刚从贾尔斯（此刻还没人管他）的酒柜里拿来的。就像那几个男人一样，新的危机至少为她们提供了一些瞬息万变的确定性，让她们散乱的想法有一个焦点，要做些什么。

西莉亚说：“我知道，黛安娜认为是斯基普干的。我认为这事儿和马维尔有点关系。但是我又看不出他为什么会这样做……”

“可是亲爱的，”露西说，“总得有个人去做呀，如果没有，那就太可怕了。”她呷了一口龙舌兰酒，好像突然想起什么事情，连忙补充道：“哦，今天下午，一个叫约翰尼的家伙对贾尔斯做了什么令人作呕的事情。他没有对我说什么事情，但是看样子很紧张，有点坐立不安。他问我，那几个美国佬中谁叫约翰尼。知道没人叫约翰尼之后，他似乎非常惊讶。”

“可是，你们不认为，”西莉亚说，“那个基思——我的意思是，那几个男人都对他干了什么？还有那个洛葛仙妮。”

“西莉亚！刚才你自个儿说，基思在楼上的时候，被你看见了。”

“哦，我不知道。我只想这一切赶快结束。”西莉亚眼睛溢满泪水，伸手去拿纸巾。“能过去吗？”

“如果是基思，就能。”露西听到下面有什么动静，走到窗口。“因为基思现在已经派不上用场了。不，这个号称约翰尼的人肯定比基思更糟。”她回转身，胳膊肘子放在身后的窗台上。她和西莉亚凝视的目光相遇的时候，两个女人意识到，黛安娜已经退出她们的谈话。实际上，似乎已经退出这个房间。

“黛安娜？”她们俩喊道。

黛安娜想说点什么，但她的话被淹没。她坐起来，不，她在向后滑，向后滑，滑到……又一次呼喊，就像在露珠中、睡袋上，闪闪发光的悲伤的萤火虫取悦于漆黑的道路。夜晚的寒冷加重了每一天的疲乏，驱散了黎明的曙色，远离了短暂而又毫无快乐的独处。不知道为什么，在空中花园的大街上，许多个夏天的第一个。那时候痛恨一切，那时候让黛安娜惊讶不已。

她重重地呼了一口气，扬了扬下巴，说：

“我想是安迪。”

60 安迪

倘若有人问安迪多大年纪，他就会老老实实地、多少有点下意识地回答道，他要是知道，就他妈的好了。“估计二十岁吧，”他说，有气无力地挥一挥手腕，“二十岁左右。”

他二十四岁。今天是他的生日。他四仰八叉躺在旁边草地上的时候，他数着天上的星星用鼻子蹭着哭泣的小草的时候，有一个声音在说：二十四年前，一个皮肤黝黑的姑娘从脸上扯下潮湿的床单，问道：

“十个小手指？十个小脚趾？”

“他很棒，我想，”那个嬉皮士说，用袖子拂了一下胡子，“我想，他很棒。”

他确实很棒。母亲两个星期之后就离他而去。在他生命的最初几年，小安迪在伯爵宫一个黑魆魆的、屋顶很高的公共单元房里到处乱爬，找有奶给他吃的女人吃口奶，找暖和的地方取取暖，爬到没人睡的睡袋里睡睡觉，吃谷物和放旧了的水果长大。他是一百个流浪汉的养子，十几个巡回演出的节奏吉他手的宠儿，许多毒贩的宝贝儿，一千个吸毒者的奴才。

因为他的手非同一般，大伙儿都管他叫安迪。他管自己叫阿多诺。之所以叫这个名字，是为了纪念一位名叫阿多诺的德国马克思主义哲学家。那个人一九七二年夏天去世。他的死给他们那个群体带来悲哀与沮丧。那时候，安迪还是个男孩儿。安迪·阿多诺，这是他听到过的最好听的名字。

在当地医疗卫生局例行的突击搜查中，当局发现了有小阿多诺这样一个孩子。后来，安迪就由检查员德里克·梅德温特先生照顾。在德里克做的纪录里，他把和这个男孩的交往描绘为“完全是一场梦魇”。最初他们建议让安迪离开那个公共单元房，到检查员那儿登记，然后送到儿童托管单位，再按部就班地接受教育。到头来，梅德温特每星期给安迪五英镑半，不再管他。（阿多诺继续和当局许多代表人物玩他那套“不给糖就捣蛋”[1]的把戏，其特点就是名目繁多的性勒索和凶残的暴力）。等他做好一切准备之后——在他自己的“甜蜜时光”——安迪溜溜达达跑到荷兰公园学校，声称要和校长谈一谈。面见校长五分钟之后，安迪便趁那位面色苍白、了无生气的女校长给他填入学登记表的时候，在操场上和几个女孩子神聊起来。后来大家达成共识，觉得他只适合学现代美国小说，因为这个专业学得如何不会通过考试成绩反映出来。那天下午，安迪就被选为班长。

伯爵宫是他的王国。

一块二十四小时昼夜都繁忙的土地。从早晨九点起，每天都会有一辆辆大客车将四千名外国人运到这座尘土飞扬的广场。排水管像网格一样的房屋，宛如外籍军团的兵营。走廊

1 不给糖就捣蛋，万圣节前夜孩子们敲门索要糖果等时说的话。

里，身无分文的希腊人和患结核病的土耳其人大声喧哗。身穿背心的男人站在脏兮兮的窗户前面，凝望窗外的风景。深夜，年轻人从灯光昏暗的小酒馆走出来。“坏女孩儿”沿着蜿蜒曲折的小路招摇过市，“坏男孩儿”尾随其后，“不离不弃”。夜幕下，霓虹灯闪烁的熟食店飘来热烘烘的、咖喱的味道。流浪汉坐在自动售货机后面的长凳上打瞌睡。被饥饿、疾病折磨的巴基斯坦人向灯光昏暗的商店橱窗张望。早晨五点，微风徐徐，短暂的宁静降临到早已筋疲力尽的大街小巷。食品盒、香烟盒和水果皮、啤酒罐堆放在一起。发网和死苍蝇覆盖在水洼和狗屎堆上。老猫在栏杆之间凝视着。黑魆魆的店铺门前，一堆堆垃圾东倒西歪，宛如这座城市坍塌了的梦境。渐渐地，空中传来这座正在苏醒的城市的呢喃细语，水面上飘来哀婉的音乐。

白天和前半夜，安迪监督他那些吸毒、贩毒的合伙人，关照“商行”、“公会”的“分支机构”，买唱片，玩音乐，看电影，看电视，看书，喝酒，吃饭，做爱。在那个人头攒动的闹市区，他无处不在，是一个让人敬畏而又熟悉的身影。

后半夜，黎明前的寂静到来之前，他会顺着太平梯爬上楼顶，往人家的屋顶和天窗里瞧。躺在地铁站后面烟火熏黑的草地上，坐在秋千上唱歌。在黑暗笼罩的广场上爬树，叫喊着，直到黎明带着泪光在朦胧的雾气中降临。像一只小动物，跑过死一样寂静的大街。

压缩版安迪性生活简历。

一位早期开发者，他不是十七岁开始和女孩子睡觉。紧张、困窘、突然、奇妙——对于他，那是一种天启，一种突然出现在眼前的真相。“她也是个很随便的女孩儿，”安迪心里想。一个秋天的夜晚，他到那家名叫“火星生活”的酒吧，想临睡前喝一杯酒，然后挑个姑娘带回家。“大约十八岁，金黄色的长发，大概是荷兰人。长得挺好看，身材也不错。对我佩服得五体投地，激动得像搅拌机一样浑身颤抖。记忆里，我不得不打了她几巴掌，她才镇定下来。我还记得她的名字……好像是艾尔玛。也许是维尔玛。不对。可能是诺尔玛。不对。等一下……”他把她带到家门口，爬上潮湿的楼梯，领到他的房间，一屁股在双人床垫上坐下，劝她脱掉衣服，和他一起躺下。“好了。我们在一起聊了点什么。我拿出苏格兰威士忌，喝了几口。她裸体，我也裸体。她还在我脸上坐了一会儿……你知道……我们开始变得非常友好。然后，天哪！只是有点儿那个意思……就那么发生了。我没有操她。”

硬不了，安迪？“不是，恰恰相反。我那玩意儿能刺穿一个八英尺高的黑人。你听我说，我上厕所撒尿的时候，如果想尿到便池里，而不是该死的鼻子上，就得来个倒立。不，绝对不是那个原因。听我说。是我感觉到，有什么可怕的事情要发生了。但是我想试试看。我的意思是，你不得不那样做，不是吗？你得做。哪怕只是出于礼貌。这时候，她的嘴巴不停地亲吻我的两条腿。而我不想让人觉得我是个性欲反常的人，或者该死的性欲狂。我俯下身，对她说：‘对不起，宝贝儿，我不喜欢这样。’那就操吧。我试了试。天哪。那是……我不知道那是怎么回事。那是……”

那是性欲中止。是理论上的倦怠和敏锐的预兆相结合的感觉，是生气和厌恶并肩携手的产物，是烦恼和天启的恐惧融为一体的结果。她和他是如何配合的？她的乳房、脚踝、头发……眼睛。她是怎样一个角色？他和他的身体派什么用场？他觉得自己宛如一个跑龙套的角色，是另外一个身体的奴隶。

现在，那个女孩儿发出很大的响声。男孩儿让她仰面朝天躺着，在她分开的两腿之间跪下。女孩儿闭着眼睛，任凭他的两只大手抚摸、揉搓她的乳房。男孩儿抽搐了一下。女孩抬起头看他脸上那副非常可笑的表情。他侧身躺下，浑身颤抖，在灰色的床单上干呕。她和他拉开几英寸的距离，流着眼泪，无声地哭了起来。

安迪的目光越过那个姑娘，落在床垫上第三个人的身上。这个人不是别人，正是许多年前的安迪：一个年轻、健壮、橄榄色皮肤的小伙子，穿一条剪短了的牛仔裤、白衬衫，斜倚在带条纹的枕头上，肚子上放着两罐啤酒。那时候，他十三岁，身轻如燕，掠夺成性，面带微笑，在昏暗的灯光下等待着。女人们一个接一个，从昏暗中走来，在他身边待一会儿。一个目光飘飘缈缈、满脸忧伤的女孩儿。一个年纪大点的女人，乳房松弛，一望而知就是喂过奶的妈妈。一个和他年纪相仿的女孩儿，肩膀窄小得让人难以置信。看上去像个巫婆似的嬉皮士。身穿黑皮革裙子的金发女郎。总是紧张不安的女阿飞，女学生，寡妇，商店服务员，离婚的女人，交通管理员，公共汽车售票员，女警察，来自德黑兰、多金、马萨诸塞州、斯劳[1]、蒙特哥湾、伯爵宫路的女孩儿，美籍西班牙人，匈牙利人，黑人，潮乎乎的头发散发着肉豆蔻味儿的姑娘，穿着衬衫却露出乳头的女人，住在楼下的女人，吃他家伙的女人，住在楼上的女人，快临产的孕妇，肚子还不太大的孕妇，十二岁的小女孩儿，五十七的老女人，喜欢他边操边打的女人，讨厌他边操边打的女人，个子很高、没有头发可抓的巴基斯坦婆娘，个子很矮、压根儿就没头发的乔德女人，传染他四种性病的女人，他传染给她四种性病的女人，嘴巴咧得像火鸡的女人，瞎子，高潮时尖叫声能把屋顶震塌的女人，光头、腿长六英尺的大胖子，乳房活像飞艇一样的女人，乳头像断开的烟头一样的女人，不肯给他口交的女人，屁股扭来扭去的女人，目光飘飘缈缈、满脸忧伤的女孩儿……当这个正在变化的男孩儿打开记忆的闸门时，她们都已经被忘记。

“当然，那些花招，用来用去，就那么回事儿。我他妈的只用二十次，真的。也许三十次。让我告诉你如何把握——一旦开始，你就假装那是毒品。哦，瞧，我在出汗。我像小鸡一样软弱无力。我的心在打鼓。我觉得自己就是‘弗兰克的魔怪’。然后，就过去了。如果你愿意，十分钟以后甚至可以操。

“你知道，有时候我想，我生得恰逢其时。我的意思是，我他妈的非常高兴，早生了几年。我们那幢公寓里住的一些孩

1 斯劳，英国国会选区。

子……大约十四岁或者十五岁，也像图里画的那些家伙，有时候硬不起来。他们也有过我们曾经有过的‘虚假记忆’和‘街头悲伤’的问题。还有‘夜间疲乏’之类的事情。当然。可是这种‘性欲中止’的事儿经常发生。他们想做爱的时候，会浑身颤抖。听我说，他们到十八岁的时候都会出现硬不起来的问题。我庆幸，这些问题出现在我身上之前，我就已经阅尽人间春色。所以，我生得恰逢其时。不但没有发疯，还可以操许多女人。我想，这或许就是我为什么总投保守党票的原因。注意，我不知道，比我年轻的那帮家伙——后来者——会是个什么样子。我只是庆幸，我不是他们当中的一员。对吗？”

61 逃到了半空中

他喝了八大口白兰地，擦了擦嘴，把酒瓶子递给小基思。“你觉得怎么样？小伙子，”安迪问道。

尽管马维尔断言，基思最应该做的是喝口白兰地，浑身浮肿的小矮子还是摇了摇头，或者至少转动了几下眼睛。他发现，现在所有的动作做起来都比平常困难得多——真的非常复杂，难以置信的难，深奥得无法理解——可是，他仍然心智健全。事实上，怀特海德又一次祝贺自己选择了这样一种文明、优雅的死亡方式。他轻轻地闭上眼睛，觉得身体在消失！他从来没有觉得这样轻巧、这样自由，从不断起伏、充满黏性的躯干中升起，摆脱它的命令、它的声音和它的气味。他完成了一次能触摸到的对自己身体的探索。什么都没有。他终于逃到了半空中。

“站起来，基思，”马维尔说，“安迪，让他站起来。”

安迪生气地把酒瓶子放到茶几上。“你他妈的让他站起来呀！”

昆汀从屋子那边走过来。“现在不是开玩笑的时候，安迪，”他说，伸出手指按了按基思没有弹性的皮肤。

“好了，”马维尔说，“洛葛仙妮，到厨房去。拿点芥末、胡椒粉、坏了的黄油、坏了的猪油和坏了的牛奶。反正坏了的东西就行，一起放到搅拌机里，搅拌好，拿到这儿。”

“把西莉亚的煮鸡蛋也拿来怎么样？”斯基普慢吞吞地建议道。

“太棒了。就该这样干。就像吃过期的东西一样，对吗？我有催吐剂、泻药、狗屎。可是那得让断臂维纳斯在厕所里安营扎寨。我们得让这个小家伙舒服点，您知道吗？”马维尔弯下腰，狠狠地扇了小基思一记耳光。“哦，哦，得把他抬到外面。不能让他吐在地毯上。”

他们七手八脚，费了好大劲儿才把怀特海德弄到落地窗外面。“我能坐下吗？求求你，让我坐下。”

“不能，”马维尔说，“就这样靠墙站着。”

“我知道怎么办了，”安迪突然说。他往前走了几步，用左手捏着基思的鼻子，右手长长的食指伸到他的喉咙里。基思随着安迪手指的搅动，干呕着发出一阵阵痛苦的叫喊。

“啊！这个小混蛋，他咬我！”安迪尖叫着，朝直往后缩的怀特海德扑了过去。

只是因为昆汀立即介入、斯基普及时帮助，才使得小基思免受即刻失去知觉之苦，尽管他早晚难逃这一劫。他还在令人讨厌地咳嗽着。这时候，洛葛仙妮端着满满的一大杯“饮料”，出现在大伙儿面前。

黛安娜以少有的平静和清醒的头脑接受了她认为的事实——约翰尼就是过去的六个月里和她同床共枕的那个男人。谈到安迪关于暴力的信条时，黛安娜说：这个话题不但让他沾沾自喜，津津乐道，奇谈怪论不断，而且他还热衷于付诸实施。她举例说，他常做杀死塔克尔夫妇的白日梦。车库工作台上放着四个制作粗糙的燃烧弹。就在她说话的时候，安迪还建议把它们扔到他家烟囱里。她见证了最近几个星期，他备受压抑、诡秘异常的行为。那天下午，安迪承认自己先后两次被“虚假记忆”袭击。黛安娜还认为，基思收集的那些色情画报那天被焚毁，估计也是约翰尼干的。而这样做的结果等于放了个烟幕弹，使得安迪成为这幢房子里唯一可以不被怀疑的人。等等，等等。

但是此刻有人真的在听她说话吗？花园里的人声已然变得断断续续，就像大街上扩音器传来的声音被风吹得忽高忽低。黛安娜说的那些话似乎是白费口沫，仿佛融入那个没有色彩的房间的亮光之中。西莉亚和露西目光呆滞。黛安娜刚闭上嘴巴，就觉得自己又沉湎于往事的回忆。几个姑娘先后脚走出那扇门。

“把他往墙上撞，”马维尔一边说，一边从洛葛仙妮手里接过那杯直冒泡的“饮料”。“斯基普，把他抓牢。得让他把这一大杯都喝下去。他肯定不想喝。捏住他的鼻子，洛葛仙妮，让他张大嘴。”

那杯恶臭的液体刚碰到嘴唇，怀特海德就厌恶得全身颤抖起来。马维尔多毛的拇指掐着基思的喉结，不停地转动、挤压，控制那股恶臭的东西流入基思体内的速度。最后三分之一的臭水都洒在他的肩膀、胸口、脖颈、鼻子和嘴巴上。小基思两腿弯曲，似乎悬在空中。昆汀和斯基普松开他之后，他仍然无精打采地靠墙站着。

什么也没有发生。

安迪蹲在几码之外的草地上，一边揉着被基思咬了的手指，一边抬起头。“瞧，我对你说过，”他说。“我知道！”没有人阻拦，安迪猛地扑到基思面前，侧身半跪着，像棒球投球手一样，抡起胳膊，挥舞拳头，用力朝基思的心口窝打去。那拳头好像深陷在基思的肚子里，半晌才弹出来。

如果怀特海德是动画片里的人物（也许他就该是那里面的人物），他一定会内爆，只留下身体的三分之一，飞到空中。此刻，他两条腿好像被牛仔扔过来的绊索套住，应声倒下。

“……我该死的手啊！”安迪叫喊着。“你这个小……”

“好了，好了，安迪，”昆汀说，毫不费力地控制住这位还要挣扎着扑过去打人的朋友，“好了，好了。”

二十分钟后，怀特海德因为不肯合作，没能吞下半蒲式耳[1]青草，又被折磨。他们用拳头猛击他的肚子，使劲捏他的睾丸，抓着他的胳膊、腿和头发，提起来在半空中荡来荡去。

安迪居高临下，站在遍体鳞伤的基思身边。“操死他，”他提议。“我就是这么说的。”

“安迪，别胡闹了，”昆汀说，“要是我们不能让他活过今天，那可就麻烦了……”

“应该给医院打电话，或者警察，”西莉亚说。她已经现

1 蒲式耳，英国重量单位，一蒲式耳等于五十六磅。

身在两扇落地窗中间，身后，更加温馨的灯光下，站着露西和黛安娜。“我们把他从这儿弄出去，可以吗？”

安迪向前走了几步，漫不经心地朝基思的肋骨踢了几脚。小基思像半袋子水泥，任凭他踢打，没有任何反应。“看到了吗？该死的杂种，他……他妈的已经完蛋了。”

“听我说，哦……”马维尔在基思旁边的铺路石上跪下。“听我说，我在你们的地盘儿，可不能犯法。”他摸了摸基思的脉搏。“最好的办法是，给他灌点催吐剂、通便剂，或者别的什么东西，让他一个人在这儿待一会儿。或者……”他提高嗓门儿。“……或者在草地上，怎么样？我可不想让他就在这露台上‘爆炸’。我错了吗？”

西莉亚转身向她的房间走去。

“来吧！”马维尔一边说，一边抓住基思的手腕。“搭把手，喂！斯基普。抓住他的腿，好吗？我知道洛葛仙妮会勃然大怒，无论谁都会惹她生气。好了，就把他放在草地上。哦，我的朋友。有个问题。如果把他仰面朝天放在地上，他会被自己的呕吐物呛死。让他面朝下躺着。他总不至于拉屎吧。我不了解你，小伙子，但我可以用海洛因。”

几分钟之后，基思被牢牢地绑在一株还在开花的苹果树上。两个脏兮兮的注射器吊在他肿胀的胳膊上。

62 贾尔斯和基思的痛苦

接下去，他们的视觉好像发生了变化。他们一回到阿普尔希德教区长府邸，就发现每一个角落好像都从原来的位置漂浮起来，在新的、不熟悉的地方重叠、连接。从敞开的门看去，厨房只不过是一个错位的菱形光区。楼梯像是一架拉开没有对齐的风琴。门厅像海面上漂浮的玩偶的房子。目光所及，一切的一切都扭曲变形，改变了方向。

贾尔斯躺在床上浑身颤抖，大汗淋漓。他的嘴巴像个蜂房，牙齿像舞蹈演员跳来跳去。嘴巴怎么也合不拢，歪歪扭扭的牙齿像旧机器生锈的齿轮，磨来磨去。他祈祷着，希望它们能像白色的小鸟飞走，逃出湿透了的鸟窝。直到那时，他依然被锁在这幢房子里，锁在这个房间里，锁在这张嘴巴里。这张长着棉花糖似的牙齿的嘴巴，牙龈散发着甜雪莉酒的味道。

他听见电冰箱很平稳地嗡嗡嗡地响着，但是知道他永远不会再走到电冰箱跟前。路上有那么多事情需要面对，而他的思想又不停地向后滑，滑到……那薄如蝉翼似的皮肤，行将死灭的枕头。哦，宝贝儿，求你！我欣赏这块土地，在那可怕的年代，充血而肿胀。她亲吻他。令人不快，宛如悲伤的梦。阳光在落满尘土的杯子和他的牙齿上闪烁。一位老母亲。老母亲还有宝贝儿贾尔斯。

“不！”

贾尔斯用尽平生力气，从床上爬下来，拼命敲打电冰箱。他的手使劲拍打着，咽不下嘴里的东西，他往杯子里倒了两次酒，顺下去之后，又硬吐出来。没有什么有毒的东西进入过他的体内（他敢肯定）。他把鼻子凑到酒瓶子上。是杜松子酒，没错儿。但是那刺鼻难闻的味道，就像一帖给体弱多病的孩子服用的猛药。

“咕嘟，咕嘟，咕嘟，”他说，好像突然意识到什么“……咕咕咕！”

几秒钟之后，他走出房门。身后，一千个母亲在黑暗中敲鼓。

这个矮子没有快乐，疯得厉害，总梦到女孩儿。生活中没有节日，这公平吗？为充满甜言蜜语的卡通世界里一个四英尺高的盒子，担惊受怕，困惑不解。满怀羞愧地为每一个人哭泣……戛然而止。

怀特海德浑身抽搐，后脑勺不停地撞着那株长了很多节瘤的苹果树突出的枝杈。他还活着，而且已经苏醒。他甚至在紧绑着的绳索之间挣扎了几下。毫无疑问，基思一定很疼。但是这种疼痛来自“室友”们的殴打，而不是来自于为了自杀吞服的那些巴比妥。恰恰相反，这些药物给他带来好处——抵消了毒品的作用、冲淡了最近一直忍受着的身体上的痛苦。他甚至觉得比平常早晨醒来时的感觉还要好。身体清清爽爽，似乎多了几分精干，少了那种一堆赘肉的感觉。

他在做什么呢？在最有利的情况下，小基思的脑袋也没有多大活动的余地。他下巴来回蹭着脖子上方非常刺人的、毛乎乎的绳索，费尽九牛二虎之力才瞥了一眼那幢房子左面四分之一的楼体。四周一片黑暗，笼罩着让人不安的寂静。他们为什么要这样对待他？为了取乐，为了性，为了拿他当靶子练习拳击？他感觉到什么东西拍打他的手臂，那似乎是很重的金属。他眯细眼睛往下瞅，看见针尖儿从右边的“肱二头肌”上悬垂下来。他觉得脖子一阵刺痛，转过脸看见左边也垂下同样的针尖儿。

然后，他觉得身体开始复苏。那座柔软的机器开始运转：“绞盘”嘎吱嘎吱地响，“水泵”呻吟，管线开通。基思使劲弯腰弓背，好像又变成一座鼓风炉，一团疯狂的腺体燃起森林之火。

63 解毒剂

从远处看，那幢房子终究是地狱。那里的氛围每一分钟都会发生根本性的变化。沸腾的水变成蒸汽，蒸汽变得稀薄，飘逸而出，最终化为乌有。带着汗味儿的气流在缩小了的房间里冲撞，走廊被棺罩似的雾气笼罩。阿普尔希德教区长府邸现在就是地狱。它的居民仿佛被挖走眼睛，戴着借来的面孔，到处乱爬。如果被踢到生命的源头，他们就蜷缩在地板上，被吸吮着，坠入很热的、发出阵阵闷响的梦乡。

——斯基普碰到面朝下在楼梯上爬的安迪。安迪手心里有一粒挺大的、被汗水融化了一半的红色药丸。斯基普把那药丸拿过来扔到自己嘴里，从安迪身边爬过。

——黛安娜跪在楼上一个橱柜旁边，在一堆旧衣服里找昨天那几个玩具娃娃。

——贾尔斯蹲在厨房餐桌下面。听见有什么动静，就赶快躲到炉灶后面。听到有人说话，就赶快藏到餐桌下面。

——露西睁开眼睛。马维尔正往她腿上撒尿。她想说什么，但说不出来。

——洛葛仙妮像个海星，四仰八叉躺在客厅厚垫子上，正用一根削尖了的吸管非常轻柔地自慰。

——西莉亚直挺挺地站在一张很大的扶手椅上，泪眼迷离，断断续续想起早已忘记的儿歌。

昆汀在空无一人的门厅醒来。他跪起来，双拳紧握，捧着脑袋，睁开眼睛。炫目的阳光下，他必须思想集中，目光才能聚焦在周围那些东西稍纵即逝的轮廓上来。他跌跌撞撞走到离他最近的一堵墙跟前，脑门贴在冰冷的石头上，深深地吸了一口气，把自己思想和身体的“积极性”都调动起来。

昆汀发现马维尔独自在卫生间里对着一堆脏兮兮的内衣内裤咯咯咯地笑。

昆汀揪住马维尔的头发，把他提起来，使劲儿往门上撞。

马维尔大睁着一双眼睛。

“解毒剂！”昆汀一字一顿地说。“解毒剂。我给你五分钟时间。拿出来，马维尔。要不然我就杀了你。”

64 下午茶，要么一切重新开始

够了吗？你们都玩够了吗？当然最好的办法是给这几个美国人一点吃的，让他们睡一会儿，然后把他们打发走。这样就可以除掉那个约翰尼，他们甚至可以在回去的路上顺便把小基思送到医院。也许会添点麻烦，但这是恢复阿普尔希德教区长府邸平静的最佳办法。遗憾的是，凡事没有“回头路”。而且从某种意义上讲，谁也没有想到过要“回头”。事情早已开始，只能继续进行下去。没有结束。尚未开始。

两点半，阿普尔希德的厨房里闹闹哄哄，人们开始喝下午茶。他们呷着冰凉的霍克酒[1]、蜜桃红酒，吃着烤面包片和凤尾鱼酱、黄瓜、西芹三明治、水面饼干、盐、鳄梨酱。西莉亚还在为她的“橘子”伤心（昆汀答应，明天一定“隆重安葬”这只猫）。除此而外，没有什么可后悔的，因为压根儿就不记得发生过什么事情。他们只记得，曾经经历过的那种令人心悸的恐惧，再加上精神上的紧张和压力。那是源自更深层次的一种微妙的、轻柔的痛苦。他们觉得自己好像是完成了一次让人着迷而又充满凶险的远征之后，潜入大海的人。或者更准确地

1　霍克酒，德国莱茵区产的任何白干葡萄酒。

说，就像平安着陆的宇航员，在欢呼的人群中，只有他们自己知道在宇宙空间经历过怎样的孤独与痛苦。

安迪突然把盘子扔到桌子上，站了起来。“小基思！”他说。“小基思怎么了？”

“哦，天哪！”黛安娜说。小伙子们都跑了出去。“我们也去看看。”

从车库透出一缕青灰色的光。在这束光的照耀下，那棵苹果树好像又长出一个树桩——它的根部生出一个矮敦敦的、疙疙瘩瘩的玩意儿。

斯基普看了一眼马维尔。“耶稣基督。你觉得他还活着吗？”

“安迪？”

“别问我先生，”安迪说，“他臭气冲天，我他妈的怎么过去看个究竟？”

昆汀用洒过香水的手绢捂着鼻子。

“他抽搐呢，”马维尔说，又轻声补充道，“我觉得他刚才动了一下。”

“谁能说得清呢？”昆汀捂着鼻子说。

安迪捻了一下手指，“我有办法了。把水龙带拿来。快点！昆汀帮个忙。”他高兴地说。“我一直说，只要你用心，什么事儿都做得成。”

阿普尔希德教区长府邸用的水龙带是按照安迪的提议，从伦敦东南三区 S. E. 5 城市消防部门的大仓库买的二手货。这玩意儿其实在花园里派不上用场。因为它达不到灌溉的目的，巨大的压力只能把花坛冲得面目全非。但是安迪坚持认为，如果当地小混混来闹事，或者塔克尔对他们造成什么威胁，或者碰到什么紧急情况，这条水龙带还是大有用武之地。（当时有人反对，说光加大水龙头压力这一项，就得花费贾尔斯两千英镑。安迪嗤之以鼻，贾尔斯支持他的想法。）水龙带的出水口直径四英寸。实验显示，二十五码开外，就能把一个村民打倒。

现在，安迪在距离基思大约八九码远的地方站定，右手高高举起水龙带，左手抓住水龙带很重的喷嘴，然后在空中挥了一下高举的手臂，大喊一声："开始！"

第一股水柱打到基思脸上之后，他那凸凹不平、摇晃颤动的身躯开始显现出轮廓。安迪上上下下冲洗的时候，那个倒下来的身体实际上已经被水流"松绑"，不停地跳动着。六分钟之后，安迪的右臂又在空中划了一下。"停！"他说。"这回应该可以了吧。"

安迪、昆汀、斯基普和马维尔呈半圆形，向那棵苹果树小心翼翼走过去。

昆汀和马维尔面面相觑，心里充满恐惧。

"哦，也许压力应该小一点儿，"安迪说，他注意到基思的嘴、鼻子和眼睛流出橘红色的血水。

马维尔摸了摸基思的胳膊腕子。"还活着呢！只是昏过去了。还活着呢！"

"从另外一方面看，"安迪说，"也许是好事呢。他正需要来这么一下子。歪打正着。”

“把他放下来，斯基普，”马维尔说。

斯基普把基思身上最后一根绳子割断。基思像一块厚木板，面朝下倒在水龙带喷出来的泥水中。实际上，除了腰间细细的皮带，他已经一丝不挂。睡袍被水龙头巨大的冲击力撕扯下来。仅剩的那点点可以称之为衣服的东西都成了薄薄的布条，湿乎乎地贴在苍白的皮肤上。

“下一步怎么办？马维尔，”安迪问道。

马维尔拿出皮下注射器，在草地上跪了下来。“我给他屁股上扎一针，注射点甲基安非他明。然后我们最好让他在周围溜溜。”

“没错儿。我可以再浇他一次。既然已经费这么大的劲儿把水龙带拿出来了。把他冲干净点儿。我可不想把他身上的泥巴都弄到我手上。”

“泥巴？哦，是的。没错儿。”

“他没问题吧？”露西推开落地窗问道。

“基思？”安迪说，“他正咧着嘴笑呢！”

65　看起来都很愚蠢

露西走进客厅的时候，贾尔斯站在门口，看起来很紧张。

“他们说基思没事儿。”

“……哦，那就好。”

“你怎么了？贾尔斯。”

“露西，我的一位朋友想让我问你点事。”

“哪个朋友？”

“就是个朋友。”

“我明白了。”

“一位朋友，”贾尔斯说。

“说吧，我听着呢。他想知道什么？”

“我的朋友想知道，你会不会……如果他有……如果他没有……”

“如果他有什么？”

“不，问题就在这儿。如果他没有……如果他有……如果他没有……”

“如果他没有什么？”

“如果他没有……如果他有……”

“说呀，贾尔斯，天哪！”

“哦，听我说。实际上我表弟想知道的是，你会不会嫁给一个有……一个没有……”

“我的天！你到底想说什么？”

“一个没有牙齿……有假牙的人。你会吗？”

“如果我爱他，当然会。”

贾尔斯靠着门出溜下来。“天哪！我从来没有想过我，应该结婚，”他说，挣扎着想站起来。

贾尔斯倒了一杯霍克酒，对洛葛仙妮说：“他们说基思没事儿了。”

洛葛仙妮说，她也觉得他可能没问题了。“这几天，什么事都有可能侥幸逃脱。”

西莉亚站起来，在黛安娜的帮助下，开始往洗碗机里放杯盘碗盏。“哦，”她说，“他身体要是没问题，就该再找个地方住了。”

“对，”黛安娜说。“我可没时间看望试图自杀的人。太无聊了。我的一位女同学有一次出了车祸，我每天都去看她，一直坚持了三个月。一年之后，她把脑袋卡到烤箱里想自杀，因为男朋友是个同性恋者。我到医院看过她吗？没有。我绝不去看她。我还告诉她为什么。”

“我同意，”西莉亚说，“那是自私、愚蠢、百分之一百的无聊，令人讨厌。”

“哦，”贾尔斯说，“我不知道。我只是觉得……毒品和别的什么东西……我只是觉得有一种让你解脱的感觉。”

贾尔斯·科德斯特里姆做了一件五年来他不曾做过的事

情。他把整个脸向洛葛仙妮转过来，露出微笑。不是平常那种咧开薄薄的嘴唇、皮笑肉不笑的假笑，而是开朗、真诚、目光闪闪、不乏稚气的微笑。

洛葛仙妮俯身向前，皱着眉头看着他。“……嗨！你这个家伙。你的牙齿怎么了？歪歪扭扭、乱七八糟。”

贾尔斯倒扣酒杯，碰翻了椅子，从桌子旁边走开，一脸沮丧和负疚。

“等等，我们……”洛葛仙妮一边说，一边向贾尔斯冲过去。贾尔斯像一位刚刚结束表演的演员，上下晃动着手，平息四起的掌声。“他妈的，你才多大呀？怎么牙齿都老成那样了？”

贾尔斯像一个吓坏了的孩子，含着眼泪，逃出那个房间。

“绕着花园跑啊跑，”昆汀和安迪一边唱，一边互相搀扶着，向基思晃荡着的挂钩走过去。“泰迪熊跑着，一步，两步，机警灵敏。绕着花园跑……”

“喂，”安迪停了下来，“真是筋疲力尽了。那些该死的美国佬哪儿去了？为什么他们不能试一试呢？”

基思开始呻吟。那是一种轻微的猫叫一样的声音。

“至少他还活着，”昆汀说，“我们没有白费时间。”

“不，”基思说。他嘴唇肿胀得厉害，把 no（不）说成 mo。

“说什么呀，你这个废物？”安迪问道。

“不，”基思说，“不能在井里。不要把我扔在井里。别把我淹死。”

“别把你扔到井里？昆汀，听他这么一说，好像我们每天夜里都把他扔到井里似的。我们他妈的倒想扔你来着。可惜没井。谢谢您了。”

“‘别把我淹死’，”昆汀重复了一遍基思刚才说的话，“这让我想起……基思一直没有服用解毒剂，对吧？”

基思哭了起来。他捏着嗓子用假声哭着，像个小孩儿。

昆汀和安迪大睁着眼睛，对视着。

贾尔斯也在哭。他坐在桌子旁边，拿出纸和铅笔。写字的时候，大滴大滴的泪水落到纸上。他写道：

> 各位，只有老天爷知道，自从那次事故，我的生活多么艰难。是的，确实不易，但我一直尽最大的努力，坚持着。可是现在，听了洛葛仙妮的评论，我真的不知道该如何……

他抽了抽鼻子，站起身来。向酒柜走过去的时候，走路的样子怪怪的。

“绕着花园跑啊……耶稣基督。我的胳膊快他妈的脱臼了……昆汀……他们在那儿呢！喂！该死的家伙，你们这些懒骨头、狗屎堆！”

斯基普和马维尔出现在车库投射出来的光线之下，正在系裤带。听见安迪的叫喊声，他们从容不迫地向那摇摇晃晃的三个人走过去。

“他的情况怎么样啊？”

安迪把基思的胳膊从自己的肩膀上拿下来，抱住他的裸体使劲朝马维尔和斯基普甩过去。“你们干什么去了？拉屎去了，还是操屁眼儿去了？”

“干什么也一样，有区别吗？”马维尔很斯文地说。

“对于你们这些家伙，绝对没区别，”安迪说，和昆汀一起向那幢房子走去。

他们在法式窗户外面的台阶上停下脚步。十五码开外，昏暗的灯光下，斯基普、马维尔和基思宛如无声电影里钟表上面三个长短不齐的指针。安迪拿出他的工具盒，半分钟之内就卷好两支大麻烟。“喂，伙计，”他若有所思地说，递给昆汀一支，然后把两支都点燃。“基思那家伙多大年纪？”“二十六岁，”昆汀说。（往右走，往右走！他们听见斯基普朝一瘸一拐的基思不耐烦地喊。）“哦，是吗？”安迪趾高气扬地说。“我的意思是，还不错。那些……花招？”“我想，人们认为他应该意识到自己很有潜力。”安迪似乎无动于衷，撇着下嘴唇，点了几下头。“做爱的潜力，”他说。

“昆汀？”昆汀耳边响起另外一个声音。

昆汀转身看着落地窗，原来是贾尔斯，正支支吾吾站在那里。“我的好朋友贾尔斯，”他说。

“基思怎么样？他没事儿吧？”

“没事儿，事实上比我们想象得还好。”

“哦，我知道了。这么说，用不着送他到医院去了。”

“是的。我们巴不得不要找这麻烦呢！”

“哦，没错。我知道。”贾尔斯转身要走。

“知道干吗还要问？贾尔斯。”

“只是因为……我也干过。但是我不想给别人找麻烦。或者成为别人的负担。我回楼上去了。”

“你也干过什么？”

“自杀。我也自杀过。我刚喝了两升白兰地。一次。哦，不是，分两次。因为……”

“……贾尔斯，你是认真的吗？”

“当然是认真的。书上说，我应该在二十五分钟之内死去。现在看起来，这是胡说八道。不过，如果你们不……我的意思是，我不……”

昆汀跳了起来。

“欢迎加入我们的团队，小伙子，”安迪说，把手里的香烟扔到空中。

66　别再玩了

二十秒钟之内，昆汀就给汉普斯蒂德中心医院打通了电话。一位爱尔兰护士斩钉截铁地说，照他的描述，那位病人恐怕不可能生还。她说，凡尘俗世，唯一能救他性命的或许就是波特斯巴布里斯诺研究所的精神病治疗中心了。她自告奋勇现在就亲自给中心打电话，让他们准备好洗胃器。病人一到，立刻开始洗胃。这当儿，贾尔斯一直坐在沙发上，满脸羞愧地微笑。露西坐在他身边，摩挲着他的头发，尽量不说话。

昆汀放下电话。

“好了。斯基普，‘雪佛兰’和‘捷豹’哪个更快？”

“雪佛兰，”斯基普说，“我改动了一点儿，它可以……”

“赶快上车，发动车。露西、洛葛仙妮，把贾尔斯带过去。安迪，快点儿。我们把基思也带过去。别再玩了。”

阿普尔希德人闹哄哄地走上汽车道。

“把小基思放到后备箱，”马维尔说，“他身上还有一股臭味儿。”

“我们得飞速行驶！”安迪说，揪着基思的头发和裤带，把他扔进后备箱。

“你坐到前面，亲爱的，”洛葛仙妮对露西说，“你给斯基普指路。我来照顾贾尔斯。”

安迪和洛葛仙妮、贾尔斯一起坐到后排座，让露西和斯基普坐在前面。雪佛兰已经做好启动的准备，昆汀从门厅跑过来。他把头伸到驾驶室，递给斯基普一个信封。“具体要办的事儿我这里面都写清楚了。我认识那儿的头，可以帮你尽快把事情办妥。你到那儿之后再打开。”斯基普把信装到夹克衫里，拉好拉链。昆汀拍了两下车顶。

“出发吧！”

雪佛兰扬起一团沙尘，向茫茫夜色飞驰而去。

“打我，打我，”安迪说（因为斯基普打开了录音机，播放起这首流行歌曲）。“打我，打我……啊，砍掉我的脑袋。”

汽车驶上公路之后，贾尔斯从座位上面出溜下来。安迪正要提醒洛葛仙妮注意，看见她的手在他的大腿上急不可耐地摸索着。他一双眼睛瞪得老大。

“从这个出口出去吗？”斯基普问。

“滚开，”安迪说。

“没错儿，从这儿出去，”露西说。

斯基普以每小时七十五迈的速度驶上双行道。汽车在路边颠簸了一下，才又平稳行驶。安迪低头看见洛葛仙妮的脑袋正在他的腹股沟上节奏明快地晃动。

“天哪！”他兴高采烈地说，“我们都要死在这儿了。我们都要死了！”

67　毁灭证据

昆汀让西莉亚抱了他一下，然后赶她回屋。黛安娜和马维尔紧张地站在门厅里。

“好了，”他说，“尽管我们都知道，当局对这种事情可能无能为力，但我也相信，他们绝不会对连续发生的两起自杀事件不闻不问。所以，我们是不是应该提前做点准备呢？马维尔，你负责毒品的事儿！赶快收拢起来，拿到我这儿。别的事情好办，不就是几瓶烈性酒嘛。西莉亚、黛安娜，你们俩能不能把屋子都打扫干净？无论如何不能留下有人曾经在这里纵情酒色的蛛丝马迹。我把这一大堆酒瓶子拿到厨房和花园。如果我们能在……比方说十五分钟内再回到客厅……”

再回到客厅的时候，已经是凌晨三点半。昆汀从还剩下的一个瓶子里倒了四小杯甜酒。“很好，”他说，“等着吧。”

马维尔看了看手表。“现在应该到了吧。”

他们坐了一会儿，都觉得精疲力尽。黛安娜站起来。“我要上床睡觉了，”她宣布道。

昆汀也站起身来，在黛安娜嘴唇上吻了一下。“晚安，黛安娜。谢谢你的帮助。”他和马维尔、西莉亚默默地对视了一下，说道：“不过，我想，我们最好还是在这儿坐等吧。”

“好了，”黛安娜犹豫了一下，转身离开。“等一下……还有什么事情要做吗？有没有忘记什么事儿呢？”

昆汀摊开双臂。“我想不起来还有什么事情。”

黛安娜目光闪闪，似乎在努力回忆什么。

“这个周末……就这样过去了？”

“不知道，”昆汀说，“不知道还有什么事情没有做。”

68 白房子

雪佛兰在波特斯巴布里斯诺研究所精神病治疗中心前院一辆救护车旁边停下。他们五个人从车上下来的时候，一个个子很高、乌亮的长发束在脑后的年轻的实习医生从两扇门里迅速推出一个担架车。“就是他？”他问道，把贾尔斯抬到雪白的床单上。“是的。”他们推着担架车进大楼的时候，安迪突然捻了一下手指。“真该死，”他对露西说，“又把小基思给忘了！”

他连忙跑回到雪佛兰旁边，打开后备箱，弄出基思，背在肩上，一路小跑，去追那几个人。

“这个人怎么了？”实习医生直盯盯地看着基思充血的大脸问道。

“啊……”安迪说，“啊，他只是服了过量的阿司匹林。”

“简直是疯了，”实习医生说，“你们这几个小伙子最好待在这儿。”

他领他们走过自动门，穿过灯光昏暗的门厅，沿着走廊，走进一间白色小屋。

“在这儿待着，”他对他们说。

安迪看着他的背影。“这家伙想打架，”他说，把基思从肩膀上放下来，扔到地板上。

“我可不在这儿待了，”斯基普说，“这个家伙一副公事公办的样子，我可受不了。”

“别紧张，”安迪说，“听我说，他……”

“嗨！”洛葛仙妮说，打开一个橱柜门，眼前的四层隔板上放满瓶子和小药瓶。“瞧！”

“天哪！”安迪说。“瞧，曼迪斯，安德里那宁注射液，硝酸戊酯！”他回转身看着斯基普。“……快去发动汽车，掉头。我们马上就过去。”他开始往口袋里装瓶子，洛葛仙妮也装。斯基普把基思踢到一边，一个箭步冲到走廊。

白屋子里，基思躺在地上，好像已经死了一个星期；贾尔斯躺在担架车上也是濒死状态。露西走到担架车旁边，两只手握住他软绵绵的手，面颊发烧，感到一种难以言喻的厌恶。“安迪，”她轻声说。

安迪转身，睁大一双眼睛看着她，两只手里都拿着一瓶药丸。“怎么了？”

“安迪，你做什么呢？”露西的声音颤抖着。“你出去。让我们留在这儿。出去。”

他的两只手垂到身边。“哦，怎么了？露西。我的意思是，你又怎么了？”

69　昨天的错误

在阿普尔希德教区长府邸比较小的客厅里，昆汀斜倚在一张粉红色的躺椅上，腿上放着一本狄德罗的《拉摩的侄儿》。不过他没有看。他的食指放在鼻子下面，脑袋朝后仰着靠在躺椅上，好像在思考什么。

在阿普尔希德教区长府邸比较大的客厅里，西莉亚和马维尔坐在沙发上，全然不知昆汀就在虚掩的房门那边。

“没错儿，”马维尔说，“我就是那段时间在昆汀的‘人民之家’住过。”

“哦，这么说，你去过陶尔比里。”

“不是，不是‘陶尔比里’。那是一个……乡下一个很大的地方。是……”

“那就是陶尔比里，”西莉亚说，“这么说，他们遇难前你见过他们？”

“他们死了？都死了？”

“空难，”西莉亚淡淡地说。

“什么，是包机失事吗？”

“也许是吧。坐包机更危险。只有一个兄弟幸免于难。”

“兄弟？哦，对了。是有个‘兄弟’。太糟糕了。我很喜欢他们。昆汀从来没说过。”

门那边，书从昆汀腿上滑落下来。他没有弯腰去捡。

“你喜欢他们？”西莉亚说。“他们和昆汀相处得一向不好。”

“哦，这我倒不清楚。不过我知道，他们都很喜欢他，西莉亚。”

“他仅仅是因为托管金，才不得不忍气吞声。”

“哦，”马维尔说。“这也算策略吧。”

“根本就不是什么策略。那笔钱本来就是他的。”

“我想，你这样说也是对的。”

房门那边，昆汀闭上一双眼睛。一缕惨白的光在他眼角跳荡。

“这都是什么时候的事呀？”西莉亚问。

“哦，去年早些时候。”

“去年？可是昆汀的父母四年前就死了。”

“父母？父母？不，不，西莉亚。我说的是‘人民之家’，难道不是吗？那只是一个娱乐场所，昆汀在那里有红利。你知道吗？一个很豪华的老式娱乐场所。昆汀出资，为同性恋者提供的娱乐场所。收取现金。他们要是突然离开的话，会留给你点什么东西。”

“昆汀的‘人民之家’？”

“是的。就在家里。就我所知，他根本就没有父母。那是一个不错的地方。非常好的场所。我交四百，也许五百，一个……”

“——昆汀？”

昆汀睁开眼睛，叹了一口气，仿佛有一个重物从身上升起，然后又像一片刚落下的雪花，打在他身上。宛如一个个错误的昨天。

“昆汀？”西莉亚喊道，“昆汀。”

“怎么了？”约翰尼问。

第三部

星　期　日

70 约翰尼

约翰尼什么活儿都干——星期一，他在希腊人查理的“堕胎工厂”当伙计，销售O.K.尿样。星期二，帮半合法移民偷渡到健康卫生中心，把寡妇和瘸子从南伦敦的公寓房间驱逐出去。星期三星期四，偷窃别人家的宠物，卖给活体解剖者。星期五，周末属于他自己的时间。毒品，管理他经营的四个制酸工厂。他一个月还去好多次坦吉尔[1]，和中国海洛因毒贩、三大洲的可口可乐经销商谈生意。在“红灯区”招摇过市。他英俊潇洒，碰撞到街头调情的年轻情侣时，相互揪扯着，破口大骂。运货车和女孩儿开的小汽车驶上人行道，对着商店橱窗发飙。不同年龄的人在他身后跪下，支持“性农庄”，开拓招募男童的网络。等他完成了这一切之后，一个项目就赚二百英镑。直到所有这一切梦想——所有这些色情的、产生幻觉、具有商业利益的梦想渐渐远去，突然之间，坐在这个黑暗笼罩的房间里的不是他，而是穿过茫茫夜色，寻找的一个名字——

1 坦吉尔，摩洛哥北部海港。

“昆汀？”

“是的，”约翰尼说。

西莉亚走过那扇门，约翰尼十分凶猛地从她身后扑过去，西莉亚软绵绵地倒在地上。约翰尼抓着妻子的头发，把她的脸往石头地板上撞，直到鲜血迸流。他头也没回就跳起来，上下挥舞着手臂，右拳打碎正朝他冲过来的马维尔的下巴。然后一顿猛踢，直到躺在地上的马维尔不再抽搐。

黛安娜听见楼下传来的打斗声，刚穿好睡袍，听见楼梯上传来轻轻的脚步声和敲门声。

“谁呀？”她问。

“昆汀，”约翰尼说。

黛安娜打开门。“你，”她说。他顺手关上房门。

“哦，不。约翰尼，不要杀我，”黛安娜说，“求求你不要杀我，约翰尼。”

71　天亮了

斯基普手指敲打着方向盘。嘴里骂骂咧咧，从雪佛兰的后视镜里看医院的出口。这时，他想起昆汀给他的那个信封，从夹克衫里掏出来，看见那是一封写给他的信：斯基普·马歇尔，Reg：8765438，布扎德转交，20120，南里士满大街，洛杉矶 73565，加利福尼亚。信封已经破了，里面那张纸皱皱巴巴。斯基普把信拿出来，一眼认出潦草的字迹。

> 儿子，我已经离开霍克维尔。我在想怎么才能再试一次。我把你妈妈抱在怀里的时候，她对我说的最后的话是，她原谅了你和我。我给你寄去回家的路费，她说希望你，我的小宝贝要尽快回来。爱你的爸爸，菲尔鲍埃德·马歇尔·朱尼尔。
>
> 又及：行动吧，孩子——约翰尼。

安迪和洛葛仙妮从自动门出来，走下台阶的时候，那张蓝色的纸从斯基普的手指间飘落下来。

洛葛仙妮在斯基普身边坐下，安迪坐到后排座。

“露西愿意陪那两个死人，就让她陪去吧。我们可不想！”安迪大声说。他圈着两只手，尖叫了一声。“洛葛……

来点肾上腺素！”

雪佛兰驶出汽车道的时候，斯基普把油门踩到底。

“到下一个入口时，把车停下，宝贝儿，”洛葛仙妮说。“安迪和我想操。对吧，安迪？”

“……对呀，”安迪在后排座说。

斯基普没有理睬他们。车速已经超过八十英里的限速。

“啊，宝贝儿，来呀，”洛葛仙妮说，“你可以看。能让他看吗？安迪。”

“……我才不在乎呢，”安迪说。

斯基普还是没有理睬他们。仪表盘上的指针已经跳到 145 公里。

“喂，别着急呀，”洛葛仙妮说，“喂，斯基普，慢点开！”

斯基普没有理睬，眼睛在眼镜片后面聚精会神地看着通向远方的高速公路。

“放松点，”安迪喃喃着，“这可是通天大道。”

洛葛仙妮突然沉下脸来。她拿起那张蓝颜色的信纸。“安迪，你他妈的疯了，你把这个给了他？”

汽车开到一百一十迈。

“什么？”安迪把身子探过去。“不是我，是昆汀。只是……”

洛葛仙妮开始敲打斯基普铁一样硬的胳膊。“哦，天哪，天哪！”她叫喊起来。“宝贝儿，宝贝儿！别杀我们。安迪，阻止他，阻止他！”

“昆汀，”安迪说，“他是约翰尼？”

“安迪，安迪，安迪！”

“黛安娜……”安迪说，他长长地舒了一口气。

“安迪……安迪……”

安迪又往后倒去。“啊，我不在乎！”他说。

雪佛兰以一百三十五迈的速度驶上高架桥应急车道一溜斜坡。斯基普完全不管三十度的弯道，汽车冲出路边的栏杆，飞向扑面而来的晨光。

72　悲伤的欢迎

基思问小汽车司机，能不能把车开到路边。此时是七点钟，晨光已经照亮远处连绵逶迤的群山。怀特海德尽管浑身青紫、满脸忧郁，还是想步行走完剩下的五百码。他从露西给他的四张十英镑的钞票中拿出三张，给了那位司机。司机看起来好像很高兴。“谢谢你，先生。”他说。

小基思张开肿胀的嘴唇，吸了一口新鲜的空气。这个宁静的无名村庄又一次让他神清气爽。肿得像个桃似的眼睛溢满泪水。他慢慢地走着，似乎在品味被打坏了的腿如何蹒跚向前，享受历经磨难之后身体的完整。实习医生非常急迫地要求他继续住院治疗。可是基思一心想尽快回到焦急等待的朋友身边。这些朋友硬是把他从他自个儿那么幼稚地请来的死神手里抢夺回来，这让他很受感动。他打心眼儿里赞赏马维尔的技术。他认为正是因为他给他服用了那种“身份”不明的麻醉剂才救了他一命。医生说，这种麻醉剂很幸运地“压缩”了他的脂肪组织，阻止了巴比妥对他体内的渗透。他环顾四周，看长方形的灰色砖墙，微风中摇曳的树木（它们好像在说……新鲜，新鲜，新鲜），飞翔的鸟儿，完全不同的天空。他想，自己以前怎么会想到别的地方去呢？他觉得自己仿佛走过漫漫长途，在这个突然而至的周末，被助产士又从母腹中接出来，重生一遍。

除此而外，基思还觉得自己是个知情者，消息灵通者、独家新闻所有者、掌握着大把的消息。贾尔斯已经死了。他死了。还没来得及给他洗胃，他就停止了呼吸。上呼吸机之后，心脏立刻停止了跳动。他们把贾尔斯的母亲从楼上的病房请了过来。科德斯特里姆太太抱着小基思痛哭，泪水打湿了基思的脸颊。实习医生想给阿普尔希德教区长府邸打电话，可是基思阻止了他。他想看到那个充满悲伤的欢迎场面，想听到朋友们充满同情的“欢迎词”。基思一遍又一遍地在脑子里想，不知道怎样才能讲好这个悲伤的故事。他亲眼看到贾尔斯躺在白色的担架车上，露西伏在他的肩膀上哭泣。贾尔斯安详的脸浮肿，就像死去的婴儿。

基思有气无力地慢慢地走过小桥，在汽车道上停下脚步。阿普尔希德教区长府邸冲破早晨的阴影，在霞光下矗立着。基思眨了眨眼睛。这一切都是真实的吗？骤然间，他想转身，想跑。可是预感让他脸上露出微笑。一切都结束了，他想，走上潮湿的砂砾小道。

阿普尔希德厨房：箱子，车钥匙，装在包里的各种毒品，一卷钞票，铮亮的斧子。墙上，（诱饵）用粪便写了一个G，那是“概念论者展示”的缩写。约翰尼在那儿。他趴在窗口急切地向外张望。这当儿，基思走上了汽车道。约翰尼的绿眼睛像狂野的、死灭的阳光在黎明中闪烁。

图字:09－2013－385号

图书在版编目(CIP)数据

灵与魂的夭亡 / (英) 马丁・艾米斯 (Martin Amis) 著 ; 李尧译. — 上海 : 上海译文出版社, 2023. 11
(马丁・艾米斯作品)
书名原文: Dead Babies
ISBN 978－7－5327－9432－4

Ⅰ. ①灵… Ⅱ. ①马… ②李… Ⅲ. ①长篇小说–英国–现代 Ⅳ. ①I561. 45

中国国家版本馆CIP数据核字(2023)第186698号

灵与魂的夭亡
[英]马丁・艾米斯 著 李 尧 译
责任编辑/徐 珏 装帧设计/董茹嘉

上海译文出版社有限公司出版、发行
网址: www. yiwen. com. cn
201101 上海市闵行区号景路159弄B座
杭州宏雅印刷有限公司印刷

开本 850×1168 1/32 印张 11.25 插页 6 字数 153,000
2023年11月第1版 2023年11月第1次印刷
印数:0,001—3,000册

ISBN 978－7－5327－9432－4/I・5899
定价: 82. 00元